BRUTALER ANSPRUCH

LEE SAVINO

TABITHA BLACK

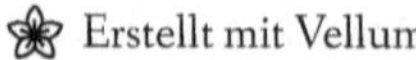 Erstellt mit Vellum

BRUTALER ANSPRUCH

Aurus:

Den Großkönig von Ulfaria braucht man nicht vorzustellen, jeder kennt mich. Was ich brauche, ist eine Omega.

Und jetzt habe ich eine gefunden. Kim. Sie ist klein und perfekt – ganz so, wie ich es erwartet hatte.

Ich werde sie gefügig machen, dann werde ich ihr das perfekte Nest bauen und ihr schließlich erlauben, meine Erben zu gebären.

Sie schwört, sich mir zu widersetzen ... aber sie hat keine Wahl, sie wird sich fügen.

Kim:

Halt. Mein. Bier.

EXKLUSIVES EXTRA-KAPITEL!

Wollen Sie mehr von Kim und Aurus? Melden Sie sich HIER für den *Planet der Könige*-Newsletter an (https://geni.us/omegaversefreebieGER) und erhalten Sie eine spezielle Bonus-Novelle, die nirgendwo anders erhältlich ist!

Was schenkt man einem König, der alles hat? Kim hat da eine Idee …

EINS
KIM

Es muss etwas Episches passiert sein. Das Problem ist nur, dass ich mich nicht daran erinnern kann, was es war.

Mein Mund schmeckt nach verfaulendem Kompost, in meinen Ohren dröhnt es, und immer wieder sticht jemand mit einem winzigen Eispickel in meine Schläfen.

Mit anderen Worten: Ich fühle mich beschissen.

Ich versuche, meine Augen zu öffnen, aber der plötzliche, blendende Schmerz zwingt mich, sie wieder zu schließen. Wo bin ich? Was ist geschehen?

Ich versuche, mich zu erinnern, wo und wann ich zuletzt wach war. Keine Chance. Wenn ich es mir recht überlege, gibt es mehr Lücken in meiner Erinnerung als tatsächliche Inhalte.

Die letzte Nacht muss eine Wahnsinnsparty gewesen sein.

Ich versuche erneut, meine Augen zu öffnen - diesmal vorsichtig. Ich blinzle heftig und gewöhne mich langsam an das Licht. Es ist nicht so hell, wie ich zuerst dachte.

Die Decke sieht ... ungewöhnlich aus. Verschnörkelt. Hoch. Sehr, sehr hoch.

Wo zum Teufel bin ich hier?

Ich zwinge mich langsam aus der Rückenlage in eine sitzende Position, klammere mich an meine pochenden Schläfen, blinzle noch einmal und sehe mich um.

Ich schlafe wohl noch. Oder bin bewusstlos. Auf jeden Fall träume ich.

Ich befinde mich auf keinen Fall dort, wonach es den Anschein hat.

In einem Harem.

Der Raum ist riesig - fast so groß wie die Turnhalle meiner alten Schule. Es gibt verschnörkelte Säulen, kunstvolle Gesimse und durchsichtige, hauchdünne Stoffe in einem Regenbogen von Farben. Überall schweben, wie von Zauberhand, pastellfarbene Leuchtkugeln, die den ganzen Raum in beruhigendes, schönes Licht tauchen. Ein sanfter Blumenduft liegt in der Luft, der im krassen Gegensatz zu dem ekligen Geschmack in meinem Mund steht. Der ganze Ort sieht aus, als käme er direkt aus *1001 Nacht*.

Komplett mit Frauen besetzt.

Es sind vielleicht ein Dutzend, alle in hauchdünne, fließende Gewänder gekleidet und mit goldenem Schmuck verziert. Aber als ich genauer hinsehe, merke ich, dass etwas wirklich seltsam an ihnen ist.

Sie sehen nicht ... menschlich aus.

Sie sind groß – selbst die Kleinste ist mindestens über einen Meter achtzig groß. Und ihre Haut ... Ist das Körperfarbe? Sie sind grün, lila, blau, bronzefarben - ihre Gesichter, ihre Hände, ihre Füße - sie scheinen so viele verschiedene Farben zu haben wie die Vorhänge, die an den Wänden hängen. Sie sind am ganzen Körper tätowiert - soweit ich das beurteilen kann - mit auffallend kontrastreichen Farben und sie alle haben langes, leuchtendes Haar in verschiedenen Tönen passend zu ihrer Haut.

Was in aller Welt soll das?

Eine von ihnen bemerkt mich und kommt zu mir. Sie bewegt sich auf eine seltsame Weise. Sie schwebt mehr, als dass sie geht. Als sie sich mir nähert, ruft sie etwas über ihre Schulter, und der Klang lässt mir die Haare auf dem Armrücken zu Berge stehen.

Es ist kein Englisch. Es ist keine Sprache, die ich je gehört habe. Nicht einmal annähernd. Eine Reihe von Klicks und Miauen und langgezogene Vokale ...

... und doch kann ich es verstehen, so klar wie der Tag.

„Sie ist aufgewacht!"

Irgendwie fühlt sich das alles zu realistisch an, um ein Traum zu sein. Ich bin wie erstarrt und kann nichts weiter tun, als zu warten, während die fremde Frau auf mich zukommt.

Aus der Nähe ist sie atemberaubend. Ihre Haut hat den zartesten Blauton und ihr langes, gewelltes Haar ist dunkel-lila. Ihre Augen sind fast katzenhaft, und wenn sie blinzelt, bemerke ich ihre langen, lila Wimpern.

„Willkommen in Aurum", sagt sie.

„Was?" Ich habe das Gefühl, dass ich Englisch spreche, aber irgendetwas in meinem Kopf verdreht mir die Zunge und lässt stattdessen ein Kauderwelsch herauskommen.

Spreche ich jetzt wirklich ihre verdammte Sprache? *Wie?*

„Aurum", wiederholt sie, als sei dies ein ganz normaler Tag, an dem immer wieder verwirrte Frauen in ihrem Haus auftauchen.

„Wo ist das?"

„Ulfaria."

Vielleicht sprechen wir ja doch nicht dieselbe Sprache.

„Lenah", sagt eine andere Stimme und ich merke, dass ich jetzt von den Frauen umgeben bin. Sie schauen mich alle mit einer Mischung aus Ehrfurcht und Neugierde an. „Sie ist nicht von hier. Sie kennt die Namen unserer Reiche und Planeten nicht. Sie muss verwirrt sein, wie der Magier mitteilte."

All das habe ich verstanden. Nicht, dass es meinen gigantischen Ausraster auch nur ein bisschen gemildert hätte. Königreiche? Planeten? Verwirrt ist eine verdammte Untertreibung.

„Hmm", sagt - wie ich vermute – Lenah. Sie lehnt sich ein wenig näher an mich heran. „Wie heißt du?"

Wie *ist* mein Name?

Die leichte Angst, die ich bis zu diesem Moment empfunden hatte, verwandelt sich in eine gewaltige Panik, als ich merke, dass ich Schwierigkeiten habe, diese grundlegende Frage zu beantworten. Ich weiß nicht nur nicht, wo ich bin oder wie ich hierhergekommen bin, ich weiß offenbar auch nicht, *wer* ich bin.

„Omega", wirft ein anderes Mädchen hilfsbereit ein.

Ich schüttle den Kopf. Das ist es definitiv nicht.

„Omega", stimmt Lenah zu. „Sobald das Serum zu wirken beginnt. Sie sagten, es würde eine Weile dauern."

Serum?

Ich beschließe, dass ich genug habe, und kneife mir so fest in die Innenseite meines Handgelenks, dass ich nach Luft schnappe.

Auch die Frauen lehnen sich zurück und schnappen nach Luft.

Und ich bin immer noch hier. Dann träume ich definitiv nicht.

Scheiße. Scheiße. Scheiße.

Ich räuspere mich und überlege, was ich sagen soll. Ich habe so viele Fragen. *Bring mich zu deinem Boss,* wäre wahrscheinlich übertrieben, doch ein kleiner Teil von mir fragt sich, ob ich nicht nur nicht zu Hause bin, sondern überhaupt noch auf der Erde.

Aber das ist einfach verrückt. Nicht vorstellbar. Nicht realistisch. Nicht möglich.

Kim! Der Name schlägt ein wie ein Blitz, und ich erkenne ihn als meinen. Gott sei Dank. Das ist ein Anfang. Ich räuspere mich.

„Mein Name ist Kim. Könnte mir bitte jemand erklären", beginne ich langsam, „wo und warum ich hier bin. Das ist die Erde, richtig? Wir sind immer noch auf der Erde?" Das Wichtigste können wir gleich hinter uns bringen.

Das zweite Mädchen, dessen Haut einen wunderschönen Türkiston hat, wirft mir einen mitleidigen Blick zu. „Nein", antwortet sie. „Das ist Ulfaria. Die Erde ist *dein* Planet. Ulfaria ist unserer."

„Wir sind auf einem anderen *Planeten?*" Meine Stimme versagt beim letzten Wort. Ich kann kaum glauben, was ich da sage - und das auch noch in einer fremden Sprache.

„Ja. Das ist Aurum, das größte Königreich auf Ulfaria."

„Warum", ich schlucke, „habt ihr mich hierher gebracht?" Wenigstens führen wir jetzt ein Gespräch, das ich verstehen kann, auch wenn es mir schwerfällt, es zu glauben.

„Für König Aurus", löst Lenah das türkisfarbene Mädchen ab. „Er braucht eine Omega, und du wirst seine Omega sein."

So viel zum Verstehen des Gesprächs. „Ich bin keine Omega", betone ich schließlich. „Ich bin ein Mensch, und ich würde gerne gehen." Wohin ich gehe, weiß ich nicht genau, aber ich wäre überall anders lieber als hier. Die Haremsumgebung, die schönen Frauen und das Gerede darüber, mich einem König zu übergeben, machen mich ernsthaft nervös.

Was ist schlimmer, als auf einem fremden Planeten aufzuwachen?

Man wacht auf einem fremden Planeten auf und erfährt, dass man der Spielball eines außerirdischen Königs sein wird.

„Du hast ein Serum bekommen", sagt das türkisfarbene Mädchen. „Es wird dich zu einer Omega machen."

Meine Kehle schnürt sich zusammen, und ich beginne zu würgen. „Könnte ich etwas zu trinken haben?", gelingt es mir, zwischen den Würgegeräuschen hervorzupressen.

Eines der anderen Mädchen gleitet davon, dann kommt es zurück und reicht mir einen glänzenden, mit Juwelen besetzten Becher, der mit einer dunklen Flüssigkeit gefüllt ist. Ich schlucke alles gierig hinunter. Es schmeckt gar nicht so schlecht - ein bisschen süß mit einem Hauch von Gewürzen. Das Getränk ist erfrischend und vertreibt den furchtbaren Geschmack in meinem Mund. „Mehr, bitte?", flehe ich sie an und halte ihr den leeren Becher hin, als würde ich um Almosen betteln.

Während das Mädchen ein weiteres Getränk für mich holt, atme ich tief durch und versuche, so ruhig wie möglich zu bleiben.

„Mein Name ist Kim", sage ich und zeige auf meine Brust.

„Kim", echoen die Frauen wie aus einem Mund. Es ist unheimlich.

„Ich bin Juno", sagt das türkisfarbene Mädchen. „Wir müssen dich fertig machen."

„Fertig wofür?" Vielleicht hätte ich nicht fragen sollen.

„Um König Aurus zu treffen. Er ist begierig, dich zu Gesicht zu bekommen."

„Ohne Scheiß", murmle ich und erhebe mich langsam und unsicher auf die Beine. Jemand reicht mir wieder den Becher, und ich leere ihn noch einmal, wobei ich mich frage, ob es auf diesem Planeten Alkohol gibt. Ich fühle mich auf jeden Fall schwindelig.

Die Mädchen schauen sich alle an, dann übernimmt Lenah wieder das Kommando. „Zieh dich aus", sagt sie herrisch, „das Bad ist schon eingelassen."

Ich bin hin- und hergerissen. Die Angst haftet an mir wie ein dickflüssiger Schleim, und der Aufenthalt im Wasser hat mich immer beruhigt und geerdet, aber ich bin nicht bereit, mich wie eine jungfräuliche Opfergabe *auf den König vorzubereiten*. „Zeig mir, wo das Bad ist", fordere ich sie daher auf, „und ich reinige mich selbst."

Lenah schnaubt, und ein paar der anderen Mädchen kichern. „Wir werden dich baden", sagt sie mit Nachdruck, und im nächsten Moment ergreifen sie meine Arme, und ich werde mitgeschleift.

Ich bin mindestens einen Kopf kleiner als die meisten dieser Frauen und schlank, aber ich mache es ihnen nicht leicht, indem ich meine Fersen in den Boden stemme und sie die ganze Zeit verfluche.

Sie scheinen unbeeindruckt, während sie mich zu einer Tür schleppen, die ich nicht bemerkt hatte, da sie hinter einem Vorhang verborgen ist. Sie gleitet wie auf unsichtbaren Befehl auf und dann geht meine ungewöhnliche Reise weiter, bis wir zu einer riesigen Bronzewanne kommen. Ich erblicke dampfendes, zartduftendes Wasser sowie zahlreiche Blütenblätter, die auf der Oberfläche verstreut sind.

„Zieh dich aus, oder sollen wir dir helfen?", fragt Lenah.

„Ich kann mich selbst ausziehen!", zwänge ich die Worte durch zusammengebissene Zähne. Als ich an mir herunterschaue, bemerke ich, dass ich knielange Jeansshorts und ein schwarzes Tank-Top mit einem großen E auf dem Rücken anhabe. Meine Füße sind nackt. Ich trage keinen Schmuck, keine Uhr, nichts, aber als ich meine Shorts herunterziehe, sehe ich ein Kolibri-Tattoo auf der Außenseite meines rechten Oberschenkels.

„Du kannst uns deine Kleidung geben", sagt Juno sanft und streckt ihre Hand aus. Sie scheint freundlicher zu sein als Lenah. „Wir werden sie für dich vernichten."

„Nein!" Aus irgendeinem Grund treibt mir der Gedanke daran, die letzten Dinge zu verlieren, die ich hier von der Erde habe, unwillkürlich Tränen in die Augen. „Bitte. Lass mich sie behalten."

Es gibt eine Pause, in der ein wortloser Austausch zwischen Lenah und Juno stattfindet.

„Wir werden sie reinigen lassen und dir zurückgeben", erklärt Lenah ausführlich.

„Danke."

Offenbar bin ich nicht sehr schamhaft, denn es stört mich nicht so sehr, wie es bei einem anständigen Mädchen sein sollte, mich vor diesen Frauen zu entkleiden. Nachdem ich die Shorts und das Oberteil ausgezogen habe, öffne ich meinen weißen Sport-BH und reiche ihn Juno. Dann ziehe ich mein einfaches Baumwollhöschen aus und lege es ordentlich gefaltet auf die Kleidung, die sie bereits in der Hand hält.

„Nicht sehr weiblich", flüstert eine der Frauen laut genug, dass ich es ebenfalls höre. „Sie hat einen Körper wie ein Junge."

„Das wird König Aurus nicht gefallen", sagt eine andere.

„Ich kann euch hören", entgegne ich laut, steige in die Wanne und widerstehe dem Drang, sie anzustarren. Aber ihre Worte machen mir etwas klar. Wenn ich schon nicht verhindern kann, dass ich zum König gebracht werde, kann ich vielleicht verhindern, dass er sich zu mir hingezogen fühlt. Seufzend sinke ich ins Wasser, lehne mich zurück und lasse mich vom Wasser umhüllen, schließe kurz die Augen.

Nur eine Sekunde, in der ich so tue, als wäre ich wieder auf der Erde, in einem Bad, bevor ich ein Eis essen gehe und mir einen Film anschaue.

Und dann wird dieser Moment ruiniert.

„Sie hat viel zu viel Körperbehaarung", stellt jemand fest.

„Es wird nach ihrem Bad entfernt." Diese Stimme klingt nach Lenah.

„Ich kann dich *immer noch* hören", teile ich mit und starre Lenah an. Sie hat tatsächlich den Anstand, die Augen abzuwenden.

Ich werfe einen Blick auf meinen nackten Körper, der größtenteils von dem undurchsichtigen Wasser und den auf der Oberfläche schwimmenden Blütenblättern verdeckt wird. Meine Beine habe ich zwar schon lange nicht mehr rasiert, aber meine Schamhaare sind ordentlich gestutzt, und ich bin bei Weitem nicht der pelzige Gorilla, für den man mich hier offensichtlich hält. Wie werden sie meine Haare entfernen? Gibt es eine Art Alien-Wachs? Nicht, dass es wichtig wäre. Ich werde sie das nicht tun lassen.

Berühmte letzte Worte, wie sich herausstellt, denn nur kurze Zeit später werde ich mit einer klebrigen, süßlich riechenden Paste bedeckt und mir wird jedes einzelne Haar an der Wurzel ausgerissen, bis ich vom Hals abwärts glatt und weich wie Seide bin.

„Du musst es länger wachsen lassen", informiert mich

Lenah und zupft an einer feuchten Strähne meines schulterlangen blonden Haars.

„Das werde ich nicht", schleudere ich ihr entgegen. Wenn ich schon nicht physisch fliehen kann, dann werde ich so rebellisch wie möglich sein. In der Zwischenzeit werde ich mich darauf konzentrieren, meine Flucht zu planen, mir jede Tür, jedes Detail notieren, alles, was mir nützlich sein könnte, wenn es an der Zeit ist, zu verschwinden. Ich werde auch auf subtile Weise Informationen durch äußerlich unschuldige Fragen sammeln.

Wenn das wirklich passiert ist - wenn ich wirklich entführt und auf einen anderen verdammten Planeten transportiert worden bin - muss es einen Weg zurück geben. Ich habe vor, ihn so schnell wie möglich zu finden.

„König Aurus bevorzugt langes Haar", sagt eine grünhäutige Frau hochmütig und schiebt ihre eigene Mähne mit glänzenden, türkisfarbenen Locken über ihre Schulter.

„Dann ist es ja gut, dass er euch alle hat", erwidere ich zuckersüß. Ich warte, bis mir das Kleid über den Kopf gezogen wurde, bevor ich frage: „Seid ihr seine Frauen?"

„Sein Harem", bestätigt Juno leise. „Seine Kurtisanen."

„Es scheint genug von euch zu geben. Genug, um selbst den mächtigsten aller Könige zu befriedigen." Ich versuche, den Sarkasmus in meiner Stimme zu verbergen. „Warum braucht er mich dann?" Das blassgelbe Kleid ist leicht wie Luft und so durchsichtig, dass es fast nichts verdeckt. Ich könnte genauso gut nackt sein. Aber ich spiele mit.

Für den Moment.

„Wie wir dir bereits gesagt haben", erklärt Lenah, „braucht er eine Omega. Nur eine Omega kann ihm geben, was er sich wirklich wünscht."

Mein Herz beginnt in meiner Brust zu pochen, aber ich

zwinge mich, ruhig zu bleiben - fast gelangweilt zu wirken.
„Ach ja? Und was könnte das sein?"

Juno tritt vor, ihr Blick ist voller Ehrfurcht. Ihre nächsten Worte berauben mich der Sprache.

„Um Nachkommen zu zeugen."

ZWEI
KIM

Um Nachkommen zu zeugen ...

Dieser Tag wird einfach immer besser und besser. Ich laufe hinter den Frauen her, dieser kleine Satz spukt in einer Endlosschleife in meinem Kopf herum und macht es schwer, mich auf etwas anderes zu konzentrieren. Das Kleid flattert und wogt um mich herum, während ich gehe, aber ich fühle mich nicht sehr anmutig. Denn: Ich gleite nicht. Diese Mädels sehen allerdings aus, als würden sie Schlittschuhe unter ihren Kleidern tragen.

Ich versuche immer noch, mich daran zu erinnern, wie ich hierhergekommen bin. Woher ich komme. Ich weiß nicht einmal, wie alt ich bin, verdammt noch mal. Ich bete, dass mir das alles wieder einfällt, so wie es vorhin mit meinem Namen passiert ist.

Worum auch immer es sich bei diesem seltsamen Serum handelt, das sie mir angeblich verabreicht haben, es scheint, dass selektive Amnesie eine der Hauptnebenwirkungen ist.

Während ich gebadet habe, habe ich Juno noch ein paar Fragen gestellt, zum Beispiel, warum ich ihre Sprache verstehen kann: Ulfarisch. Es stellte sich heraus, dass diese mysteriösen Magier - sprich: Arschlöcher, die offensichtlich noch nie etwas von Einwilligung gehört haben - mir nicht nur das Serum injiziert, sondern auch einen Chip eingepflanzt haben, der es ermöglicht, alle bekannten Sprachen des Universums zu verstehen und zu sprechen. Das ist ein verrückter Gedanke, aber ich kann nicht leugnen, dass es funktioniert - zumindest an diesem Ort. Wenn ich meine Fingerspitzen an die Stelle direkt unter meinem linken Ohr lege, kann ich die kleine Beule fühlen, in der der Chip sitzt.

Zum Glück tut es nicht weh. Ich versuche, nicht darüber nachzudenken, wie das alles funktioniert ... Ich will nicht in den Kaninchenbau aus wirbelnden Gedanken fallen.

Die Frauen plappern aufgeregt. Abgesehen von der Grünen scheint keine von ihnen auch nur ein bisschen eifersüchtig darauf zu sein, dass ich die neueste Konkubine ihres Königs werden soll. Ich schätze, sie sind es gewohnt, zu teilen.

Sie werden ihn aber nicht mit mir teilen müssen. Ich mache mich aus dem Staub, bevor er auch nur in meine Nähe kommen kann. Ich suche auf dem langen, beschwerlichen Weg zu König Aurus' Gemächern nach möglichen Ausgängen.

Man sollte meinen, er hätte seinen Harem näher bei sich, damit er nicht schon erschöpft ist, wenn er ankommt. Oder vielleicht lässt er stattdessen einfach das oder die glücklichen Mädchen, die er ausgewählt hat, zu ihm wandern. Das klingt eher nach etwas, das ein arroganter König tun würde.

Je mehr ich vom Palast sehe, desto mehr habe ich das Gefühl, Aurus zu kennen, bevor ich ihm überhaupt begegnet bin. Nach all den Spiegeln zu urteilen, hat er offensichtlich ein gigantisches Ego. Und er stellt seinen Reichtum gerne zur Schau, wenn man sich die protzigen, glänzenden Möbel ansieht. Ich habe noch nie so viel Gold gesehen. Offenbar hält er sich selbst für einen Hengst, denn warum sonst hätte er zwölf Mätressen?

Es sieht so aus, als seien die Frauen der Ulfarri sanftmütig und unterwürfig - zumindest gegenüber den Männern ihrer Spezies. Ich möchte nicht wissen, wie das erreicht wird ... Juno erwähnte etwas von Bestrafung, wenn sie mich nicht rechtzeitig zum König bringen. Trotz ihrer fortschrittlichen Technologie scheinen die Ulfarri noch im Mittelalter zu leben, wenn es um die Gleichberechtigung der Frau geht. Jedenfalls habe ich nicht gefragt, wie diese Strafe aussehen würde, und Juno hat mir auch keine Auskunft erteilt.

Manche Dinge bleiben besser unausgesprochen.

Wir nähern uns einer Reihe von riesigen Doppeltüren, bestimmt an die sieben Meter hoch, die auseinander gleiten, als würden sie von unsichtbaren Seilen gezogen. Sie sind mit Gold umrandet - wie auch alles andere an diesem Ort. Es würde mich nicht überraschen, wenn die Konkubinen goldene Verzierungen um ihre Muschis hätten.

Das Erste, was mir auffällt, sind die Waffen, die an der Wand hängen: sämtliche Arten von Messern, Schwertern, Äxten und sogar etwas, das wie eine Armbrust aussieht. Ich betrachte sie alle und frage mich, welche ich am besten gebrauchen könnte. Falls ich jemals eine Ausbildung in Selbstverteidigung oder Kampfsport hatte, so kann ich mich nicht daran erinnern.

Aber es kann doch nicht *so* schwer sein, ein Messer gegen jemanden zu schwingen?

Die Waffen sind allerdings ziemlich weit oben, also muss ich eine Art Hocker oder etwas anderes finden, damit ich überhaupt an eine herankomme, um sie zu stehlen. Ich schaue mich immer noch um und scanne die Möbel, als ich eine riesige, schimmernde Gestalt entdecke. Zur gleichen Zeit höre ich Lenah:

„Eure Majestät, erlaubt mir, Euch Eure neue Omega vorzustellen. Kim."

Jemandes Finger umschließen mein Handgelenk, und ich werde kurzerhand nach vorne gezerrt.

Das Erste, was mir auffällt, ist seine Größe. Und ich dachte, die Frauen wären groß ... Dieser Typ aber ist riesig. Er trägt eine glänzende goldene Rüstung, sodass ich nicht sagen kann, ob er fit oder fett ist, aber er sieht aus, als wäre er über zwei Meter fünfzehn groß und scheint fast genauso breite Schultern zu haben. Er trägt einen pompösen Helm, sodass ich sein Gesicht nicht erkennen kann, aber er strahlt Stärke aus.

Und Arroganz.

Wenn er spricht, ist seine Stimme tief, dunkel und grollend. „Na endlich. Ich habe lange Zeit auf dich gewartet, Omega."

„Mein Name ist *Kim*", sage ich und bin stolz darauf, dass meine Stimme ruhig und fest klingt. Ich denke, ich kann meinen Plan sofort in die Tat umsetzen. Ich verbeuge mich vor niemandem.

„Kim." Die Art, wie er es sagt, jagt mir einen Schauer über den Rücken.

Mir ist klar, dass ich nicht weiß, wie ich ihn ansprechen soll. Ihn *„Eure Majestät"* zu nennen, erscheint mir etwas prätentiös, da er nicht mein König ist. „Es scheint sich hier um einen Irrtum zu handeln", fahre ich fort. „Ich bin keine Omega. Ich bin ein Mensch. Ich würde jetzt gerne zur Erde zurückkehren."

Es gibt eine lange, lange Pause. Die Frauen scheinen

alle den Atem anzuhalten und Aurus zu beobachten, um zu sehen, wie er reagieren wird. Als er seinen riesigen, behelmten Kopf zurückwirft und vor Lachen brüllt, kichern sie vor Erleichterung.

„Was ist an meiner Aussage so amüsant?", verlange ich zu erfahren. Ich mag es nicht, das Objekt ihrer Belustigung zu sein, vor allem nicht, wenn die Sache so todernst ist wie hier. In Anbetracht der Umstände habe ich es bisher ganz gut geschafft, ruhig zu bleiben, aber auch meine Geduld hat ein Ende. Und das rückt immer näher.

„Man hat dir ein Serum verabreicht, das dich in eine Omega verwandelt", erklärt Aurus ausführlich und wiederholt, was Lenah mir bereits gesagt hat. Er dreht sich zu ihr um. „Ist sie schon in Östrus?"

Lenah schüttelt den Kopf, ihr langes Haar wellt sich. „Nein, Majestät."

Wahrscheinlich nennt sie ihn im Bett *Eure Majestät*. Dann frage ich: „Was ist Östrus?"

Aurus wendet sich an seinen Harem. „Danke, dass ihr sie vorbereitet habt. Nun lasst uns allein. Ihr alle", fügt er hinzu und blickt sich nach den anderen Dienern um, die schweigend in den Ecken stehen.

Nein, bitte lasst mich nicht mit ihm allein, flehe ich leise, aber natürlich tun sie es.

Jetzt sind Aurus und ich allein in seinen höhlenartigen, pompösen Gemächern.

„Du bist wirklich eine Schönheit", sagt Aurus nach einer Weile. „Dein Haar ist ein wenig kurz, aber es wird wachsen. Und es ist golden - was mir gefällt. Dies ist das Goldene Königreich."

„Kein Scheiß?" Ich kann nicht anders. Außerdem bringt es ihn vielleicht dazu, mich loswerden zu wollen, wenn ich unhöflich bin. Ein Mädchen darf hoffen.

Es entsteht eine kurze Pause, in der er zu überlegen scheint, wie er reagieren soll. Dann lacht er leise, wie ein nachsichtiger Vater. „Und du hast Temperament. Das ist gut. Wir werden viele starke Kinder haben."

„Ich enttäusche dich nur ungern, aber nein", werfe ich ihm an den Kopf. „Das werden wir nicht."

Wieder eine kurze Pause. „Das muss dir alles sehr seltsam vorkommen. Ich nehme an, ein wenig schlechte Laune ist daher entschuldbar."

Er ignoriert meine Gefühle - meine *echten* Gefühle -, und das macht mich wütend. „Ein bisschen schlechte Laune? Glaubst du, das ist es, was ich empfinde?" Ich schaue ihn ungläubig an.

Aurus winkt mit der Hand, als würde er eine lästige Fliege vertreiben. „Du wirst es bald lernen", sagt er, als ob ich nichts gesagt hätte. „Die anderen Frauen - und ich natürlich auch - werden dir Gehorsam beibringen."

„Den Teufel wirst du tun!"

„Vorsichtig." Seine Stimme verändert sich. Sie ist noch tiefer geworden und der raue Bass hat jetzt einen warnenden Unterton. „Ich bin nachsichtig, aber auch meine Geduld hat eine Grenze."

„Ich freue mich darauf, sie zu finden", erwidere ich und klinge dabei viel zuversichtlicher, als ich mich fühle.

Er ignoriert mich, wendet sich ab und beginnt, an seinem Helm herumzufummeln. Ich unterdrücke ein Lächeln. Er ist es offensichtlich nicht gewohnt, die Riemen selbst zu lösen, aber natürlich musste er seine Diener ja entlassen.

Nach ein paar unbeholfenen Sekunden gelingt es ihm, den Helm abzunehmen und ihn auf einen Tisch in der Nähe zu legen. Dann dreht er sich um.

Heiliger Strohsack, er ist großartig! Verdammt, verdammt, verdammt!

Seine Haut ist blassbronzefarben, mit dunkelgoldenen Stammeszeichen auf der Stirn und am Hals. Er hat einen starken, markanten Kiefer, überraschend volle Lippen und die hypnotischsten Augen, die ich je gesehen habe. Sie haben die Farbe von verbranntem Honig und schimmern fast bernsteinfarben, wenn das Licht auf die Iris trifft.

Reiß dich zusammen, Kim. Er mag einer der schärfsten Männer sein, die du je gesehen hast, aber er hält dich immer noch gefangen. Zeig ihm nicht, dass du dich zu ihm hingezogen fühlst.

„Komm her, Omega", sagt Aurus schließlich und streckt ermutigend eine Hand aus.

„Mein Name ist Kim." Ich verschränke die Arme vor der Brust. „Und ... Nein." Ich weiß, es ist kindisch, aber ich fange an, ein seltsames Flattern in meinem Magen zu spüren, und sein direkter Blick lenkt mich ab. „Ich will, dass du mich gehen lässt. Oder ich finde meinen eigenen Weg nach draußen ... Ich werde fliehen."

Aurus spottet. „Ach, wirklich?"

Ich atme tief ein, um meine schwankenden Nerven zu beruhigen und taumle fast, als ich IHN rieche. Sandelholz, neues Leder, Kiefer ... der Duft ist überwältigend, aber so gut, dass ich tief durch die Nase einatme und nach mehr verlange.

In diesem Moment erlebe ich einen plötzlichen Lustschock direkt an meinem Kitzler, gefolgt von einem feuchten, rieselnden Gefühl zwischen meinen Beinen. Erschrocken kann ich mein Keuchen angesichts der unerwarteten, intensiven Lustwelle nicht unterdrücken. Was zum Teufel ist nur los mit mir?

Ich blicke zu Aurus, ich weiß nicht, ob er Antworten

oder Hilfe anbietet, seine Augenfarbe hat sich plötzlich in ein intensives Siena verwandelt. Sein ganzer Körper ist erstarrt, seine Miene wird raubkatzenartig, ähnelt der eines Löwen und lässt sich einfach nur als wild beschreiben. Ein abwesender Teil von mir bemerkt, dass er die Hände an seinen Seiten zu Fäusten ballt.

Zu dem Aufbäumen der Begierde in meinem Unterleib gesellt sich jetzt eine heftige Prise Angst. Der gesellige, attraktive König ist verschwunden und an seiner Stelle ist jetzt eine Bestie hervorgekommen. Sie fixiert mich mit ihrem Blick, wie der Löwe eine Gazelle.

Ich bin die Beute.

Der Duft intensiviert sich, wird so schwer, dass er beinahe greifbar wird, sickert in mich hinein, dringt in meine Poren. Ich stöhne auf, als mein Kitzler erneut zu pochen beginnt. Meine Brustwarzen versteifen sich unter dem hauchdünnen Kleid.

Was zum Teufel ist mit mir los?

Dann beginnt Aurus zu schnurren ...

DREI
AURUS

Ich kann mich nicht erinnern, wann ich das letzte Mal so begeistert von etwas war. So ungeduldig. Seit Khan mit der kleinen Omega im Schlepptau von einer Reise zurückkam, habe ich sie für mich begehrt.

Die Magier haben lange genug gebraucht, um einen Weg zu finden, ein Mee-Nsch-Weibchen hierher zu bringen. Und dann gab es einen langen, langweiligen Auswahlprozess - ich weiß nicht, ich habe kaum aufgepasst, als sie es mir erklärten. Ich habe lediglich um ein goldhaariges Exemplar gebeten.

Ich bin Aurus, Großkönig von Ulfaria, und ich bekomme, was ich will.

Selbst dann, als es endlich soweit war und meine neue Omega durch das Portal gebracht wurde, musste ich warten, bis sie den Übersetzungschip und das Serum erhielt ...

... und dann warten, bis das Serum wirkt ...

Ununterbrochen musste ich warten.

Seltsamerweise steigerte die endlose Vorfreude meine Aufregung nur noch, als ich endlich die Nachricht erhielt, dass sie bereit war, von meinem Harem zu mir gebracht zu werden.

Ich mag meine Beta-Kurtisanen sehr, aber jetzt habe ich ein neues Spielzeug.

Eins, das meine Erben gebären kann.

Normalerweise ziehe ich meine Rüstung nur an, wenn wir in den Kampf ziehen, aber ich wollte Eindruck schinden. Wenn sie mir gefällt, wird diese Omega meine Gefährtin fürs Leben sein, und wir werden viel Zeit miteinander verbringen. Ich wollte ihr einen Einblick in ihr Glück verschaffen, was für einen großartigen Gefährten sie nun bekommt.

Aber sie scheint nicht sehr beeindruckt zu sein. Oder dankbar.

Sie ist nicht die Omega, die ich erwartet habe.

Ihr Haar ist golden, aber es reicht ihr kaum bis zu den Schultern. Ihr Gesicht ist hübsch genug, nehme ich an, aber sie ist so klein, dass ich fürchte, ich werde sie während der Brunft zerbrechen. Und ein wenig zu schlank ist sie für meinen Geschmack. Schmale Hüften, kleine, spitze Brüste ... Ich ziehe es vor, wenn meine Frauen kurviger sind. Weiblicher.

Ganz zu schweigen von entsprechender Unterwürfigkeit.

Sie ist trotzig, respektlos und anspruchsvoll. Keine Eigenschaften, die ich bei einer Gefährtin akzeptieren würde. Khan hat seine Omega zu seiner Königin gemacht, zu seiner *Majestät* und erlaubt ihr, an seiner Seite zu herrschen - zumindest dem Namen nach. Aber ich werde Kim als echte Omega behalten. Ich werde sie während der Brunft benutzen und sie die restliche Zeit mit den anderen Kurtisanen im Freudenhaus lassen. Sie wird verhätschelt und verwöhnt werden und zufrieden sein.

Auf die eine oder andere Weise wird sie ihren Platz akzeptieren lernen.

Ihre Reaktion auf mich ist erfreulich. Als ich meinen Helm abnahm und sie mein Gesicht sah, weiteten sich ihre Pupillen. Sie konnte meiner Anziehungskraft nichts entgegensetzen.

Jetzt scheint das Serum zu wirken. Sie kommt in die Brunst.

Sie stöhnt auf, und ihre Augen weiten sich. Sie blickt nach unten und dann wieder zu mir hoch.

Ihr Duft trifft mich wie eine Axt mitten auf den Schädel. Süß. Blumig. Berauschend wie Honigwein. Er wandert meinen Körper hinauf, als würde ich in ein Bad eintauchen und ein Verlangen, wie ich es noch nie erlebt habe, überkommt mich in einem Augenblick.

Mein Schwanz ist hart, er pocht. Das Blut rauscht in meinen Ohren. Alles um mich herum - wo ich bin, wer ich bin - tritt in den Hintergrund, bis nur noch die kleine pfirsichfarbene Frau existiert, die ein paar Meter von mir entfernt steht. Ihr Geruch. Der Ausdruck in ihrem Gesicht.

Ich muss sie haben. Jetzt.

Ein Schnurren dringt aus meiner Kehle. Ich habe noch nie für eine Omega geschnurrt, aber es ist so natürlich wie das Atmen. Mein Brustkorb vibriert von dem donnernden Geräusch, und es hat eine unmittelbare Wirkung auf den Mee-Nschen, der ein weiteres fassungsloses Stöhnen von sich gibt und einen Schritt zurückgeht.

Meine Rüstung ist zu eng. Ulf! Mein verdammter Stolz. Warum habe ich versucht, meine Omega zu beeindrucken? Ich hätte etwas Einfaches tragen sollen. Ich reiße an meinem Brustpanzer. Ich muss mich frei bewegen können. Als ich die goldenen Teile abnehme, strömt ein reicher Duft von meiner Haut. Es gibt keinen Zweifel daran. Ich befinde mich in der Brunft.

Die Omega ist erregt. Ihr Gesicht ist erhitzt, ihre Lippen sind noch roter geworden. Ich ertappe mich dabei, wie ich jede kleine Nuance von ihr wahrnehme. Der süße, moschusartige Duft ihres natürlichen Gleitmittels steigt mir in die Nase, und ich unterdrücke ein sehnsüchtiges Stöhnen. Meine Eier fühlen sich schwer, voll und angespannt an. Ein köstliches, schweres Verlangen windet sich in meinen Lenden wie eine Schlange.

„Komm her", befehle ich ihr und ziehe das letzte Stück meiner Rüstung aus, sodass ich nur noch meine Beinschienen und die Tunika trage, die ich unter der schweren Platte habe.

Ihre Augen sind trüb vor Lust, als ihr Blick auf meine Brust fällt, dann tiefer, dann wieder hoch zu meinem Gesicht. Ihr Protest ist kaum hörbar, aber ich höre ihn. „Nein."

Sie macht einen weiteren Schritt zurück. *Falsche Richtung, kleine Omega.*

Draußen vor der Tür sind Wachen postiert. Sie kann mir nicht entkommen. Ihr Widerstand ist faszinierend. Wann hat mir das letzte Mal eine Frau - oder irgendjemand - verweigert, was ich wollte?

Trotzdem möchte ein Teil von mir, dass sie das will.

Dass sie *mich* will.

Sie wendet sich um, um zu fliehen, aber ich habe das vorausgesehen und bin zu schnell für sie. Kaum hat sie einen Schritt gemacht, packe ich sie mit den Armen, hebe sie in die Luft und ziehe sie an meine Brust. Sie befindet sich mit dem Rücken zu mir und strampelt wie wild.

Jedes Mal, wenn sie ihre Beine bewegt, lässt eine weitere Welle ihres Moschus mein Verlangen anschwellen.

Aber sie strengt sich an, und ich will nicht, dass sie sich selbst Schaden zufügt.

„Wehr dich nicht", sage ich und trage sie durch die verborgene Tür in mein privates Schlafgemach. Sie wiegt praktisch nichts. Ihr Oberkörper ist an mich gepresst, meine Arme sind über ihrer Brust und ihren Armen verschränkt, aber ihre Beine schlagen immer noch um sich, als ob sie versuchen würde, wegzulaufen.

„Fick dich", spuckt sie mir entgegen und zappelt mit aller Kraft.

„Das ist nicht sehr höflich." Mein Schwanz fühlt sich riesig an und drückt gegen meinen Bauch. Es wäre so einfach, ihn ihr einfach zwischen die Beine zu schieben - aber ich werde meine Wut zügeln und langsam vorgehen. Ich will, dass unser erstes Mal gut für sie wird. Dazu muss ich sie kennenlernen. Was sie mag. Was ihr nicht gefällt. Was sie zum Stöhnen statt zum Fluchen bringt.

Wir haben mein Bett erreicht. Khan erwähnte, dass seine Omega eine Vorliebe für Kissen hat, also habe ich mir Dutzende von ihnen bringen lassen und versucht, sie so anzuordnen, dass sie meiner Omega gefallen würden.

„Wenn ich dich hinstelle, wirst du dann wieder versuchen fortzulaufen?", frage ich.

„Ja."

Ulf, ich glaube, ich war noch nie so frustriert. Jedes letzte Fitzelchen Selbstbeherrschung, das mir in der Armee beigebracht wurde, wird von diesem kleinen Stückchen Weiblichkeit auf eine harte Probe gestellt. „Nun gut."

Ich drücke sie immer noch an meine Brust und senke mich auf das Bett, bis wir auf der Seite liegen. Sie strampelt nicht mehr, aber sie liegt starr in meinen Armen.

Eine weitere Welle ihres honigartigen Dufts überschwemmt mich. Ich streichele ihre Wangen, ein tiefer

Instinkt zwingt mich, sie mit meinem eigenen Duft zu markieren. Eine Wolke ihres Parfüms steigt auf und vermischt sich mit meinem Alpha-Moschus. Es riecht gut. Es riecht richtig.

Meine Eckzähne brennen darauf, sich in die zarte Wölbung zwischen ihrer Schulter und ihrem Hals zu bohren, um mein Zeichen dauerhaft auf sie zu setzen. Ich habe nicht ernsthaft darüber nachgedacht, ob ich meine Omega markiere und ihr das Seelenband schenken soll oder nicht. Aber in diesem Moment ist das alles, was ich will.

Geduld. Ich will zuerst sehen, ob meine Omega mir gefällt oder nicht. Sie muss sich mein Zeichen verdienen.

Es herrscht kurzes Schweigen, während ich gegen meinen Instinkt ankämpfe, ihr das Kleid von den Schultern zu reißen und sie damit in die Flucht zu schlagen - während sie vermutlich ihre Chancen abwägt, mich erfolgreich abzuwehren und zu entkommen.

Wenn sie allerdings etwas mehr Verstand als ein Stein hat, wird sie bald erkennen, dass diese Chancen gleich null sind.

„Was sollen die ganzen Kissen?", fragt sie nach einer Weile.

Eine Sekunde lang bin ich so verblüfft über die Frage, dass ich aufhöre zu schnurren. Dann erkenne ich ihr offensichtliches Motiv, eine so seltsame, unbedeutende Sache zu fragen. „Glaubst du wirklich, dass du einen Alpha in der Brunft ablenken kannst?"

„Ich weiß es nicht. Ich weiß nicht, was das ist!" Ihre Stimme wird lauter. In diesem Moment rieche ich in ihrem süßen Moschus etwas anderes als Lust und Trotz: Angst.

Ich war ein Narr, dass ich das nicht vorher bemerkt hatte. Sie hat nur *so getan, als wäre* sie mutig.

Wie bezaubernd.

Und jetzt möchte ich sie trösten. Ich streiche mit meiner Wange über ihren Kopf und markiere sie wieder mit meinem Duft. Mein Duft wird sie beruhigen. Genauso wie mein Schnurren.

„Was geschieht mit mir?" Ihre Frage hat einen klagenden Unterton, der seltsam in meiner Brust schmerzt. „Warum bin ich ..." Sie hält inne.

Ich drücke sie fester an mich, mein Schwanz presst sich aufreizend gegen ihren kleinen, kecken Hintern. Sie bleibt stumm. Einen Moment später befehle ich: „Beende den Satz, kleine Omega."

Ich kann ihren inneren Kampf fast spüren. Schließlich murmelt sie: „Nass. Ich verstehe nicht, warum ich so ... nass bin."

Ich könnte es ihr erklären, aber ich möchte es ihr lieber zeigen. Also lasse ich eine Hand nach unten gleiten, über ihre glühend heiße Haut, zum Scheitelpunkt ihrer Oberschenkel und umfasse sie über den fadenscheinigen Stoff ihres Kleides.

Dann beginne ich wieder zu schnurren.

Ihr ganzer Körper bebt vor mir und als ich langsam meine Handfläche bewege und ihr Geschlecht durch den Stoff reibe, stöhnt sie auf. Mein Schwanz pocht daraufhin. Ich halte einen Moment inne und atme durch. Wenn ich nicht die Kontrolle wiedererlange, werden ihre kleinen Seufzer mein Verderben sein.

Langsam spreizen sich ihre Beine, um meiner Hand besseren Zugang zu gewähren.

Ich möchte brüllen, auf irgendetwas einschlagen, sie durch das ganze Bett ficken. Stattdessen ziehe ich den Saum ihres Kleides hoch und entblöße ihre Pussy, damit ich sie erkunden kann.

Kim

WAS ZUM TEUFEL ist hier los?

Vor einer Minute war ich noch erstaunt über diesem protzigen Palast. Ich sollte eigentlich meine Flucht planen. Aber wenn ich jetzt versuche, mich auf die Flucht zu konzentrieren, ist es, als würde ich gegen meinen eigenen Körper ankämpfen.

Flammen lecken an meiner Haut und verbrennen mich von innen heraus. Aurus' Schnurren dringt durch mich hindurch, streichelt meine Haut und verwandelt mein Inneres in Chaos. Das Geräusch ist so stark wie eine Berührung. Gieriger Druck baut sich in meinem Inneren auf. Dieser köstliche, sündige Duft wird stärker, umgibt mich und das Verlangen, das mich ergreift, ist anders als alles, was ich je zuvor erlebt habe.

Ich habe gehungert, ich war so durstig, dass ich kaum klar denken konnte, ich war so erschöpft, dass ich fast im Stehen eingeschlafen wäre, aber noch nie habe ich etwas *so sehr* gebraucht, wie ich ihn jetzt in mir haben will.

Bin ich so scharf auf den Sex? Okay, der Anblick von Aurus, wie er seine Rüstung ablegte, war einer, den ich immer wieder vor meinem geistigen Auge wiederholen werde, wenn ich allein im Bett bin. Diese wahnsinnig breite, muskulöse Brust und die kräftigen Arme, die er nach und nach freilegt, als würde er einen ungewollten, unkoordinierten Striptease vorführen. Noch mehr dieser tätowierungsähnlichen Stammeszeichen bedecken jeden Quadratzentimeter seiner entblößten Haut. Hat er sie auch auf seinem Schwanz?

Ich muss es herausfinden.

Ich will, dass er mich berührt. *Jetzt.*

Und so lasse ich den großen goldenen Scheißkerl mein schmerzendes Geschlecht berühren. Ich wölbe meine Hüften und verlange nach seiner Berührung. König Goldfinger muss mir meinen Orgasmus geben - und zwar genau jetzt.

Ich kann später immer noch fliehen.

Aurus

IHRE SCHAMLIPPEN SIND PRALL und geschwollen. Bald werden sie sich um meinen Schwanz legen, während ich sie ficke. Bald. Eine Weile streichele ich sie noch sanft, dann findet mein Daumen die harte kleine Perle an ihrer Spitze. Als ich sie berühre, stößt die Omega in meinen Armen einen Schrei aus, zuckt zusammen und presst ihren Arsch gegen meinen Schwanz.

„Oh mein Gott", jammert sie halb wimmernd, halb flüsternd. Sie dreht ihren Kopf zu meiner Brust, als wolle sie ihre Reaktion verbergen.

„Ja." Meine Stimme vertieft sich zu einem Knurren. Ein feuchter Strahl spritzt in meine Handfläche. Der Duft ihres Gleitmittels steigt auf und für einen Moment verschwimmt der Raum.

Ich muss sie probieren.

Meine neue Gefährtin hat gerade ihren Höhepunkt erreicht, auch wenn sie zu versuchen scheint, ihren Orgasmus vor mir zu verbergen. Ich hätte nie gedacht, dass sie so empfänglich für Lust sein würde.

Und sie ist in meinen Armen schlaff geworden.

Ich drehe sie auf den Rücken, fasse ihre Schenkel knapp über den Knien und spreize sie weit für mich auf.

Sie rollt mit dem Kopf auf dem Bett hin und her, ihr Mund ist halb geöffnet, während sie mich durch gesenkte Augenlider anstarrt. Ihre Hüften heben sich bereits leicht an, um mir ihre Möse zu präsentieren.

Es scheint, als hätte ich ihr Einverständnis bekommen, aber nachdem ich gespürt habe, wie sie in meine Hand abspritzt, will ich mehr als das.

Ich will, dass sie *bettelt*.

VIER

KIM

Der Orgasmus trifft mich wie ein Schlag ins Gesicht. Nur ein paar kleine Streicheleinheiten über den empfindlichen Nervenknoten, und ich komme so heftig, dass meine Nippel schmerzen. Meine Muschi krampft unkontrolliert, und ich schlucke ein demütigendes Stöhnen herunter, als ich in seine riesige Hand spritze. Ich bin wie erstarrt, verzweifelt bemüht, ihm nicht zu zeigen, welche Wirkung er auf mich hat, aber ich zweifle nicht, dass er es weiß.

Und ich will mehr, so wahr mir Gott helfe.

Ich wehre mich nicht, als er mich auf den Rücken dreht, meine Beine demütigend weit auseinander drückt und meine Knie nach hinten schiebt, sodass sie im Grunde auf Höhe meiner Ohren liegen und meine frisch entblößte, glatte Muschi seinem aufmerksamen Blick ausgesetzt ist.

Ich kneife meine Augen zu. Ich kann ihn nicht ansehen. Ich will nicht sehen, was er tut. Sein Duft liegt immer noch auf meiner Zunge, aber ich kann mich jetzt auch selbst riechen, meine eigene Erregung steigt, der süße Geruch erfüllt den Raum.

Blöder Körper. Der verdammte König Goldfinger -

nein, Goldschwanz - mit seinen blöden, riesigen Muskeln und seinem dämlichen, umwerfend gut aussehenden Gesicht.

Ich hatte gerade einen Orgasmus, und ich will noch mehr.

Meine Zehen kribbeln, und die empfindlichen Stellen an den Rückseiten meiner Oberschenkel, an denen er mich festhält, mich niederdrückt, schmerzen. Meine Muschi fühlt weit gespreizt an. Feucht. Verletzlich.

Leer.

Dann beginnt der wilde, schnurrende König zwischen meinen Beinen, mich zu quälen.

Er leckt meine Schamlippen, die Innenseiten meiner Schenkel, sogar an meiner verborgenen Pforte - er leckt so ausgiebig wie ein Welpe an einer Eistüte. Seine breite, flache Zunge bedeckt jeden Quadratzentimeter meines pulsierenden wollüstigen Kerns - außer meiner Klitoris.

Ich stehe völlig neben mir, stemme mich nur noch gegen seinen eisernen Griff, stoße meine Hüften in einem vergeblichen Versuch, seine Aufmerksamkeit auf die Stelle zu lenken, an der ich sie am meisten will - und brauche.

Er packt mich fester und fängt an, mich mit seiner Zunge zu ficken, rein und wieder raus, bis ich vor Frustration schreie. Ich bin so nah dran. So verdammt nah.

Nach einer Million Jahren voll süßer Qual gibt er nach. Sein heißer, feuchter Mund legt sich über meine angespannte, schmerzende Klit, neckt sie, leckt sie, umkreist sie. Die Wucht meines Orgasmus bringt mich zum Schreien. Weiße Flecken tanzen hinter meinen geschlossenen Lidern, während sich mein Innerstes immer wieder zusammenzieht - und er leckt mich noch immer, ringt meinem vor Lust entflammten Körper jedes noch so kleine Beben ab.

Aber er ist noch nicht fertig.

Als mein apokalyptischer Höhepunkt endlich abgeklungen ist, erwarte ich, dass er aufhört.

Doch das tut er nicht.

Er leckt mich weiter, und meine Schreie der Ekstase verwandeln sich in Rufe des Unbehagens, als er an dieser hypersensiblen kleinen Perle saugt, sie zwischen seinen Lippen rollt und mich immer noch zielsicher an Ort und Stelle hält, sodass ich nirgendwohin ausweichen kann.

Es gibt kein Entkommen.

Ich kann nur daliegen und es ertragen, mein ganzer Körper zuckt, bis es irgendwann wieder anfängt, sich gut anzufühlen.

Mist. Er fängt wieder von vorne an.

„Bitte." Meine Stimme klingt, als käme sie von irgendwo weit weg.

Er leckt noch ein paar köstliche, schreckliche Sekunden über meine Muschi, dann hebt er seinen hübschen Kopf. „Ja, kleine Omega?"

Ich zögere. Ich weiß nicht einmal wirklich, worum ich bitte. „Bitte ... ich brauche ..."

„Sag mir, was du brauchst", schnurrt er.

Ich schüttle den Kopf. Ich kann ihn nicht um das bitten, was ich wirklich will. „Bitte hör auf."

„Sagst du die Wahrheit?" Seine Finger halten inne.

Nein! Meine Hüften zucken und betteln stumm um mehr.

Grinsend nimmt er seine Arbeit wieder auf. Ich halte meine Hände an den Seiten fest, um nicht in sein dichtes Haar zu greifen, damit ich meine Muschi an seinem Gesicht reiben kann.

Als ein riesiger Finger in meine tropfnasse Pussy gleitet, entfährt mir ein Stöhnen. „Gott ... bitte!"

Er ignoriert mich, saugt und leckt immer noch an

meiner Klitoris und lässt nun den Finger in mein Inneres gleiten, streichelt, erforscht, bis er die Stelle tief in mir findet, die mich einen unmenschlichen Schrei ausstoßen lässt.

„Bitte, bitte, bitte ..." Der flehende Singsang erreicht meine Ohren - *mein* flehender Singsang. Meine Kehle ist rau. Wie lange habe ich schon gebettelt?

„Bitte, was?" Diesmal hebt er nicht einmal den Kopf und seine Worte werden von meinem heißen, empfindlichen Fleisch gedämpft.

Ich knirsche mit den Zähnen. Ich möchte ihm sagen, dass er aufhören soll. Aber wenn er das tut, sterbe ich. „Ich kann nicht ..."

„Du kannst nicht ... was?"

Ich halte es nicht mehr aus, möchte ich sagen, aber ich weigere mich, ihm diese Genugtuung zu geben. Stattdessen beiße ich mir auf die Lippe und fange an, in meinem Kopf das Einmaleins zu rezitieren, in dem vergeblichen Versuch, mich von den Empfindungen abzulenken, dem Geruch, der Art und Weise, wie sich ein zweiter geschickter Finger zu dem ersten gesellt und zu stoßen beginnt. Hart.

„Du genießt das, kleine Omega", sagt er schließlich zwischen seinen Zärtlichkeiten. „Deine Stimme mag protestieren, aber die Unmengen an Säften aus dieser köstlichen kleinen Fotze sagen mir etwas anderes. Du willst das."

Nein! Seine Worte lassen mich erschaudern und ich versuche erneut, mich aus seinem eisernen Griff zu befreien.

„Ich werde nicht aufhören. Ich werde das so lange tun, wie es nötig ist ..."

Frag nicht nach. Frag nicht. „Solange es dauert, bis ... was?", höre ich mich selbst fragen. *Verdammt!*

„Bis du mich anflehst."

„Ich flehe dich an! Bitte!" Das letzte Wort ist ein frustriertes, bockiges Quieken.

Er schenkt mir ein tiefes, nachsichtiges Grinsen. „Nein, kleine Omega. Du hast noch nicht einmal angefangen zu betteln. Ich werde deine süßen Säfte melken und auflecken, bis du mich um meinen Schwanz anflehst. Bis ich dich ficken soll."

Diesmal schreie ich ungläubig auf. „Dann wirst du das noch lange tun", entgegne ich so hochmütig, wie ich kann, während meine Knie an meinen Ohren liegen und sein Kinn von meinen Säften glänzt. „Ich werde niemals um deinen Schwanz betteln. Niemals."

Er zeigt ein weiteres arrogantes Grinsen. „Eine würdige Herausforderung. Wir werden sehen."

Jene Hand, die nicht damit beschäftigt ist, meinen G-Punkt zu reiben, gleitet über meine Hüfte - sein Unterarm hält mich immer noch an Ort und Stelle fest - und dann macht König Goldschwanz etwas Wunderbares. Nein ... etwas Furchtbares. Erstaunliches. Erstaunlich Furchtbares.

Mit zwei Fingern zieht er die Vorhaut meiner Klitoris hoch, um mich noch intensiver seinen treffsicheren Berührungen auszusetzen.

„Oh fuck", flüstere ich, als sein warmer Atem über meine schmerzende, angespannte kleine Knospe streicht. „Oh Gott ..."

„Wie ich schon sagte", murmelt er, „es gibt nur einen Weg, wie du mich dazu bringst, damit aufzuhören." Dann leckt er von der Stelle, an der seine Finger meine Muschi dehnen, hinauf, zwischen den Schamlippen entlang und über meinen verletzlichen, empfindlichen Kitzler. Als seine Zunge unter die Vorhaut dringt, verliere ich den letzten Rest an Kontrolle und komme wieder, schreiend, fast vom

Bett schwebend, während er dieses unerbittliche, rhythmische Tempo beibehält. Hoch ... runter ... hoch ... runter ...

Wieder leckt er mich durch diesen Höhepunkt, zwingt mich durch die hypersensible Phase und zurück zu einem weiteren Höhepunkt der Lust ... er lässt mich einen Höhepunkt nach dem anderen erleben ... bis ich heiser vom Schreien bin und alles, was ich tun kann, ist, dort zu liegen, zu keuchen und die Laken zu kneten, während er eine weitere Reihe von Kontraktionen aus mir melkt ... Meine beanspruchte Klitoris schmerzt, aber reagiert immer noch auf ihn. Er entlockt meinem zitternden Fleisch das letzte Fitzelchen Vergnügen und findet doch irgendwie noch mehr.

Meine Säfte überziehen meine Arschbacken mit einem Film, und ich produziere immer noch mehr davon.

Er zieht seine Finger zurück, bis nur noch die Spitzen in mir sind und dehnt mich damit, bis er meine Muschi bis zur Schmerzgrenze gespreizt hat.

Es brennt so höllisch gut.

Mit der Zunge neckt er immer noch meine Klitoris wie ein Taktmesser ... Ein unerbittlicher Rhythmus der Lust, aus dem es kein Entkommen gibt. Der stechende Schmerz, den seine Finger jetzt verursachen, verstärkt nur noch, wie köstlich sich seine Zunge anfühlt und als er meinen Eingang weiter dehnt, spüre ich, wie er versucht, sich zusammenzuziehen - und es nicht schafft.

Mein Kern ist wund. Leer. Verzweifelt.

Ich bin kurz davor zu kommen und das schon seit einer gefühlten Ewigkeit, und Aurus scheint darauf bedacht zu sein, mich genau dort zu halten, am Rande des Abgrunds ...

Eine ganz neue Folter.

„Fuck! Bitte!" Meine Stimme ist rau. Ich keuche vor Anstrengung.

„Bitte ... was?" In seinem Ton liegt eine gespielte Unschuld. Er schnurrt immer noch, eine tiefe, widerhallende Vibration, die durch jedes meiner Nervenenden wandert.

„Bitte lass mich kommen." Ich schließe meine Augen, als eine Welle der Scham mein Gesicht überflutet.

„Wenn ich soweit bin", sagt er und leckt weiter, offenbar in der Absicht, mich um den Verstand zu bringen. Ich weiß nicht, wie viel ich noch ertragen kann.

„Bitte!"

„Willst du betteln?"

„Ich *bettle* doch, verdammt noch mal!"

„Nicht so!" Er knabbert so fest an der Innenseite meines Oberschenkels, dass ich vor Schmerz aufschreie. „Du weißt, was ich hören will."

„Fick dich!"

Ich schaue ihn nicht an, ich will seinen goldenen, gut aussehenden Kopf nicht zwischen meinen unanständig gespreizten Beinen sehen, aber ich kann das selbstgefällige Vertrauen in seiner Stimme hören. „Wenn du das nächste Mal zum Höhepunkt kommst, kleine Omega, dann wird mein Schwanz tief in dir stecken. Wo er hingehört. Wo *ich* hingehöre."

Er lässt mir keine Sekunde Zeit für eine Antwort, während ich diese Aussage noch verdaue und mir nicht eingestehen will, wie sehr mich das alles erregt hat. Umgehend nimmt er das verlockende, unentrinnbare, rhythmische Lecken und Saugen an dieser geschwollenen, beanspruchten und dennoch begehrlichen kleinen Knospe wieder auf, die der Mittelpunkt meiner - und seiner - ganzen Welt geworden zu sein scheint.

Wir befinden uns in einem Kampf des Willens, und ich verliere. Als er das Tempo anzieht und den Druck ein wenig erhöht, bin ich vor Verlangen schwerelos und das reicht aus, um mich an den Gipfel zu treiben.

Ich seufze, als mein Orgasmus einsetzt, aber alles verwandelt sich in einen Schrei des Entsetzens, als er aufhört, mich dort zu lecken, wo ich es so verzweifelt brauche. Stattdessen sieht er zu, wie sichmeine Hüften aufbäumen, während meine schmerzende Pforte immer noch weit offen ist, und ich versuche, dem Vergnügen nachzujagen, das er mir so grausam entzogen hat, kurz bevor ich es endlich zu erreichen glaubte.

„Ich liebe es, Orgasmen zu ruinieren", sagt er in einem ärgerlich lässigen Ton, während ich vor Frust und hilflosem Verlangen wimmere. „Ich kann sehen, wie diese enge kleine Fotze zuckt ... aber so viel langsamer, als wenn du tatsächlich kommst - so nah und doch so fern. Wie ich schon sagte, dein nächster Höhepunkt wird auf meinem Schwanz sein."

Schließlich nimmt er seine Finger aus mir und gleitet meinen Körper hinauf.

Ich kneife meine Augen wieder zu, als ich spüre, wie er seine harte, muskulöse Brust über meine tropfnasse Muschi zieht. Es fühlt sich gut an, aber auch so demütigend.

Sobald er auf mir liegt und sein Gesicht über meinem schwebt, halte ich den Atem an und erwarte, dass sein Schwanz mich genauso schmerzhaft zu dehnen beginnt, wie es seine Finger gerade getan haben.

Ich will es, stelle ich mit einer Mischung aus Erstaunen und Entsetzen fest. Ich will ihn tatsächlich in mir spüren. Ich *muss* ihn in mir spüren. Warum? Wie? Liegt es an dem Serum?

Ich habe immer noch meine Augen geschlossen. Ich kann ihn nicht ansehen. Meine Muschi flattert, ein leeres Gefäß, das verzweifelt darauf wartet, gefüllt zu werden.

Mein Geruch hängt schwer in der Luft, eine beschämende Erinnerung an den Verrat meines Körpers.

Sein Moschus ist jetzt stärker, potenter und berauschender als das beste Aftershave.

Seine massive, glatte Brust streicht köstlich über meine gespannten Brustwarzen und schickt weitere Ranken der Lust direkt in meinen Unterleib.

Dann tut er etwas, was ich in einer Million Jahren nicht erwartet hätte. Aurus senkt seinen Kopf und küsst mich. Er drückt seine Lippen sanft auf meine, nimmt mein erschrockenes Stöhnen auf, bevor er mich dazu bringt, nachzugeben und seine Zunge zu akzeptieren, die in meinen Mund gleitet und dort meine findet.

Ich kann mich selbst schmecken. Würzig. Moschusartig. Leicht süß.

Er vertieft den Kuss und zeigt mir mit seiner Zunge, was er noch mit seinem Schwanz machen will.

Sein riesiger, harter Schwanz drückt sich gegen mich, presst köstlich gegen meine hypersensiblen Schamlippen und meine Klitoris. Er ist so groß, dass ich nicht einmal weiß, ob er reinpassen würde, aber ich will es herausfinden. Ich will, dass er mich bis zum Überlaufen füllt. Ich will, dass er mich bis zur Besinnungslosigkeit fickt.

Ich bin noch nie in meinem Leben so erregt gewesen.

„Bitte", schaffe ich es zu flüstern, wobei das Wort durch seinen Mund gedämpft wird.

Er hebt seinen Kopf nur einen Zentimeter. „Ja, kleine Omega?"

„Bitte." Es ist ein heiseres Flüstern. Mein Herz klopft wie wild. „Bitte fick mich."

Ich schließe die Augen, um seine Reaktion nicht sehen zu müssen, halte den Atem an und warte ...

Ich warte ...

Bis seine Zunge wieder in meinen Mund gleitet und er mich hart küsst, bevor er sich aufbäumt wie ein entfesseltes Tier. Er packt mein Kleid und zerreißt es mit einem Ruck in der Mitte, sodass meine Brüste, mein Bauch, mein ganzer Körper seinen hungrigen Blicken ausgesetzt sind.

„Schön", sagt er schroff. „Du bist wunderschön, kleine Omega. Und ich will dich ficken, wie ich noch nie etwas in meinem Leben wollte." Er beugt sich über mich, seine Augen haben wieder die Farbe von verbranntem Honig. „Und jetzt werde ich es tun."

FÜNF

AURUS

Ich möchte vor lauter Triumph brüllen. Die kleine Pfirsichfrau hat sich als hartnäckiger erwiesen, als ich dachte ... aber sie hat schließlich kapituliert. Ich wusste, dass sie das tun würde. All die Jahre, in denen ich meine Fähigkeiten im Schlafzimmer verfeinert habe, haben sich ausgezahlt. Es gibt nicht viel, was ein Weibchen nicht tun würde, wenn man die richtigen Überredungskünste einsetzt.

Ich finde, dass zurückgehaltene, erzwungene und ruinierte Orgasmen besonders gut funktionieren.

Mein Schwanz tropft und schmerzt, seit ich das erste Mal den süßen Duft der Omega wahrgenommen habe, aber ich weigere mich, jetzt die Kontrolle zu verlieren. Dies ist mein Moment, und ich werde ihn genießen.

Ich blicke auf die Szenerie vor mir. Seltsam, wie schön sie plötzlich wirkt. Diese schmalen Hüften, die schlanken, durchtrainierten Schenkel, der flache Bauch. Ihre Brüste sind so klein, dass sie selbst dann an die Decke zeigen, wenn sie auf dem Rücken liegt, wie jetzt. Ihre Brustwarzen haben das tiefe Rosarot einer Johannisbeere, und ich rolle sie zwischen meinen Daumen und Zeigefingern und genieße die kleinen Schmerzenslaute, die sie von sich gibt.

Es ist kein Geheimnis, dass es mir Spaß macht, meine Bettpartnerinnen zu quälen. Eine Prise Salz macht den Honig viel süßer. Manche sind schmerzempfindlicher als andere, und ich liebe den Kampf des Willens, der entsteht, wenn ich eine Frau zwinge, mehr zu ertragen, als sie sich zutraut, egal ob ich sie mit Lust oder Schmerz meinem Willen beuge.

Ich gewinne immer.

Die Augen der kleinen Omega sind geschlossen und das gefällt mir nicht. Ich möchte sehen, wie sich ihre Pupillen weiten, wenn ich sie berühre. Wenn ich ihr weh tue. Wenn ich sie zum Kommen bringe.

„Sieh mich an", befehle ich und freue mich, als sie gehorcht. Ich drehe ihre Nippel fester und sie keucht wieder. Der Puls an ihrem Hals pocht so stark, dass ich ihn sehen kann. Ich richte mein steifes Glied aus und führe meine pochende Eichel zu dem engen kleinen Loch, aus dem es so stark tropft.

Ulf, ich wusste nicht, dass Omegas so viel Saft produzieren. Es kribbelt auf meiner Zunge, und ich spüre, wie sich das Verlangen durch meinen Unterleib wirbelt. Sie ist so klein, und ich bin so gut bestückt, dass sie über die glitschige Hilfe froh sein wird.

„Sieh nicht weg", fahre ich fort und zwinge mich, meinen Atem zu kontrollieren. Ich habe so lange gewartet, und ich bin wie ein hungriges Tier, das kurz davorsteht, seine Beute zu bekommen. Ich muss mich beherrschen.

Ich möchte, dass dies ein unvergessliches Erlebnis wird.

Ihre Augen sind klar und grün, stelle ich fest, als ich ihre Knöchel packe und ihre schlanken Beine noch weiter auseinanderziehe und nach hinten drücke. Als ich nach unten schaue, bemerke ich die kleine Knospe, der ich so viel Aufmerksamkeit geschenkt habe, die unter ihrer Vorhaut hervorlugt - geschwollen, glänzend, sich reckend - als ob sie nach mehr verlangt.

Noch nicht. Zuerst werde ich meine Omega für mich beanspruchen.

Mit einem Brüllen und einem mächtigen Stoß gleite ich mit einer einzigen Bewegung bis zum Anschlag in ihre enge Pussy hinein.

Der Mee-Nsch zittert unter mir, die Augen sind getrübt, die Lider schwer.

Ich merke, dass sie zum Höhepunkt kommt.

Jetzt schon.

Ich habe mich noch nicht einmal in ihr bewegt.

Ich greife nach unten, kneife sanft in ihre Klitoris und werde mit einem gutturalen Stöhnen belohnt, als ihre unglaublich enge kleine Muschi meinen Schwanz rhythmisch zusammenpresst.

„Ich habe dir gesagt, dass dein nächster Orgasmus auf meinem Schwanz sein wird", sage ich ihr und beginne, mich zu bewegen.

Ulf, hilf mir, meine Omega zu vögeln ist das Lustvollste, was ich je erlebt habe. Ich beschließe, dass ich ihrem Vergnügen genug Beachtung geschenkt habe, und konzentriere mich jetzt auf mein eigenes, indem ich mich mit hungriger Hingabe in sie hineinstoße und wieder herausgleite.

Sie umklammert mich wie ein seidiger Schraubstock, kleine Stöhnlaute entweichen ihren geöffneten Lippen, während ich ihre Beine obszön weit spreize und mir nehme, was mir gehört.

Ich will nicht, dass das endet, aber mein Höhepunkt nähert sich unangenehm schnell.

Nicht, dass das überraschend wäre. Ich bin schon seit einer gefühlten Ewigkeit hart wie Stein.

Ich lasse ihre Knöchel los, lehne mich weiter nach unten und stütze mich auf meinen Unterarmen ab, um Druck auf die empfindliche Stelle auszuüben, mit der alle Frauen gezähmt werden können.

Ich kann es spüren, eine harte kleine Beule, die gegen mein Becken drückt und sie unter mir erzittern lässt. Bei jedem Stoß entkommt ihr ein gehauchtes Stöhnen, und ich erhöhe das Tempo.

Meine Eier sind schwer, voll und schmerzen.

„Sieh mich an." Meine Stimme ist heiser, schwer vor Verlangen. „Sieh mich an, während ich dich besitze."

Wie unter großer Anstrengung öffnet sie ihre smaragdgrünen Augen, deren Pupillen so vergrößert sind, dass ich das Grün kaum erkennen kann. „Bitte ...", krächzt sie.

„Schon wieder? Willst du wieder kommen?" Noch während ich das frage, spüre ich, wie sich der Knoten an der Basis meines pulsierenden Schwanzes zu bilden beginnt. Und nun gibt es nichts anderes auf der Welt als diese kleine Omega und wie es sich anfühlt, mit ihr zu schlafen.

„Ja", keucht sie. Dann: „Nein." Sie brummt und wiegt den Kopf hin und her. „Ich weiß es nicht."

Arme, süße Omega. „Du musst nicht mitkommen", erlaube ich ihr. Ich stütze mich auf meinen Unterarmen ab und verlagere mein Gewicht von ihr. Jetzt bin ich dran. Ich beginne, noch fester zu stoßen. Ich muss mich beherrschen, denn sie ist ein winziges, zerbrechliches Ding, aber der Knoten hat sich ausgeweitet, hält sie an mich gefesselt und zwingt mich, sie noch härter zu ficken, um sie zu befreien.

„Oh ja!", schreit sie und das bringt mich um den Verstand.

Mit einem Brüllen und einem gewaltigen Stoß, der sie tief in die Matratze treibt, komme ich zum Höhepunkt. Mein Schwanz zuckt in ihr, als ich abspritze. Wellen unbeschreiblicher Lust beginnen in meiner Leiste und strahlen durch meinen ganzen Körper aus.

Ihre enge Möse zuckt um mich herum, oder vielleicht bilde ich mir das auch nur ein, aber das lässt mich nur noch härter kommen, während die kleine Omega jeden einzelnen Tropfen meines Samens aus mir herausmelkt.

Schließlich lasse ich mich über ihr zusammensinken, wobei ich das meiste Gewicht auf meinen Unterarmen trage, um sie nicht zu erdrücken. Mein Herz klopft in meiner Brust, meine Sinne taumeln, voll von ihrem Duft, ihrem Geschmack, ihrem Gefühl.

Es dauert einen Moment, bis ich merke, dass sie sich unter mir windet. Ich richte mich so weit auf, dass ich in ihr Gesicht schauen kann. „Was ist los?", frage ich.

Sie beißt sich auf die Unterlippe und wendet den Blick ab, wobei sich heiße rosa Flecken auf ihren Wangen bilden.

„Sag es mir", fordere ich, „oder ich zwinge dich dazu."

Sie murmelt etwas.

„Lauter", befehle ich, und sie starrt mich an, als wolle sie mich angreifen. Ich hatte schon freundlichere Blicke von feindlichen Kriegern.

„Ich bin nicht gekommen, okay?" Und sie nuschelt mit tiefer Stimme etwas hinterher, das sich wie: „*Verdammtes Arschloch*" anhört.

Seit langer Zeit hat mich niemand mehr beleidigt. Schon gar nicht direkt ins Gesicht.

Sicherlich nicht, wenn ich tief mit demjenigen verknotet bin. Dies ist das erste Mal, dass ich mich mit meiner Omega verknotet habe und ich wollte, dass es ein schöner, perfekter Moment wird.

Stattdessen starrt sie mich an, als wolle sie mich beißen. Und wäre es nicht köstlich, wenn sie das tun würde?

Ich grinse und sehe über ihre Beleidigung hinweg. „Du bist nicht das, was ich erwartet habe.“

„Wie auch immer.“

Ich bewege meine Hüften ein wenig - wobei ich ein zufriedenes Stöhnen von ihr ernte - und stelle fest, dass der Knoten so weit aufgeweicht ist, dass ich mich zurückziehen kann, was ich auch tue. Ich knie zwischen ihren Schenkeln und schaue auf die Quelle ihres Elends und ihrer Freude hinunter. Fasziniert beobachte ich, wie mein milchig-weißer Samen zwischen den geschwollenen, rosafarbenen, glitschigen Lippen ihrer Pussy hervorquillt.

Ihr Kitzler ist immer noch auf das Doppelte seiner früheren Größe angeschwollen, eine rote kleine Beere, die nach meiner Berührung schreit.

„Ist es das, was du brauchst?“, krächze ich und klopfe leicht darüber. „Brauchst du mich, um dich hier zu reiben, bis du die Kontrolle verlierst?“

Ihr Schrei ist wie der eines verwundeten Tieres. Ihre Augen sind wieder fest zusammengekniffen, die langen Wimpern heben sich dunkel von ihrer blassen Haut ab. Ich kann ihre Erniedrigung spüren. Ich bete sie an.

Ich sammle etwas von unseren gemeinsamen Säften, wobei ihre aus ihr herausströmen wie ein stetiger, nicht enden wollender Fluss. Dann verteile ich reichlich davon auf ihrer geschwollenen Klit, beginne zu reiben und bin erstaunt, wie hart diese Perle ist, als sie sich unter meinem Finger bewegt. „Gefällt dir das, kleine Omega?“, frage ich. „So ein gieriges kleines Ding, das noch mehr Befriedigung braucht, obwohl du schon so oft gekommen bist, dass ich nicht mehr zählen kann. Fühlt es sich gut an, wenn ich mein Sperma so über deinen empfindlichen, pochenden kleinen Knopf reibe?"

Sie zittert, krallt ihre Finger in die Laken. Sie kämpft dagegen an.

„Du hast die Wahl", sage ich ihr. „Du kannst jetzt zum Höhepunkt kommen, oder ich kann ihn dir wieder vorenthalten. Ich bringe dich bis kurz vor den Höhepunkt und höre dann auf ... sehe zu, wie du dich krümmst und keuchst, während diese wunderbaren Empfindungen abklingen und du dich zwar seltsam befriedigt fühlst, aber ohne das angenehme Prickeln. Also, was soll es sein?"

Sie schüttelt hilflos den Kopf, ein weiteres Zeichen ihrer Verlegenheit.

Ich genieße das so sehr, dass ich schon wieder hart werde. Ich will ihre Reaktion auf den Schmerz testen, also schlage ich auf die Rückseite ihrer Oberschenkel, hart, immer wieder, rechts, links, bis die blasse Haut mit leuchtenden Handabdrücken bedeckt ist. Meine Spuren.

Meine.

Sie keucht und windet sich, aber ihr Duft verrät etwas anderes.

„Es scheint, dass du Schmerzen magst, kleine Omega", fahre ich fort und streiche über das gerötete Fleisch. „Etwas, das wir weiter erforschen müssen. Aber nicht jetzt." Ich sammle mehr von unseren gemeinsamen Säften, die auf meinen Fingerspitzen glänzen und bringe sie zu ihrer geschwollenen Klitoris. „Jetzt wirst du die Schande ertragen, so hilflos und entblößt vor mir zu liegen, während ich diesen empfindlichen kleinen Knopf mit meinem Samen einschmiere, bis du explodierst - und *ich* werde entscheiden, ob du dein Vergnügen haben wirst, oder ob ich es dir im letzten Moment wieder nehmen werde."

Sie stößt einen Schrei aus, und ich spüre, wie sich ihre

gesamte Muschi unter meiner Fingerspitze zusammenzieht und ihre harte Klit unkontrolliert pocht, während sie zum Höhepunkt kommt. Tropfen unseres gemeinsamen Ejakulats sprudeln aus ihrer zuckenden Muschi.

„Das ist es", beschwichtige ich sie, während ich sie immer noch streichele, mein Schwanz pocht bei diesem höchst erotischen Anblick. „Du hast es bald geschafft. Lass es einfach geschehen. Ich will dir jeden einzelnen Tropfen dieses Vergnügens abtrotzen. Und dann werde ich dich umdrehen und dieses zuckende kleine Loch noch einmal von Neuem ficken ..."

„Oh, Scheiße", murmelt sie, und ihr ganzer Körper zittert.

Ich lache kurz auf. „Kämpf nicht dagegen an, kleine Omega", sage ich und streichle sie immer noch. „Du wirst niemals gewinnen. Also kannst du dich mir genauso gut jetzt ergeben."

Dann dreht sie den Kopf, öffnet die Augen und begegnet meinem Blick. Obwohl sie immer noch zittert, obwohl ich sie immer noch in dieser demütigenden Position gefangen halte, zeigt sie Mut. Sie kontert mit einem einzigen, bezaubernden Wort. „Niemals."

Das werden wir noch sehen.

SECHS
KIM

Ich wache auf, ohne zu wissen, wo ich bin. Ich brauche einen Moment, um mich zu orientieren, blinzle träge und versuche, meine Umgebung zu erkennen.

Kissen.

Ich bin umgeben von einem Meer aus Kissen.

Ein großes lilafarbenes ist halb gegen mein Gesicht gepresst, und ich schiebe es weg. Ich bin frustriert, voller aufgestauter Aggressionen - aber warum? Ich bewege mich und versuche, mich aufzurichten, als ein stechender Schmerz von der Leiste bis zu meiner Brust schießt. Meine Bauchmuskeln tun weh. Meine Oberschenkel sind wund. *Ich* bin wund.

Die Erinnerungen kehren zurück wie ein Eimer eiskalten Wassers, der mir über den Kopf geschüttet wird.

Aurus.

Der Sex.

Oh Gott, der Sex.

So etwas habe ich noch nie erlebt. Wie er mich küsste, mich streichelte, mich fickte. Allein die Erinnerung daran lässt meine Klitoris heftig pulsieren. Ich habe um seinen

Schwanz gebettelt ... Mein Gesicht brennt vor Scham, aber so wahr mir Gott helfe, wenn sich die letzte Nacht wiederholen würde, würde ich wieder betteln.

Wo ist er? Im zweiten Anlauf schaffe ich es, mich in eine sitzende Position aufzurichten und stöhne entsetzt auf, als ich sehe, in welchem Zustand ich bin. Nackt, mit blauen Handabdrücken auf meinen Schenkeln, wo er mich geschlagen hat, roten, wunden Brustwarzen, die wahrscheinlich nie wieder in ihren Normalzustand zurückkehren werden und ... getrocknetem Sperma. Es ist überall, ein klebriger weißer Rückstand, der meinen Po, die Innenseiten meiner Oberschenkel und Gott weiß was sonst noch bedeckt.

Igitt.

Ich brauche dringend eine Dusche. *Und etwas zu essen*, füge ich in Gedanken hinzu, während mein Magen ein verzweifeltes Knurren von sich gibt.

Als hätten sie es gehört, kommen drei Frauen aus einer versteckten Tür - warum gibt es eigentlich keine offensichtlichen Türen an diesem Ort? - und gleiten auf mich zu. Ich erkenne Juno, aber nicht die beiden anderen, die ein Stück hinter ihr stehen. Sie haben mich zwar schon einmal nackt gesehen, aber noch nie so mitgenommen und mit getrocknetem Sperma besudelt. Eilig schnappe ich mir ein paar dieser blöden Kissen und versuche, mich zu bedecken.

„Wie fühlst du dich?", erkundigt sich Juno und eine kleine Sorgenfalte legt sich auf ihre sonst so perfekte Stirn. Wenn mein Zustand sie schockiert, zeigt sie es nicht.

„Ziemlich beschissen", stöhne ich. Ich versuche, mit der Hand durch mein Haar zu fahren, aber es ist vom Schlaf verfilzt. „Ich bin am Verhungern. Und ich brauche ein Bad. Wo ist Aurus?"

Sie lacht zaghaft. „Ich habe keine Ahnung. Ich bin

nicht eingeweiht in das Kommen und Gehen seiner Majestät. Aber er ist immer beschäftigt. Er hat ein Königreich zu regieren.“

Ich ignoriere den kleinen Anflug von Enttäuschung, den ihre Worte tief in meiner Brust auslösen, streiche mir die Haare aus dem Gesicht und hebe mein Kinn. Es ist wahrscheinlich sowieso besser, wenn er nicht hier ist. Irgendetwas an ihm lässt mich die Kontrolle über meine Fähigkeiten verlieren. Ich verwandle mich in eine rasende, verzweifelte Nymphomanin.

Scheiß auf meine Libido. Verfluchter Goldschwanz mit seinem riesigen geilen ... goldenen Schwanz.

„Hier.“ Juno nimmt ein Stück Seide von einem der Mädchen hinter ihr und reicht es mir. „Ein Gewand. Wenn du mit uns kommst, werden wir dich baden und füttern.“

Ich ziehe den Bademantel an und schlinge ihn um mich herum. Der Stoff ist weich und in einem tiefen, satten Grün. „Danke“, erwidere ich. Meine Kehle ist trocken. Heiser vom Schreien.

Ich wusste nicht, dass es möglich ist, so heftig zu kommen.

„Ich brauche etwas zu trinken“, sage ich laut und verdränge die erotischen Erinnerungen. „Bitte.“ Wenn Aurus nicht in meiner Nähe ist, kann ich mich konzentrieren. Ich werde also baden, essen und fliehen. In dieser Reihenfolge.

„Natürlich. Alles wartet in unseren Gemächern auf dich.“

Die beiden Frauen, die hinter Juno stehen, kommen nach vorne, um mir aufzuhelfen, doch ich setzte sie kurz und knapp davon in Kenntnis, dass ich durchaus in der Lage bin, allein aus dem Bett aufzustehen. Ich bin keine Invalidin.

Sobald meine Füße den Boden berühren und ich aufstehe, knicken meine Knie ein und ich taumle. Wie lange war ich eigentlich mit ihm im Bett? Es ist, als hätte ich vergessen, wie man läuft.

„Bitte lass uns dir helfen“, sagt Juno leise. „Wenn euch etwas zustößt, sind wir es, die den Preis dafür zahlen würden.“

„Das ist ja ungeheuerlich!“

Ohne mich zu beachten, dreht sie sich um und ich erlaube den beiden anderen, neben mir zu gehen, während ich ihr folge. Jede von ihnen legt eine Hand auf meinen Ellbogen, um mich zu stützen. Ich mag es nicht, wie eine hilflose Jungfrau behandelt zu werden, aber diese Frauen haben nichts falsch gemacht. Ich will sie nicht in Schwierigkeiten bringen.

Mein Gewand schwingt in engen Falten um meine Knöchel. Gleichzeitig ist er fast durchsichtig und enthüllt meine Figur, anstatt sie zu verbergen. Mir gefällt nicht, wie es sich anfühlt. Wenn ich wieder bei Kräften bin, möchte ich rennen können. Mich bewegen.

Schließlich muss ich ja meine Flucht planen.

Eine riesige Auswahl an Waffen schmückt die Wand neben einer der versteckten Türen. Alle Arten von Schwertern und langen Messern, manche gebogen, manche gerade. Ich stelle fest, dass es dieselben sind, die ich auf meinem Weg hierher gesehen habe. Als die Haremsdamen mich zu Goldschwanz brachten. Vorher … Ich schließe die Augen und schlucke schwer, um die Welle der Lust zu bekämpfen, die die Erinnerungen auslösen. „Wofür sind die?“

„Hauptsächlich zur Dekoration“, erklärt Juno mit einem leichten Schulterzucken. „Aber seine Majestät ist im Umgang mit ihnen allen geübt. Er mag es, immer Waffen in der Nähe zu haben, falls er sich verteidigen muss. Oder uns.“

„Hat er dir beigebracht, wie man sie benutzt?“ Mein Tonfall ist trügerisch lässig. Irgendetwas in mir möchte zur Wand laufen und die Waffen genauer untersuchen.

Die Frau zu meiner Rechten schnaubt ein wenig, und Juno wirft ihr einen Blick über die Schulter zu. „Nein“, antwortet sie. „Kurtisanen haben keinen Grund zu kämpfen. Dafür sind die Alphas da.“

„Alphas?“

Sie nickt. „Jeder Alpha in Aurum wird als Soldat ausgebildet.“

Interessant. „Gibt es auch weibliche Alphas?“

„Natürlich nicht!“ Juno klingt entsetzt.

„Warum nicht?“ Ich verstehe wirklich nicht, warum das für sie ein so fremdes Konzept ist.

„Frauen sind dazu da, sich fortzupflanzen, sich zu vergnügen, zu heilen, zu erschaffen ... wir haben auf dem Schlachtfeld nichts zu suchen. Obwohl wir etwas zu unserem eigenen Schutz bekommen haben. Silki?“

Die Frau zu meiner Rechten bleibt stehen und hebt ihr Gewand hoch. Ein kleiner, mit Juwelen besetzter Dolch ist an ihren linken Oberschenkel geschnallt. Klein genug, um ihn unter einem Kleidungsstück zu verstecken. Meine Finger zucken. Vielleicht kann ich mir selbst einen kleinen Dolch besorgen.

Wir stapfen den endlos langen, knallbunten Flur hinunter, den ich auf dem Weg zu meinem Treffen mit Aurus entlanggegangen bin. War das gestern? Gestern Abend? Ich habe jegliches Zeitgefühl verloren. Mein Bio-Rhythmus ist durcheinandergeraten. „Warum braucht ihr so viele Soldaten?“, frage ich. „Seid ihr im Krieg?“

„Zurzeit nicht mit einem der anderen Könige, nein.

Aber wir werden manchmal von Fremden angegriffen. Es gibt Leute, die stehlen wollen, was ihnen nicht gehört. Ressourcen. Sklaven. Oder diejenigen, die Ulfaria für sich selbst einnehmen wollen."

Wir haben endlich das erreicht, was ich insgeheim als das *Harem-Hauptquartier bezeichne*, in dem ich gestern aufgewacht bin - oder wann auch immer das war, verdammt. „Ich hätte jetzt wirklich gerne einen Drink", sage ich und lecke mir zum x-ten Mal über die trockenen Lippen.

Juno nimmt einen Becher von einer schwebenden Frau und reicht ihn mir. Es ist dieselbe erfrischende Flüssigkeit, die ich letztes Mal getrunken habe. Dankbar schlucke ich den Inhalt hinunter.

„Willst du zuerst essen oder baden?", erkundigt sie sich.

Mein Magen knurrt in diesem Moment laut. „Essen", antworte ich daher verlegen.

„Sehr gut. Wir haben hier drüben einige Gerichte für dich vorbereitet." Sie führt mich in eine Ecke und deutet auf eine Reihe mit Tellern.

Ich schaue mir das Essen vorsichtig an. „Ist etwas davon... tierisch?", frage ich.

„Meinst du Fleisch?"

„Ja, das meine ich." Es scheint, dass einige grundlegende Wörter aus meinem Wortschatz zusammen mit den vielen Erinnerungen verschwunden sind.

„Diese drei." Sie zeigt auf sie.

„Danke." Ich bin versucht zu fragen, um was für ein Tier es sich handelt, aber dann wird mir klar, dass ich das gar nicht wissen will. Ich bin so verdammt hungrig. Ich gehe die Reihe entlang und probiere einen Bissen von jedem Gericht. Die Fleischgerichte sind leicht gewürzt, aber mager und gut. Es gibt etwas Schleimiges und Grünes, das ich gar nicht erst probiere, der bloße Anblick ist schon unappetitlich genug. Das letzte Gericht ist etwas Cremiges und Süßes mit einer Konsistenz wie Joghurt. Es scheint genau das zu sein, wonach ich mich sehne, denn ich tauche den Löffel immer wieder hinein, bis die Schale leer ist. Auf einem anderen Teller liegt eine Art von Obst. Das Fruchtfleisch ist knackig, wie bei einem Apfel und der säuerliche Geschmack erfrischt meine Zunge, als ich hineinbeiße.

„Oh wow", sage ich, zu hungrig, um mich darum zu kümmern, dass ich mit vollem Mund spreche. „Das ist gut. Was ist das?"

„Kiktu", bietet eine der Frauen hilfsbereit an.

„Danke", entgegne ich. Ich werde versuchen, mir das zu merken.

Nachdem ich mich satt gegessen habe, darf ich ein Bad nehmen. Diesmal muss ich mich selbst waschen, aber es ist immer jemand in der Nähe, falls ich etwas brauche.

Die Flucht wird sich als schwierig erweisen. Aber ich werde es schaffen.

Ich schwelge in dem duftenden Wasser, lasse es meine angespannten, schmerzenden Muskeln beruhigen und atme tief ein, um auch die letzte Spur des moschusartigen, ledrigen Geruchs loszuwerden, der noch in meiner Nase verweilt.

Aurus' Duft. Der Duft, der mich dazu bringt, mein Höschen mit meinen Säften zu benetzen. Immer und immer wieder.

Verdammter Mist.

Ich schwöre mir, nicht mehr an ihn zu denken, und konzentriere mich stattdessen auf mein wichtigstes Ziel: die Flucht. Irgendwie werde ich hier rauskommen. Und Wissen ist, wie man so schön sagt, Macht. Nachdem ich also mein Bad beendet habe, mich abgetrocknet habe und in ein weiteres luftiges Kleid geschlüpft bin - dieses ist ein lächerlich feminines Pastellrosa -, suche ich Juno auf.

„Was passiert jetzt?", frage ich sie.

Sie liegt auf einem Stapel aus Kissen und hat die Augen geschlossen. Wenn ich mich umschaue, sehe ich die anderen Haremsbewohnerinnen, die alle dasselbe tun - nichts. Verschiedene Formen von Nichts.

„Mach es dir bequem", sagt sie. „Und warte."

„Auf was warten?"

Sie dreht den Kopf und hebt ihre langen Wimpern hoch genug, um mir einen ernsthaft außerirdischen Seitenblick zuzuwerfen. „Auf seine Majestät, wenn er dich wieder ruft."

„Ist das alles, was ihr macht?", frage ich ungläubig.

Sie zuckt ein wenig mit den Schultern. „Es ist eine große Ehre, als Kurtisane des Königs ausgewählt zu werden. Andere Betas müssen hart arbeiten, um sich und ihre Familien zu ernähren. Viele Stunden lang. In manchen Fällen ist es Schwerstarbeit. Hier werden wir ernährt, gekleidet und leben in Luxus."

„Werdet ihr auch bezahlt?", frage ich.

Noch mehr Seitenblicke. „Nein, natürlich nicht! Wir brauchen keine Vergütung. Alle unsere Bedürfnisse sind gedeckt."

Ich setze mich im Schneidersitz auf einen Schemel in der Nähe und ziehe den Saum meines Kleides über meine Knie. „Was ist ein Beta?"

Es gibt eine Pause. Schließlich, nachdem sie offenbar beschlossen hat, dass ich nicht weggehe und aufhöre, sie zu belästigen, öffnet Juno ihre Augen vollständig und richtet sich so auf, dass sie mir zugewandt ist. Sie liegt immer noch zurückgelehnt, sehr feminin, ein Bild der Verführung.

Währenddessen hocke ich auf dem Schemel wie ein Kind, das eine Geschichte vorgelesen bekommen möchte.

„Unsere Gesellschaft ist in drei Klassen unterteilt", beginnt sie. „Die Alphas sind die Anführer. König Aurus ist natürlich ein Alpha, ebenso wie die acht anderen bekannten Könige. Und die Soldaten."

„Sind sie alle männlich?"

„Fast. Ich habe Geschichten über weibliche Alphas gehört, aber ich habe noch nie eine gesehen oder getroffen und ich kenne auch niemanden, der eine gesehen hat."

„Typisch", murmle ich vor mich hin. Dann, als Juno mir einen Blick zuwirft: „Entschuldigung. Bitte fahre fort."

Sie stößt einen kleinen, verärgerten Laut aus. Wichtigtuerei scheint eine angeborene Eigenschaft der Ulfarri zu sein, wenn man Lenah, Juno und Aurus Glauben schenken darf. „Betas machen die Mehrheit der Gesellschaft aus. Alle von uns Kurtisanen sind Betas. Betas arbeiten in allen Bereichen, von der Medizin über das Bauwesen und die Lehre bis hin zur Kunst."

„Gibt es also auch männliche Betas?"

„Ja. Natürlich."

Ja, natürlich. Ich unterdrücke ein Augenrollen. „Und ... Omegas?" Da ich anscheinend genau das bin, bin ich sehr daran interessiert, herauszufinden, was genau das für sie bedeutet.

„Omegas sind die seltenste Gruppe von allen. Kostbar. Besonders. Sie sind mit der Generation unserer Eltern fast ausgestorben - das dachten wir zumindest. Dann kam Khan mit Emma zurück."

Sofort bin ich in höchster Alarmbereitschaft. Mein Puls beginnt zu rasen. „Emma?"

„Khan ist der König der Wanderer. Er reist durch das Universum, angeblich um Ulfarias Interessen zu fördern, aber es stellte sich heraus, dass er in Wirklichkeit die ganze Zeit auf der Suche nach Omegas war. Und dann hat er eine gefunden. Emma. Ein Mensch, wie du.“

Ein Mensch? Hier? Auf Ulfaria? „Wo ist sie?“, schaffe ich zu fragen und zwinge mich, ruhig zu klingen.

„In Altrim“, erwidert Juno, als ob ich dumm wäre. „An der Seite ihres Königs.“

Altrim. Ich mache mir eine mentale Notiz, um mich daran zu erinnern. Endlich habe ich ein Ziel vor Augen, wenn ich diesem Ort entkomme. „Und warum war der König der Wanderer so erpicht darauf, Omegas zu finden?“ Das ist die große Frage, nicht wahr? Was macht uns so besonders, dass wir entführt und auf einen fremden Planeten gebracht werden müssen, um ... Ich weigere mich, diesen Satz zu beenden, sogar in Gedanken.

Juno stößt einen kleinen Seufzer aus. „Zur Fortpflanzung. Beta/Beta-Paarungen bringen fast immer Beta-Nachkommen hervor - sehr selten werden Alphas geboren. Omegas sogar noch seltener. Ich habe noch nie davon gehört, dass das zu meinen Lebzeiten passiert ist. Wenn sich jedoch Alphas mit Omegas paaren, bringen sie immer Alpha- oder Omega-Nachkommen zur Welt.“

Das war’s? Ich wurde hier eingesperrt und von Goldschwanz gründlich durchgenommen - nur um Babys zu bekommen?

„Was ist mit dem Beta-Nachwuchs?“, frage ich. „Ich habe den Eindruck, dass sie zu allem fähig sind, was auch Alphas oder Omegas können.“

„Alphas sind stärker. Größer. Bessere Kämpfer. Sie beschützen uns vor allen Bedrohungen.“

Hm. Nun, Aurus ist wirklich riesig. Gegen ihn sehen menschliche Bodybuilder wie Strichmännchen aus.

„Die Ulfarri-Alphas haben einen Ruf, der ihnen im

ganzen bekannten Universum vorauseilt", setzt Juno meinen Alien-Crashkurs fort. „Man nennt sie die Brutalen."

Brutal. Das passt. Aurus war letzte Nacht wie ein Tier. Riesig und köstlich, verloren im Griff der wilden Leidenschaft. Ich trage immer noch die Spuren seiner Finger und Zähne auf meiner Haut. Ich würde es sehr befriedigend finden, wenn ich nicht so entschlossen wäre, darüber wütend zu sein. „Und die Omegas? Abgesehen davon, dass sie Babys machen können?"

„Sie lösen bei Alphas die Brunft aus. Sie sind freundlich. Sanft. Mitfühlend. Weiblich." Sie wirft mir einen Blick zu, als sie das letzte Wort sagt, und ich recke mein Kinn vor. „Aber am wichtigsten ist, dass wir sie brauchen, um eine neue Generation von Soldaten zu züchten, die diesen Planeten verteidigen."

Ha! Wenn Aurus glaubt, er kriegt ein Baby von mir, irrt er sich gewaltig. Daraus wird nie etwas werden. „Ich verstehe", antworte ich. Ich stelle meine nächste Frage, obwohl ich mir der Antwort schon ziemlich sicher bin. „Die Brunft?"

„Ich glaube, du hast sie letzte Nacht erlebt?", Juno zieht eine Augenbraue hoch.

Irritierenderweise spüre ich, wie meine Wangen heiß werden. „Ja", murmle ich und starre auf den Boden. „Ich glaube, das habe ich. Es ist wie ... Östrus?"

„Sowohl Alphas als auch Omegas sind biologisch darauf programmiert, sich fortzupflanzen", sagt Lenah, die wie aus dem Nichts auftaucht.

Diese verdammten versteckten Türen. Ich muss herausfinden, wo sie alle sind und wie sie geöffnet werden. „Ist das so?"

„Ihre Pheromone sind darauf ausgelegt, den idealen

Partner vor Lust verrückt zu machen. Allein der Duft eines Streichholzes in der Nähe reicht aus, um bei Alphas die Brunft und bei Omegas den Östrus auszulösen." Lenah lässt sich anmutig auf einen weiteren Stapel Kissen sinken.

„Aber Alphas und Betas können sich doch auch paaren ...", wiederhole ich. „Ich meine, sie müssen es können, wenn ihr Betas seid und Aurus ..." Ich breche ab, weil ich nicht zu viel darüber nachdenken will.

„Wir können uns durchaus im Bett vergnügen", sagt Juno mit einem Augenzwinkern. „Aber das ist nur zum Vergnügen. Alphas können keine Betas schwängern."

„Oh."

„Wie ist der Östrus?" Diese leise Frage kommt von einem atemberaubenden blassblauen Mädchen, das irgendwie zu meiner Linken aufgetaucht ist. „Und die Brunft? Wie ist seine Majestät, wenn er in der Brunft ist?"

„Annay! Stell nicht so unverschämte Fragen!", beschimpft Lenah sie. „Das geht uns nichts an!"

Ich wollte es eigentlich nicht erklären, aber die Art und Weise, wie Lenah das andere Mädchen behandelt, geht mir auf die Nerven, also beschließe ich, doch zu antworten. „Stell dir die tiefste, dunkelste, allumfassendste Lust vor, die du je erlebt hast", beginne ich langsam und überlege, wie ich sie am besten beschreiben kann. „Dann multipliziere das mit einem Dutzend. Äußerst vergnüglich. Was Aurus betrifft - seine Majestät", korrigiere ich mich hastig auf einen scharfen Blick von Lenah hin, „er war außer Kontrolle."

Juno spottet. „Das ist unmöglich. Seine Majestät behält immer die Kontrolle. Immer."

Ich zucke mit den Schultern. „Wenn du es sagst. Es sah jedenfalls nicht so aus, als ich in seinem Bett lag."

„Die Brunft ist bekannt dafür, dass selbst die stärksten

Alphas die Kontrolle verlieren", sagt Annay. In ihrer ruhigen Stimme liegt ein wehmütiger Ton.

„Alphas vielleicht", räumt Juno ein. „Aber nicht König Aurus."

„Es gibt also neun Könige?" Ich will das Thema wechseln. Alles, um mich von der Erinnerung an Aurus' Finger und Mund auf meiner Klitoris abzulenken, die wieder einmal hartnäckig pocht.

„Es gibt mehr als neun auf Ulfaria", erklärt Lenah, „aber es gibt neun bekannte Könige, die sich zum Rat zusammenschließen."

„Ich verstehe." Ich verstehe es nicht. Aber das ist mir eigentlich egal. Ich interessiere mich mehr für den anderen Menschen. Emma. Wie ist sie hierhergekommen? Vielleicht kann sie mir sagen, wie ich in diesem verdammten Alien-Harem aufgewacht bin. Ich muss sie finden. Ich habe so viele Fragen. „Sind sie weit weg?"

„Einige sind näher als andere. Manche Königreiche sind weit weg, ja. Ulfaria ist groß."

„Größer als die Erde?", frage ich.

„Das ist eine Frage für einen der Magier", sagt Juno ehrfürchtig.

Moment, was? „Magier?" Ich bin offenbar ein Papagei.

„Die Elite der Betas. Diejenigen, die Heilung praktizieren und magische Technologien entwickeln. Diejenigen, die das Portal geschaffen haben, um dich hierher zu bringen."

Mit anderen Worten: Diejenigen, die mich hier rausholen können. Das hoffe ich. „Ich verstehe", erwidere ich erneut.

Ich habe sehr viel zu verarbeiten. Meine Gedanken rasen und ich werde ungeduldig. Ich werde nicht weiterkommen, wenn ich hier nur faulenze und mich hübsch mache. Das scheint sowieso nicht meine Stärke zu sein.

„Wo ist König Aurus jetzt?", erkundige ich mich. Die Mädchen scheinen eher geneigt zu sein, wohlwollend zu reagieren, wenn ich ihm den Ehrentitel gebe, den er ihrer Meinung nach verdient.

„Beim Training", meldet sich Silki. „In der Grube."

Das klingt viel interessanter als faulenzen. „Können wir hingehen und zusehen?"

„Auf keinen Fall!" Lenahs Tonfall duldet keine Widerworte.

Das ist mir allerdings egal. „Ich verlange, dass du mich zu ihm bringst", sage ich so gebieterisch, wie ich es kann. Wenn sie mich als wertvolle Omega betrachten, werden sie mich doch sicher bei Laune halten wollen?

Juno schaut unsicher. „Wenn sie es wünscht ..."

„Ich verbiete es", unterbricht Lenah sie.

„Ich glaube nicht", beginne ich langsam, „dass ich Befehle von dir entgegennehmen muss."

Es herrscht eine lange, unerträgliche Stille.

Dann sagt Juno: „Sie hat recht. Wir haben den Auftrag, uns um sie zu kümmern, aber nicht, ihr zu befehlen. Das kann nur seine Majestät tun."

Er glaubt nur, dass er es kann, füge ich leise hinzu, dann sehe ich einen goldenen Blitz auf Silkis Oberschenkel. Ihr Dolch. Aus einer Eingebung heraus schnelle ich nach vorn und reiße ihn aus der Scheide.

Ich weiß nicht einmal, woher ich das wusste, aber es scheint, dass ich mich schnell bewegen kann, wenn ich es will. Ich halte die Waffe hoch - sie fühlt sich gut in meiner Hand an. Das Licht schimmert auf der scharfen Klinge.

Die Frauen stoßen einen kollektiven Schrei aus.

„Ich werde keiner von euch etwas tun", sage ich und

widerstehe dem Drang, mit den Augen zu rollen. „Aber ich verlange, dass ihr mich in die Grube bringt, wo Aurus ist."

Es herrscht eine lange Stille. Ein apricotfarbenes Mädchen wirft Lenah einen erschrockenen Blick zu, die die Lippen schürzt und fast unmerklich den Kopf schüttelt.

„Nein?", frage ich, als es keine Freiwilligen gibt. „Nun, ich wollte das nicht tun, aber du lässt mir keine andere Wahl." Ich nehme eine große Strähne meines schulterlangen Haares und schneide sie mit dem Dolch ab.

Die Betas schnappen nach Luft.

„Nein!", schreit Juno und stürzt sich nach vorne. „Seine Majestät ..."

„Scheiß auf seine Majestät!", fauche ich und mein Publikum japst wieder nach Luft. Ich hacke auf meinem ganzen Kopf herum, bis die goldglänzenden Locken um meine nackten Füße wehen. „Er ist nicht hier, stimmt's? Er hatte keine Lust, am Morgen danach hierzubleiben, also wird er sich auch nicht für das hier interessieren, oder?" Ich fahre mir mit den Fingern durch mein kurzes, zotteliges Haar und zerstrubbele es, um alle abgeschnittenen Strähnen loszuwerden. Meine Haut juckt von den losen Härchen. Ein Teil von mir fühlt sich triumphierend, aber der andere Teil von mir ist schlicht wütend. „Er hat mich mir selbst überlassen. Er hat kein verdammtes Mitspracherecht."

Aber bin ich deshalb so wütend? Weil Aurus nicht hier ist? Weil er nach all dem Mist, den er über mich als besondere Omega, die Brunft, den Östrus und so weiter erzählt hat, weil er nach all dem Prunk und Pompbeschlossen hat, in dem Moment, in dem er tatsächlich seinen Schwanz feucht bekam - wenn auch mehrere Male hintereinander -, dass er mit mir fertig ist?

Und wenn dem so ist ... warum regt mich das so auf?

Warum kümmert es mich? Ich will sowieso nicht sein Spielball sein.

Ich starre die Handvoll bunter Ulfarri-Weibchen an, die mich anglotzen. Zwei halten sich die Hände vor den Mund. Lenahs Gesicht ist zu Stein geworden.

„Seine Majestät wird sich um dich kümmern", erklärt Juno endlich. Ihre Stimme ist sanft, ein gewaltiger Kontrast zu meinem lauten Geschrei. „Und um das zu beweisen, werde ich dich zu ihm bringen."

„Danke", murmele ich. Als Zeichen des guten Willens lege ich den Dolch auf einen Tisch in der Nähe, obwohl ich ihn eigentlich gerne behalten würde. Interessant, dass ich mich mit einer Waffe in der Hand wohl fühle. Silki stürmt nach vorne, schnappt sich den Dolch und hält ihn an ihre Brust. Sie sieht aus, als hätte ich ihr Hündchen erstochen.

Erst als Juno sich umdreht und weggleitet, offensichtlich in der Erwartung, dass ich ihr folge, spüre ich den ersten Anflug von Reue. Ich sollte mich nicht wie ein Kind benehmen, egal in welcher Situation. Und was ist, wenn Aurus beschließt, die Betas für mein Vergehen zu bestrafen?

Verdammt noch mal, warum ist alles so kompliziert? Ich muss hier raus.

AURUS

Die Hitze des Trainingsgeländes ist so stark, dass man sie mit einem Schwert schneiden könnte. Der Sand brennt, und auch der Schweiß rinnt mir in die Augen. Der ofenheiße Druck und das Gewicht meiner Waffen sind mit bekannt. Vertraut. Bei jeder Gelegenheit schließe ich mich meiner Armee beim Training an, aber heute ist mein Kopf voll mit Gedanken an ein kleines pfirsichfarbenes Wesen ...

So wie sie riecht ...

So wie sie schmeckt ...

Die Art, wie ihre seidige Hitze meinen Schwanz umschließt, wenn ich sie nehme ...

Zisch! Ich drehe mich und ducke mich gerade noch rechtzeitig, als die Klinge meines Gegners über meinen Kopf hinwegfliegt und mit der für die Aurum-Armee typischen Präzision durch die Luft schneidet. Der Wind von dem langen Messer zerzaust mein Haar.

Das war knapp.

Die Sonne brennt auf unsere schweißgebadeten Körper, während wir kämpfen, und die Luft flimmert in der Hitze. Ich konzentriere mich heute auf den Nahkampf und arbeite mit einem langen Dolch in jeder Hand, ebenso wie mein Gegner, ein junger Soldat namens Antradx. Er ist einige Jahre jünger und geschmeidiger als ich, und trotzdem fällt es mir leicht, ihn zu entwaffnen.

Wenn ich mich konzentriere.

Wenn ich, wie jetzt, von den Gedanken an die wimmernde kleine Omega abgelenkt bin, während ich sie mit meinem Samen fülle, fällt es mir etwas schwerer, Antradx zu besiegen.

Aber nur ein bisschen.

Ich habe meine neue Gefährtin gevögelt, bis wir beide vor Erschöpfung überwältigt waren. Ich hatte vor, mich eine Weile auszuruhen, einen Happen zu essen und sie dann weiter zu vögeln, aber es scheint, dass der durch das Ogsul-Serum ausgelöste künstliche Östrus weniger stabil ist als der natürliche. Während mir der Wandererkönig versicherte, dass der Zyklus seiner Gefährtin ein paar Tage dauerte, wie es für in Ulfaria geborene Omegas typisch ist, scheint das bei Kim nicht der Fall zu sein. Als ich aufwachte, war ihr Östrus abgeklungen und mit ihm auch meine Brunft.

Ihr kleines, blasses Gesicht war selbst im Schlummer vor Erschöpfung gezeichnet, also ließ ich sie schlafen, mit der Anweisung an Lenah, sie zurück in die Lustkammern zu bringen, falls sie in meiner Abwesenheit aufwachen sollte.

Inzwischen war ich nicht mehr durch das unerträgliche Pochen meines Schwanzes abgelenkt und machte mich auf den Weg zum Übungsgelände, um eine Runde Kampftraining zu absolvieren.

Ich halte es beim Training gerne leger, deshalb bin ich wie die anderen gekleidet - leichte Reithosen mit eingebautem Leistenschutz und geschmeidige, bequeme Stiefel, die sich fast wie barfuß anfühlen. Ein paar der Soldaten tragen Tuniken, aber ich ziehe es, wie die meisten meiner Mitstreiter, vor, oben ohne zu trainieren. Die Sonnen Ulfarias bringen unsere Markierungen zum Vorschein und ich mag es, wie die Streifen und Wirbel auf meiner Haut fast kupferfarben schimmern.

Die Klingen von Antradx blitzen auf, als sie die Luft dort zerschneiden, wo eben noch mein Kopf war. Ich falle zurück, lande auf meinen Händen und dann wieder auf den Füßen. „Netter Versuch", sage ich und grinse. „Aber das musst du schon besser machen."

Er nähert sich noch einmal. „Ich höre, Eure Omega ist endlich angekommen", sagt er, „wie gefällt sie Euch?"

Meine Reaktion überrascht uns beide. Mit einem Brüllen stürze ich mich auf ihn, geblendet von einer plötzlichen, eifersüchtigen Wut, in der Absicht, ihm den lachenden Kopf vom Hals zu reißen.

Nur weil er sie erwähnt hat.

„Hey!", schreit er, und die Panik in seiner Stimme ist unverkennbar, während er einen hastigen Rückzug antritt und sich duckt, um meinem Angriff zu entgehen. „Ich habe nur gefragt, Eure Majestät. Ich wollte nur etwas Konversation machen. Bitte verzeiht mir!"

Erst als er sich mit einem eindeutigen Zeichen der Unterwerfung auf den Rücken fallen lässt, höre ich auf zu knurren und blinzle, wobei die roten Flecken langsam aus meinem Blickfeld verschwinden. Mit großer Anstrengung reiße ich mich zusammen. „Natürlich", sage ich und zwinge meinem Tonfall eine gespielte Heiterkeit auf. „Ich habe nur deine Reaktionsgeschwindigkeit getestet."

Wir wissen beide, dass das eine Lüge ist, aber er ist zu schlau, mich darauf anzusprechen. „Natürlich, Eure Majestät", betont er schließlich. „Und ich habe mich daneben benommen. Ich bitte aufrichtig um Entschuldigung."

„Angenommen. Du kannst aufstehen."

Er erhebt sich vom Boden, wischt sich den rosa Sand von den Gliedmaßen und beäugt mich immer noch misstrauisch.

Ich hebe meine Hand, um einem Diener zu signalisieren, mir etwas zu trinken zu bringen. Ich bin immer noch fassungslos über die Intensität meiner Wut. Ich war schon immer eifersüchtig - aus diesem Grund habe ich meine Kurtisanen von den Augen der Männer ferngehalten, aber so etwas wie das, was gerade passiert ist, habe ich noch nie erlebt.

Ich hätte beinahe einen meiner Soldaten getötet, nur weil er eine Frage über den Mee-Nschen stellte. Es war nicht einmal eine respektlose oder begehrliche Frage. Und ich befinde mich nicht einmal in der Brunft.

Aber selbst jetzt kann ich Kims Omega-Parfüm riechen, reich und stark wie Nachtblumen, die unter den Monden blühen. Ihr Geschmack füllt meinen Mund. Meine Eckzähne schmerzen. Mein Schwanz schwillt an.

Neben mir stöhnt Antradx und lässt seine Dolche fallen. Sein Rücken krümmt sich und er dreht den Kopf. Seine Augen sind von Dunkelheit erfüllt, die Pupillen geweitet.

„Omega", stöhnt er.

Kann er Kim auf meiner Haut riechen? Der süße Duft einer Omega hängt über uns wie eine Wolke.

Ich wirble herum und folge der Duftlinie. Aber ich bin nicht der Einzige, der sich umdreht. Der Rest der Alphas auf dem Trainingsgelände fletscht die Zähne und macht sich auf die Suche nach der Quelle des betörenden Parfüms.

„Omega", knurrt Antradx und die Soldaten um uns herum wiederholen: „Omega."

Es gibt hier eine Omega. Meine Omega. Und meine Krieger wollen sie.

Ich muss Kim finden, bevor es zu spät ist.

***

Kim

„DAS IST DOCH GAR NICHT SO SCHLIMM", sage ich und husche hinter Juno her, die so schnell gleitet, dass der Saum ihres Kleides wie Quecksilber über den Boden gleitet. Sie ist stinksauer auf mich. Nicht, dass es mich interessiert. „Ich verstehe nicht, was daran so schlimm ist."

„Seine Majestät wünscht, dass du im Harem bleibst." Sie fegt vor mir her, die Nase hoch in die Luft gestreckt.

Ich jogge, um mit ihrem Tempo mitzuhalten. „Er möchte auch, dass ich mich hier wohlfühle. Der Palast ist doch mein neues Zuhause, oder?" Ich weiß nicht, ob Aurus sich darum kümmert, ob ich mich wohl fühle, aber ich vermute, die Betas sollten mich bei Laune halten.

Sie zieht damenhaft die Nase kraus. „Du solltest seiner Majestät in allen Dingen gehorchen."

„Ja, das wird aber nicht passieren." Wir gehen durch eine Tür und betreten eine helle Halle. Auf der einen Seite ist ein langes Fenster zum Lüften geöffnet. Schreie und das Klirren von Metall dringen von einem Hof unter uns nach oben.

„Da wären wir." Juno bleibt abrupt stehen. Am Ende des Ganges stehen zwei riesige Alphakrieger in goldenen Rüstungen. Ich beuge mich an ihr vorbei, um sie zu betrachten. „Ich rate dir, nicht zu rennen", sagt sie, als ob sie meine Gedanken lesen könnte.

Das Kratzen und Klirren von Metall lenkt mich zurück auf die Aussicht.

„Das ist das Übungsgelände?" Ich zeige darauf. Wir befinden uns hoch über den Soldaten in einer versteckten Galerie, hinter einem hauchdünnen Vorhang. Es ist ein bisschen stickig, aber hier oben scheint es nicht so heiß zu sein wie dort unten, wo die Sonne auf den Sand knallt. Ich nähere mich dem Geländer, und die Hitze schlägt mir ins Gesicht, als hätte ich eine Backofentür geöffnet.

„Nicht zu nah", sagt Juno und ringt die Hände.

„Ich werde schon nicht drüberfallen. Ich bin doch nicht blöd", murmle ich, trete aber zurück. „Was ist mit dem Vorhang?"

„Manchmal dürfen wir Seiner Majestät beim Training zusehen, aber kein Krieger darf uns dabei beobachten."

„Was ist mit diesen Typen?" Ich winke den Wachen zu. Vielleicht schickt sie sie weg.

„Das sind unsere Wächter. Sie dürfen uns nicht anfassen", sagt sie steif.

Sie tragen beide Helme, aber irgendwie weiß ich, dass beide Alpha-Augenpaare auf mich gerichtet sind.

Vielleicht kann ich sie irgendwie überlisten ...

Ein brüllender Kampfschrei ertönt aus dem Trainingssand. Ich trete näher an das Geländer heran. Es ist ja nicht so, dass es eine offene Plattform ist. Und ich werde mich auch nicht hinunterstürzen. Ich gehe näher heran - und als ich das Tableau unter mir sehe, bin ich froh, dass ich es getan habe.

Eine Reihe von drei goldenen, gleißenden Sonnen leuchtet am blasslila Himmel und färbt den Sandboden rosa. Oder ist der Sand immer rosa?

Am anderen Ende des Geländes windet sich eine Masse von glänzenden, muskulösen Körpern. Alphas - überall Alphas. Große, kräftige Krieger, halb bekleidet und schweißglänzend. Sie drehen sich, winden sich, greifen an. Waffen aller Art liegen verstreut herum. In der Mitte des Geländes steht eine riesige Plattform mit einem riesigen Bronzegong, der in einem goldenen Rahmen aufgehängt ist.

Ein Duft steigt aus dem Sand auf - nicht unangenehm. Salzig. Würzig. Köstliches Männerfleisch, das in der Sonne golden brät.

Und in der Mitte steht der größte, böseste und goldenste Junge von allen.

Alles in mir konzentriert sich auf *ihn*.

Es erklingt ein weiteres Brüllen und ein Aufblitzen von Waffen. Ein zitternder Krieger stürzt sich auf den Großen. Metall glitzert.

Ich atme tief ein. *Pass auf!*

Der riesige Krieger wartet bis zum letzten Moment und weicht aus, gleitet an der Klinge vorbei, als hätte er sie kommen sehen. Er wirbelt herum und stürzt sich auf seinen Gegner, wobei er den schlankeren Krieger zurückwirft. Seine Hiebe sind so schnell, dass alle anderen wie in Zeitlupe wirken.

Ich lecke mir über die Lippen und lehne mich über das Geländer. Meine Brüste sind plötzlich geschwollen, schmerzen. Hitze pulsiert zwischen meinen Schenkeln. Wenn ich nach dem Alpha riefe, würde er mich hören? Oder ist der blöde Vorhang zu sehr im Weg?

Der Krieger dreht sich um. Es ist Aurus.

Verdammter Mist. Ich lehne mich zurück. Ja, er ist verdammt sexy. Aber er ist so ein Arschloch.

Ich bin nicht scharf auf ihn. Ich weigere mich, es zu sein.

Juno starrt mich mit hochgezogenen Augenbrauen an. „Geht es dir gut?"

„Natürlich." Ich höre auf, mir über die Stirn zu wischen, und tue so, als würde ich versuchen, mein frisch geschnittenes Haar zu richten. Wahrscheinlich steht es in alle Richtungen ab. Na ja.

Juno brummt, und ich drehe mich halb weg, um mir heimlich Luft zuzufächeln. Diese ganze schwüle Hitze macht mich durstig. Das ist nur die sommerlich-heiße Sonne, oder? Das ist es, was mein Inneres zum Kochen bringt.

Aurus starrt grüblerisch über die Arena, ein schweißgetränkter Gott von einem König. Entweder ist er unglücklich, oder er hat einen dauerhaft übellaunigen Gesichtsausdruck. Er sieht aus, als wäre er eine halbe Sekunde davon entfernt, „Das ist Sparta" zu rufen und jemanden in eine Grube zu stoßen.

Ich hebe die Hand und eine starke Parfümwolke umhüllt mich: ein reichhaltiger, blumiger Duft, dick wie Honig. Ich neige meinen Kopf nach unten und schnuppere an meiner Achselhöhle. Der Geruch kommt von mir. Er ist süß und stark und wirkt wie ein Schluck Whiskey auf meinen Körper. Mein Magen vollführt eine langsame Drehung.

Am Ende des Ganges knarren Rüstungen. Einer der Wachmänner hat seinen Helm abgenommen. Sein stumpfes, blaues Gesicht ist glasig. Seine Augen sind tiefschwarz. Er hebt den Kopf und schnuppert in die Luft.

Als er den Kopf senkt, sieht er mich direkt an.

Ich trete einen Schritt zurück, meine Haut kribbelt unter dem Blick des Alphas. Es ist, als hätte jemand tausend duftende Blumen in den stickigen Raum gestellt oder hundert Zimtrollen gebacken. Der Duft ist köstlich und verlockend. Ich richte mich auf und will diesen Duft nicht mehr produzieren, aber es ist zu spät. Ich rieche wie ein Apfelkuchen und der Alphawächter will einen Bissen von mir abbekommen.

„Kim." Juno wirbelt mit großen Augen zu mir. Ihre Lippen bewegen sich, aber ich höre keinen Laut. Der Alpha hinter ihr hat seinen Helm abgeworfen und rennt auf uns zu. Auf mich zu.

„Pass auf!", rufe ich und stoße Juno zur Seite. Sie stolpert gegen die Rückwand, aus dem Weg des Soldaten. Er stürmt los wie ein Linebacker, die Dunkelheit in seinen Augen ist erschreckend.

„Nein", schreit Juno, aber es ist zu spät. Der Alpha ist einige Schritte von mir entfernt und sobald er mich packt, ist alles vorbei.

Meine Beine laufen, ehe ich selbst weiß, was ich da tue. Ich sprinte zwei, drei Meter *auf den* Alpha zu - und springe. Meine Hand landet genau im richtigen Moment auf seiner gepanzerten Schulter, und ich fliege über ihn hinweg und drehe mich dabei.

Eine Sekunde, und es ist vorbei. Ich bin wieder auf den Beinen und starre auf den Rücken des angreifenden Alphas. Seine Waffe liegt in meiner Hand. Irgendwie habe ich sie aus der Scheide gerissen, als er sich auf mich stürzte. Als ich mich über seinen Kopf warf.

Heilige Scheiße! Ich kann Jiu Jitsu!

Neben mir ist Juno wie erstarrt. Ihr Mund steht offen.

Die Rüstung knarrt hinter mir. Der zweite Alpha schnüffelt in die Luft.

Ich gehe in die Hocke, meine Waffe erhoben.

„Kim", flüstert Juno. Ihre Schläfen sind feucht. „Sie können dich wittern und kommen in die Brunft. Du musst fliehen."

„Du zuerst", flüstere ich zurück, doch sie schüttelt den Kopf.

Mit Gebrüll greift der zweite Soldat an. Der erste hat seinen Brustpanzer abgestreift und sich hingehockt. Jetzt kann er sich leichter bewegen.

Beide Wachen bleiben gleichzeitig stehen, mustern mich, taxieren mich. Ich weiche von Juno zurück, um sie von ihr wegzulocken, bis ich mit dem Rücken an das Geländer gelehnt bin.

Es gibt keinen Ausweg.

Die Wachen greifen an.

Juno schreit meinen Namen.

Ich greife nach dem oberen Ende des Geländers und schwinge mich hoch, um oben zu balancieren. Mein hauchdünnes Gewand droht sich an meinen Füßen zu verheddern, aber ich ziehe es bis zu den Knien hoch.

„Bleibt zurück", befehle ich. Die Alphas werden langsamer, schleichen aber weiter vorwärts. Ich erhebe mich mit zusammengebissenem Kiefer, während ich mein Kleid hochhalte und meinen anderen Arm zum Ausgleich benutze. „Kommt nicht näher."

Juno hält sich die Hand vor den Mund.

Die Alphas haben sich gegenseitig bemerkt und sind stehen geblieben. Sie knurren, weil sie offenbar einen Rivalen wittern.

„Juno, geh weg. Hol Hilfe", flüstere ich. „Bitte."

Sie wimmert, drückt sich aber an die Wand und bewegt sich auf die Tür zu. Wenigstens wird sie in Sicherheit sein.

Weit unten, auf dem Trainingsgelände, stößt Aurus ein Knurren aus. Es ist nur ein einziger satter Ton in einer Kakophonie aus anderen, aber mein Körper reagiert, als hätte er meinen Auslöser betätigt. Ich spüre ein tiefes, intensives Pochen in meiner Klitoris und aus meiner Muschi strömt Saft, der meine Schenkel hinuntergleitet.

Verdammter Mist.

Die Alphawächter sehen mich wieder an. Ihre Augen sind schwarze Schlitze. Ihre Nasenlöcher blähen sich auf.

Meine Füße stehen wackelig auf dem Geländer. „Ich werde springen", warne ich sie. „Ich meine es ernst."

Die Wachen sind zu sehr dem Wahnsinn verfallen, um zuzuhören. Sie stürzen sich mit ausgestreckten Armen auf mich, um mich zu packen.

Mit einem Schrei drehe ich mich um und schnelle in die Luft.

———

Aurus

DER VERLOCKENDE DUFT kommt von oben. Schreie erheben sich von der Galerie. Ein warnendes Knurren vibriert in meiner Brust.

„Eure Majestät!" Ein schlanker Beta-Diener hastet herbei, sein Gewand flattert um seine mageren Beine. Ulf sei Dank, dass jemand mit Verstand hier ist - meine Krieger benehmen sich wie Alphas, die kurz davor sind, in die Brunft zu kommen. „Was ist los?"

„Holt sie raus", knurre ich. „Die Omega ist hier."

Die Nasenlöcher des Betas blähen sich. „Die Omega?", quiekt er. „Wo?"

Ich antworte mit einem tief widerhallenden Knurren.

Eine weitere Welle von Gerüchen erreicht das Trainingsgelände. Gemeinsam drehen wir uns um - ich und jeder andere Alpha an diesem Ort.

Ein kurzer Schrei ertönt und Kim erscheint, fliegt vom langen Balkon. Ihre Beine und Arme wirbeln umher, dann schafft sie es irgendwie, sich an der Gardine festzuhalten. Sie hat eine Waffe in der Hand, mit der sie den Stoff durchstößt und so ihren Abstieg verlangsamt. Mit einem lauten Geräusch reißt der Vorhang, und sie schnappt sich ein Stück davon und schwingt sich in den Sand hinunter. Ich stürze nach vorne, aber sie ist bereits gelandet. Wohlbehalten.

„Fuck yeah", schreit sie. Jetzt kann ich sehen, dass sie eine Art Messer in der Hand hält. Ihr Haar sieht kürzer aus und steht zu allen Seiten ab, als ob sie vom Blitz getroffen worden wäre.

Die Alphas neben mir verharren regungslos und glotzen.

Ich muss zu ihr gehen, aber der Beta versperrt mir den Weg. „Eure Majestät - was soll ich tun?" Er ringt die Hände.

„Holt die Elitetruppe", schnauze ich und schiebe ihn zum Ausgang. „Helme. Schockstöcke. Beschützt sie!", rufe ich über meine Schulter, während ich loslaufe.

Der Beta flitzt mit flatternden Gewändern davon. Er wird die Elitetruppen dazu bringen, die Arena von den brunftbesessenen Alphas zu säubern. Aber es könnte zu spät sein.

Ich befinde mich auf der anderen Seite der Arena, gegenüber von Kim. Ich rase über die erhöhte Plattform, vorbei am Gong. Sand stiebt hoch, während ich renne.

Kim tritt gegen ihr durchsichtiges Kleid und versucht, sich aus den Falten herauszuwinden. Das lange Messer blitzt auf, als sie den Stoff zerschneidet. Ulf, jetzt reicht ihr Kleidungsstück kaum noch über ihre schlanken Oberschenkel.

Als sie fertig ist, bleibt von der Robe nur noch eine hauchdünne, durchsichtige Tunika übrig, die nichts verdeckt. Ihre kleinen kecken Titten, ihre johannisbeerfarbenen Brustwarzen, ihre bunte Tätowierung - jeder Zentimeter von ihr ist zu sehen, nicht nur für mich, sondern für jeden anderen verdammten Ulf-Soldaten, der sich gerade mit mir in der Arena befindet.

Und es gibt Dutzende von ihnen.

Sämtliche Alphas. Die Blicke aller sind auf ihre pfirsichgoldene Gestalt gerichtet.

„Verlasst die Arena", rufe ich. „Das ist ein Befehl!"

Einige Alphas brechen aus dem Bann und gehorchen. Aber einige wenige, die Kim am nächsten stehen, scheinen nicht zu hören. Zwei oder drei machen sich auf den Weg zu ihr. Der größte von ihnen schiebt die anderen aus dem Weg und greift nach der Beute.

Kim

ICH MUSS in meinem früheren Leben ein Stunt-Teufel gewesen sein oder eine Art Turnerin. Oder eine Kampfsport-Enthusiastin, oder alles davon. Denn ich bin knallhart. Ich habe den Vorhang aufgeschlitzt und mich an den zerrissenen Schärpen entlanggeschwungen wie der verdammte Tarzan.

Über mir auf dem Balkon rangeln die beiden Alpha-Wächter. Es wird wahrscheinlich eine Weile dauern, bis der Sieger mir folgen kann. Mehr als genug Zeit also. Ich habe die überflüssigen Teile meiner Kleidung abgeschnitten

- nicht, dass sie mich wirklich bedecken würden -, und jetzt kann ich richtig rennen.

Der Sand ist heiß unter meinen Füßen. Dieser köstliche Alphaduft ruft nach mir. Ich laufe besser weg, bevor ich ihn nicht mehr ignorieren kann.

Ich mache einen Schritt und bleibe stehen.

Dutzende von Alphas starren mich an - all die halbnackten Soldaten, die sich eben noch gegenseitig bekriegt haben. Jetzt sehen sie mich an wie die Wachen, als wären sie Wölfe und ich ein Babyhäschen.

Und mittendrin ist ein goldener Fleck, der etwas brüllt.

„Kim! Lauf!"

Scheiße. Schon wieder?

Ich husche zurück, meine Waffe erhoben. Ich stehe mit dem Rücken zur Arenawand. Wohin kann ich rennen? Wo sind die verdammten Türen?

Ein paar Meter weiter stößt ein riesiger Krieger zwei Alphas zur Seite und stürzt sich auf mich.

Bevor ich nachdenken kann, schnellt mein Arm zurück, und ich werfe meine gestohlene Waffe wie einen Speer. Sie segelt genau und vergräbt sich in der Brust des Alphas. Er kommt schockiert zum Stehen.

Doch niemand ist schockierter als ich. Ich habe gerade eine Waffe geworfen wie ein verdammter Krieger. Ich habe keine Ahnung, wie ich das gemacht habe. Aber es ist definitiv passiert.

Der Alpha packt die Klinge und reißt sie aus seinem eigenen Körper. Blut strömt aus der Wunde, aber das scheint ihn kaum zu stören.

Ich habe mir etwas Zeit verschafft, aber er wird mich trotzdem holen kommen.

Und tatsächlich, mit einem Knurren schleudert er

meine Waffe beiseite und stürzt sich wieder auf mich. Fünf weitere Krieger scheinen dicht hinter ihm zu sein.

Ich quieke und renne davon. Ich flitze an der Arenawand entlang nach rechts und laufe im Zickzack über den Sand.

Es ist sinnlos. Ein großer, schlanker Alpha holt mich ein. Er hat die anderen überholt.

„Parkour!", schreie ich und rase, so schnell ich kann, zur Seitenwand. Meine Füße übernehmen das Kommando, und ich renne die verdammte Seite der Arena hinauf! Der Alpha knallt gegen die Wand unter mir und ich werfe mich nach hinten und mache einen gedrehten Salto über seinem Kopf.

Er schreit seinen Verlust heraus. Bis er sich umgedreht hat, bin ich schon wieder auf den Beinen und sprinte davon. Ich ducke mich und schlängele mich durch den Rest der Meute.

So verdammt knallhart!

Aber ich kann nicht ewig so weitermachen.

Ein Name bleibt mir in der Kehle stecken. Mein Atem geht schwer durch meine Lungen. Die Hitze, der Geruch des Alphas - alles in mir will sich hinlegen und ergeben. Aber nicht, bevor ich ihn gefunden habe. *Meinen* Alpha.

Zwei andere Soldaten greifen nach mir. Ich schnappe mir eine Waffe und schlage mir den Weg frei. All diese Alphas riechen falsch. Ich brauche ...

„Aurus!"

„Kim", brüllt er. „Ich komme."

Irgendwie bin ich wieder bei dem aufgeschlitzten Vorhang. Ich springe und greife nach dem hauchdünnen Stoff und klettere verzweifelt. Ein Rudel Alphas versammelt sich unten zu einer Masse. Wenn ich jetzt falle ...

Etwas Goldenes blitzt auf, und Aurus stürzt sich auf die

Alphas. Er ist überall, schwingt sein Langschwert und schlägt die Soldaten zurück. Ein paar wehren sich, und Aurus schlitzt sie blutig auf, dann schlägt er ihnen den Ellenbogen oder die Faust in die Schläfe. Wenn er sie hart am Kopf trifft, rollen ihre Augen zurück in den Schädel und sie fallen bewusstlos, aber lebendig um.

Der Schläfenschlag scheint die Achillesferse eines Alpha-Soldaten zu sein. Ich speichere dieses Wissen für später ab.

Aurus schlägt seine eigenen Soldaten nieder, ein dämonischer Glanz erhellt seine Augen. Er bewegt sich mit fließender, raubtierhafter Anmut. Brutale Perfektion. Ich habe vergessen zu atmen. Ich schlucke Luft, bevor ich ohnmächtig werde.

Ein riesiger Alpha stürmt vor und schleudert etwas, das wie ein Streitkolben aussieht, auf Aurus' Rücken.

„Pass auf!", schreie ich.

Aurus lässt sich auf den Sand fallen. Der Streitkolben pfeift über ihn hinweg und bleibt in der Wand stecken. Aurus schwingt sein Schwert und spießt seinen Gegner von hinten auf. Er wirbelt herum und setzt drei weitere Alphas außer Gefecht.

Es ist wahnsinnig, wie schnell er ist. Vielleicht ist er einfach ein besserer Kämpfer, oder er ist geübter darin, mit dem Wahnsinn umzugehen, der über all diese Alphas gekommen zu sein scheint. Was auch immer es ist, ich bin froh, dass er seine eigenen Soldaten besiegen kann.

Der Vorhang beginnt unter meinem Gewicht zu reißen. Ich kämpfe um einen besseren Halt, aber meine Arme werden müde. „Aurus!"

Er wirft seine Waffe weg. Um ihn herum ist der Boden mit Klingen und gefallenen Körpern übersät.

„Spring", befiehlt er und streckt die Arme aus. „Ich halte dich."

Ich stoße mich von der Wand ab und lasse los. Einen Moment lang scheine ich zu schweben. Dann plumpse ich in seine Arme. Er drückt mich fest an sich und schnuppert an meinem Haar.

„Bleib hier." Er stößt mich zurück, sperrt mich vom Rest der Arena ab und schützt mich mit seinem Körper. Rote Tropfen perlen auf seinem Rücken und vermischen sich mit dem Schweiß, aber die glatte, goldene Haut darunter ist unversehrt. Es ist nicht sein Blut.

Ich lasse den Kopf hängen. Ich weiß nicht, was zum Teufel gerade passiert ist, aber *verdammt*. Er hat seine eigenen Soldaten verprügelt und anscheinend sogar ein paar getötet. Für mich.

Weiter unten auf dem Feld packen gepanzerte Alphas mit Vollvisierhelmen die barhäuptigen Soldaten. Diejenigen in voller Rüstung schlagen den Wütenden auf den Kopf und schleppen sie weg. Die schlaffen Körper hinterlassen Spuren im Sand.

Einige entkommen und kommen auf Aurus zugerannt. Er sprintet auf sie zu. Die Sonne glitzert auf den Waffen. Einen nach dem anderen wirft er nieder, wobei er sie bewusstlos schlägt, anstatt sie zu töten.

Schließlich sind nur noch die Alphas mit vollem Visier übrig. Sie räumen das Gelände und säumen dann den hinteren Teil der Arena, wo sie sich in einem Verteidigungsmuster ausbreiten.

Es gibt nur einen Alpha ohne Rüstung, der auf dem blassrosa Sand in der Mitte der Arena steht, in der Nähe der erhöhten Plattform. Der größte, böseste und übermütigste von allen.

Schweiß rinnt über die Furchen seiner lohfarbenen Muskeln. Er hebt den Kopf und brüllt.

Mein Körper zuckt, als ob er einen intimen Teil von mir berührt hätte. Mein Kopf wird schwer, meine Augenlider schließen sich halb. Ich mache einen Schritt vorwärts und mein Parfüm liegt schwer in der Luft.

Er dreht sich langsam um. „Kim", knurrt er. Sein Leder- und Sandelholzduft schwebt in einer schimmernden Wolke um ihn herum, ein starker Schlag für die Sinne. Meine Knochen verflüssigen sich.

Wärme durchströmt mich, als hätte ich einen Schnaps getrunken. Eine Welle des Verlangens durchspült mich und lässt mich schwanken wie eine Betrunkene. Ich trabe noch ein paar Schritte, dann falle ich auf die Knie.

Er schleicht sich näher heran, sein vibrierendes Knurren unterstreicht jeden Schritt.

Ich falle nach vorne, kralle meine Finger in den Sand, halte mich am Boden fest, als ob das Knurren mich sonst wegblasen würde. Ich bin ein leeres, schmerzendes Bündel aus Fleisch, Nerven und Verlangen. Ich brauche ...

„Kim." Aurus hat sich in mein Blickfeld geduckt, direkt vor der erhöhten Plattform. Hinter ihm, im hinteren Teil der Arena, sind die Reihen der behelmten Alphas. Aber sie spielen keine Rolle. Nichts ist wichtig. Nichts außer diesem Verlangen.

Aurus' tiefe Stimme streicht mir über das Rückgrat. „Komm zu mir."

Ich schaudere und gehe auf ihn zu. Die Arena dreht sich um mich herum. Zu überwältigt, um zu gehen, krieche ich und wölbe meinen Rücken. Ich bin eine Sirene, ich bin eine Sphinx, ich bin ein Tier, dessen Substanz pure Lust ist. Jede Bewegung schreit nach Verführung.

Er kommt mir auf halbem Weg entgegen, hebt mich

hoch und trägt mich auf die Plattform, wo er sich mit mir auf den Schoß setzt. Er hält einen Moment inne und kuschelt mit mir. Seine großen Hände streichen über meine Haut und untersuchen mich auf Wunden.

„Bist du unverletzt?"

„Mmmhmmm." Ich reibe mein Gesicht an seinem. Meine Zunge schnellt heraus, um das Salz auf seinem Fleisch zu schmecken. Ich drücke mich an ihn und lecke ihn wie eine Katze, und der Schmerz in meiner Klitoris pulsiert im Takt meiner Bewegungen.

„Gut", murmelt er.

Dann packt er mich im Nacken und schnurrt.

Mit einem Schrei zucke ich zusammen und komme in seinen Armen zum Höhepunkt. Seidige Nässe strömt aus meiner Mitte und durchnässt uns beide.

Ein weiterer Schrei, ein weiterer Höhepunkt.

„Du bist sehr ungezogen, Omega. Man muss dir eine Lektion erteilen." Er reibt seine Wange an meiner. Seine Zähne erwischen mein Ohrläppchen und kneifen zu. Hart.

Mehr Mini-Orgasmen. „Ja, ja", rufe ich.

Er greift nach den Überresten meines Kleides. Noch mehr Stoff reißt. Das ist mir egal. Ich hasse dieses verdammte Kleid. Es erschwert das Laufen. Ich muss es loswerden. Ich brauche seine Haut auf meiner.

„Bitte", keuche ich. Sein Duft umweht mich und weiße Flecken tanzen in meinem Blickfeld.

Auf der Plattform richtet er mich auf Händen und Knien aus. Ich wölbe meinen Rücken und recke meinen Hintern in die Höhe, um ihm mein Geschlecht zu präsentieren.

„Aurus", stöhne ich, als er meine Hüften nach oben zieht. Meine Brust ist unten und mein Arsch ist zu sehen - die perfekte Position für ihn, um meine Pussy zu lecken.

Mein Kitzler pocht heftig und seine Zunge beruhigt ihn, was weitere glückselige Nachbeben durch meinen Körper jagt.

Seine riesigen Hände spreizen meine Arschbacken, und er leckt auch dort. Ich erschaudere und drücke mich mit der Vorderseite an die Holzplattform und presse meinen Hintern in sein Gesicht. Meine Muschi ist eine schmerzende Grotte, die unter seiner Zunge bebt. Er schiebt zwei Finger in mich hinein, dann noch einen mehr und dehnt mich. Ein weiterer Höhepunkt explodiert in meinem Unterleib. Das Vergnügen vergeht schnell - zu schnell.

Ich brauche seinen Knoten. Gerade jetzt.

Seine Lippen und Finger verlassen mein Fleisch. Sein riesiger Schatten dehnt sich über mich aus. Harte Finger zerren an meinem kurzen Haar und ziehen meinen Kopf zurück. Es schmerzt so süß.

„So werde ich es mit dir machen, kleine Omega. In meiner Arena, vor den Augen aller."

Ja. Entzückte Schauer laufen mir über den Rücken. Ich stütze meine Hände gegen das Holz und biete ihm mein Geschlecht an. Wir haben gerade eine Schlacht geschlagen und sind als Sieger daraus hervorgegangen. Ich bin sein Preis.

Und er gehört mir.

Der erste Stoß drückt mich nach vorn. Sein Schwanz spießt mich auf, brennt, dehnt mich, dringt tiefer. Es ist mehr als köstlich. Ich winde mich in seinem Griff. Jenseits der Plattform und des riesigen Gongs, im hinteren Teil der Arena stehen die behelmten Alphas in wachsamer Stille. Wir sind in der Mitte der Arena und ficken vor den Augen aller.

Okay.

Die gepanzerten Gestalten der Krieger verschwimmen

in einem goldenen Schleier, während sich meine Augen halb schließen.

Sie sind nicht wichtig. Nur Aurus ist wichtig.

Sein riesiger Körper bedeckt mich. Er legt seine muskulösen Arme zu beiden Seiten meines Kopfes ab und stößt hart zu. Ich explodiere um seinen Schwanz herum, mein Körper ist erfüllt von glühender Hitze.

Meine Muschi pocht, gierig nach mehr. Meine Nässe überzieht die Innenseiten meiner Oberschenkel. Nichts existiert außer Aurus und der Art, wie er seinen riesigen Schwanz so tief in mich gräbt, dass er Teile von mir erreicht, von denen ich nicht einmal wusste, dass ich sie habe.

Vorbei ist es mit dem berechnenden, spöttischen, kontrollierten König der letzten Nacht, dessen klinische Präzision im Bett mich vor Verlangen fast in den Wahnsinn trieb.

An seiner Stelle steht ein verschwitztes, knurrendes Biest, das in mich stößt, als ob sein Leben davon abhinge.

Er dreht meinen Kopf und berührt meinen Mund mit Lippen, die überraschend sanft sind. Seine Küsse entlocken mir einen Schrei der Freude. Ich neige meinen Kopf und lecke an ihm, weil ich mehr von seinem feinen, festen Mund brauche. Seine Zunge dringt tiefer ein und unterdrückt meine Schreie. Seine riesige Pranke reibt sich an meiner Klitoris, und es fühlt sich so gut an, dass ich gar nicht mehr aufhören will.

Als sich sein Schnurren in ein Brüllen verwandelt und der Knoten meine Pussy dazu zwingt, sich noch weiter zu dehnen, so wie er es mit seinen Fingern getan hat, ist es perfekt. Alle meine früheren Höhepunkte waren bloß kleine Schubser, die mich immer weiter auf eine höhere Ebene getrieben haben. Der Knoten schwillt an und jagt mich höher und höher, bis ich schließlich über den Rand falle.

Ich kralle mich an der hölzernen Plattform fest und schreie auf, als die Ekstase mich wellenförmig um ihn herum zusammenziehen lässt, während mein Körper versucht, ihn tiefer zu ziehen, um das Gefühl zu verlängern.

Aurus stößt erneut hart zu.

Bong! Ein lauter Knall ertönt über unseren Köpfen.

Ein weiterer kräftiger Stoß. *Bong!* Wir sind in einer Welt des Klangs gefangen, die Luft hallt um uns herum, die Wellen der Lust, die mich durchströmen, werden sichtbar.

Bong! Bong! Bong!

Der blecherne Ton plätschert im Takt von Aurus' Stößen über uns hinweg. Ich komme immer und immer wieder, hilflos und keuchend, den Blick auf den riesigen Gong gerichtet, der bei jedem Aufprall der Plattform erzittert.

Er stößt tief zu, dann bäumt er sich auf und reißt sich von mir los. Ich schreie auf und zittere in einem letzten Orgasmus, während sich meine Muschi um nichts mehr krampfen kann. Er wirft mich auf den Rücken.

„Meins!" Sein Brüllen vermischt sich mit dem ohrenbetäubenden Klang des Gongs. Seine schönen Gesichtszüge sind starr, die Zähne gefletscht. Die bernsteinfarbenen Flammen seines Blicks werden von schwarzer Lust verschlungen.

Heiße Flüssigkeit spritzt über meine nackte Haut. Ich werfe meinen Kopf zurück und komme erneut zum Höhepunkt.

„Ja!" Ich wölbe mich unter dem Schauer. „Mehr."

Aurus bedeckt mich mit seinem Sperma, das in einem nicht enden wollenden Strahl über mein Gesicht, meine Brüste, meine Muschi und meine Schenkel läuft.

„Meins", knurrt er, als der letzte Spritzer meinen Bauch trifft. „Nur meins." Er zeigt den zuschauenden Alphasoldaten die Zähne, sein Atem geht schwer. „Tod für jeden, der sich ihr nähert, für jeden Alpha, der sie auch nur ansieht, für jeden, der sie mir wegnehmen will", brüllt er.

Man hört zustimmendes Gemurmel, einen Chor von Männerstimmen, der von weit her zu kommen scheint.

Ich greife nach unten und reibe sein Sperma in meine bloßliegende Muschi. Mein Kitzler pulsiert, und ich wölbe mich, schreie laut, als ich erneut zum Höhepunkt komme.

Aurus

MEINE OMEGA LIEGT vor mir auf der Plattform, ihre Augen sind glasig, ihr Mund halb geöffnet. Sie führt ihre getränkten Finger zum Mund und leckt sich schaudernd mein Sperma von der Haut. Der Anblick ist zum Verrücktwerden. Mein Knoten ist kaum weich geworden, aber ich will sie schon wieder ficken.

Sie scheint sich schnell von ihrer Paarungsbereitschaft zu erholen, wird aber schneller wieder brünstig als die meisten Omegas. Sie hat noch keinen richtigen Brunstzyklus mit Nestbau und einer angemessenen Erholungszeit zwischen den einzelnen Tagen der Paarungsbereitschaft. Vielleicht braucht sie mehr Serum? Vielleicht haben sich die Magier verrechnet und ihr wegen ihres schlanken Körperbaus eine geringere Dosis verabreicht.

Oder ist sie vielleicht zu klein und unterernährt, um eine normale Brunst aufrechtzuerhalten? Ich muss sie mästen.

Natürlich isst sie mit Hingabe. Das beweist sie jetzt, indem sie mit ihrer rosa Zunge an ihren spermagetränkten Fingern leckt.

Mein Schwanz krampft bei diesem Anblick. Meine Wut war wie ein enges Band um meine Brust, aber es lockert sich. Warum war ich so wütend?

Kim ist unangekündigt hier aufgetaucht. Sie wurde brünstig und verbreitete ihr Parfüm in der Arena. Die Kurtisanen haben sie aus dem Harem gelassen und sie hierher gebracht, die Alphakrieger sahen ihre halbnackte Gestalt und nahmen ihren Duft auf. Ich beiße mir auf die Lippe, als ich mich erinnere. Wie sie von der Galerie sprang und fiel. Sie hätte sich verletzen können. Sie hätte sich alle Knochen ihres Körpers brechen können. Sie hätte vergewaltigt und von hirnlosen Alphas in der Brunft zerrissen werden können.

Sie hätte sterben können.

Ah, ja, da ist meine Wut. Das Herz pocht in meiner Brust und ich starre die Reihe der Elitesoldaten an, die die Arena bewachen. Sie schrecken auf, ihre behelmten Blicke sind irgendwo über meinem Kopf fixiert. Sie wissen, dass ihr König unglücklich ist. Jeder in der Arena weiß es ... außer Kim.

Und wenn sie es doch weiß, ist es ihr egal.

„Was zum Teufel war das? Warum sind so viele der Krieger auf mich losgegangen?", fragt sie schleppend. Sie ist fertig damit, sich die Hände sauber zu lecken und streckt ihre Arme über den Kopf. Die Bewegung präsentiert mir ihre mit Sperma bedeckten Brüste. *Wunderschön.*

„Deine Nähe ... sie hat die Brunft bei ihnen ausgelöst", erkläre ich Kim.

Etwas ist anders an ihr. Ihr goldenes Haar - schon vorher zu kurz - ist noch kürzer. Zerzaust. Es steht in alle

Richtungen ab, als ob sie gerade gründlich durchgenommen worden wäre.

Und das ist sie auch. Ich habe meine Omega in der Mitte meiner Arena gevögelt, vor meinen Elitetruppen und wer weiß wem noch.

Ich hebe den Kopf und herrsche die Soldaten an: „Lasst uns allein".

„Willst du nicht, dass sie bleiben und noch ein bisschen zusehen?" Kim scheint der Gedanke nicht zu stören.

Mich aber schon.

„Nein. Du gehörst mir. Nur mir. Keiner außer mir wird dich ansehen."

„Diesmal haben sie ganz schön was zu sehen bekommen."

Ich knurre und sie hebt die Hände. „Ganz ruhig, Großer. Du bist derjenige, der sie bleiben ließ. Warum bist du nicht in mir fertig geworden?"

Ich stöhne. Ich hatte es als eine Art Bestrafung gedacht, aber der Einzige, der zu leiden scheint, bin ich. „Ich wollte dich markieren." Zuerst mit meinem Samen. Dann, eines Tages, mit meinem fordernden Biss. Wenn ich sie für würdig erachte.

Bis jetzt ist meine Omega nicht so, wie ich es erwartet hatte.

„Du lässt mich darin *baden*. Noch mehr, und ich würde darin schwimmen." Sie leckt sich glücklich über die Lippen, und mein Schwanz pocht so stark, dass ein Krampf durch mein Bein fährt.

Ich knirsche mit den Zähnen.

„Oh, danach wollte ich mich noch erkundigen." Sie rollt sich herum, um auf den Gong zu zeigen. „Wofür ist das Ding?"

„Das ist unser Trainingsgong. Er ruft die Alphas zum

Training und signalisiert das Ende des Trainings. Wir läuten ihn auch, wenn einer der Krieger ein außergewöhnliches Manöver vollführt. Das Erklingen des Gongs ist eine große Ehre."

„Na ja, wir sind auf jeden Fall ein paar Mal ordentlich dagegen gegongt. Da hat's auch bei mir gebimmelt." Sie gluckst.

„Ich werde ihn entfernen und am Fußende unseres Bettes anbringen lassen. Der ganze Palast wird wissen, dass ich meine Omega ficke", tue ich ihr kund.

„Du hast das größte Ego von allen, die ich je getroffen habe." Sie verdreht die Augen.

Das ist zu viel.

Ich drücke sie an meine Brust. Ihre schlanken Arme legen sich um meinen Hals. Sie drückt ihren zierlichen Körper bereitwillig an mich und ihre Möse antwortet mit einem weiteren Schwall ihres Gleitmittels.

„Du riechst so gut", haucht sie und fährt mit ihren Fingern über meine Schultern und meine Brust, erkundet die Erhebungen der Muskeln. Sie steckt ihren Kopf in meine Halsbeuge und leckt daran. Mein Schwanz zuckt, und es fällt mir immer schwerer, die Kontrolle zu behalten.

„Wohin gehen wir?", fragt sie zwischen den Zungenschlägen.

„In mein Schlafzimmer, Omega." Ich beschleunige mein Tempo. Wenn ich so weitermache, werde ich sie noch im Flur ficken.

„Mmmmh", schnurrt sie und ihr Körper vibriert gegen mich. Sie ist so winzig, aber kraftvoll. Ganz anders als die Omega, die ich erwartet hatte.

Vielleicht ist das keine schlechte Sache.

ACHT
KIM

Ich habe überall Schmerzen, aber in meinen Adern summt es immer noch von dem Sex, den wir hatten. Ich weiß nicht, woran es liegt - an dem Serum, das sie mir gespritzt haben, an der Situation insgesamt oder daran, dass ich mich wahnsinnig zu ihm hingezogen fühle - aber ich kann nicht genug davon bekommen, dass Aurus mich fickt.

Brunst, nennt er es.

Er liegt jetzt neben mir, seine riesige Brust hebt und senkt sich mit seinem langsamen, gleichmäßigen Atem, seine bernsteinfarbenen Wimpern sind über seiner goldenen Haut aufgefächert, sein sinnlicher Mund ist zu einem süffisanten Lächeln verzogen.

Ich schmiege mich in seine Armbeuge, eines meiner Beine ist über seine breiten, nackten Schenkel geworfen. Als ich ihm in den Schritt schaue, sehe ich, dass sein Schwanz weich ist, und ich kann nicht anders, als einen Stich der Enttäuschung zu spüren, auch wenn meine Muschi nach der letzten Runde immer noch wund ist und vor Nässe tropft.

Ich erinnere mich nicht an viel von der Erde, aber

irgendwie weiß ich: Der Sex mit Aurus ist der beste, den ich je hatte. Hat das Serum etwas damit zu tun? Oder war ich einfach schon immer eine Nymphomanin? Ich bin offensichtlich eine ziemliche Teufelsbraut, und vielleicht war mein sexueller Appetit schon immer super-stark.

Ja, wahrscheinlich ist esdas. Ich kuschle mich näher an Aurus, und er legt einen riesigen Arm um mich. Er ist schwer, ein Berg aus Muskeln, aber es fühlt sich richtig an. Er ist ein Arschloch, aber man kann gut mit ihm knuddeln.

„Du hast mich erschreckt, kleine Omega", murmelt er.

„Ja?"

„Als ich merkte, dass du in der Nähe warst und brünstig wurdest ..." Er schließt die Augen, als könne er damit den Schrecken auslöschen. So verletzlich habe ich ihn noch nie gesehen. „Als ich dich fallen sah ..."

„Entschuldigung. Die Alphawachen sind ein bisschen durchgedreht. Ich wollte nicht, dass sie mich schnappen."

„Sie werden ihren Kopf verlieren." Seine Augen sind fast schwarz.

Ich ziehe die Nase kraus. „Kannst du sie einfach aus dem Palast verbannen?"

Er knurrt. „Sie verdienen den Tod. Aber nun gut, ich werde ihnen Gnade erweisen."

„Du hast deine Männer für mich niedergestreckt." Ich lege meine Hand auf seine Wange und fahre die scharfe Linie seines Kiefers nach.

Seine Nasenlöcher blähen sich. „Sie hätten dich mir weggenommen. Niemand wird das tun und überleben. Wenn sie dich von nun an auch nur ansehen, ist ihr Leben verwirkt."

Ich schaue ihn böse an. „Das ist ein bisschen hart, findest du nicht?"

Schwarze Flammen lodern in seinen Augen. „Wisse

dies, kleine Omega: Für dich würde ich meine ganze Armee in Schutt und Asche legen."

Puh. Das ist eine Erklärung für die Ewigkeit. „Wirklich?"

„Du gehörst mir, Omega. Ganz mir." Seine Hand krallt sich in mein Haar, und er zieht mein Gesicht zu sich, um besitzergreifend an meinen Lippen zu knabbern.

Es ist ein unglaubliches Gefühl, aber ein Teil der Hoffnung in mir stirbt. Er sieht mich nicht als gleichwertig an. Ich bin seine Omega, sein Besitz. Und das ist alles, was ich je für ihn sein werde.

Der Gedanke daran ist ein kalter Spritzer Wasser auf meine lusterhitzte Haut. Wo wir gerade dabei sind ...

„Ich brauche ein Bad", erkläre ich ihm.

„Du hast ganz offensichtlich meinen Samen genossen." Er grinst. „Du hast daran geleckt, als könntest du nicht genug bekommen."

Ich rümpfe die Nase. „Erinnere mich nicht daran. Das war vorhin. Und jetzt ist jetzt. Ich bin total klebrig."

„Bald", sagt er und drückt mich an seine Seite.

„Jetzt", fordere ich.

Seine Brust vibriert mit einem Schnurren, und ich beruhige mich augenblicklich. Mein Herz pocht im Takt seiner Vibrationen. Eine weitere seltsame Alpha/Omega-Sache, vor der mich Juno gewarnt hat: Alphas können schnurren, um ihre Omega-Partnerinnen zu besänftigen. Die Reaktion ist unvermittelt und stark, als hätte man eine Überdosis eines Beruhigungsmittels bekommen.

„Okay, gut. Noch ein paar Minuten." Ich gähne und bin plötzlich zufrieden, mich in seine Armen zu schmiegen. Wir liegen nackt in seinem kahlen Bett, die Laken und Kissen sind schon längst auf den Boden gerutscht. Sein goldener, tätowierter Körper und mein blasser sehen gut aus, wenn sie sich umschlingen. Wir sind verklebt, befriedigt ... und es fühlt sich so richtig an.

Oder spricht da das Serum? Was für ein Mist!

Sind alle Omegas von einem einzigen Alpha so betroffen? Oder liegt das nur an mir?

Vielleicht kann ich Emma fragen. Ich muss sie finden - oder Aurus davon überzeugen, mich mit ihr sprechen zu lassen. Vielleicht kann sie mir ein paar Fragen beantworten.

Gott, ich habe so viele Fragen. Und je länger ich bei Aurus bleibe, desto näher fühle ich mich ihm. Als würde sich ein unsichtbares Band zwischen uns bilden, das uns aneinanderfesselt.

Ich muss das Band kappen, sofort. Ja, er ist fantastisch im Bett, aber er ist auch ein arrogantes, aufgeblasenes Arschloch, und es ist klar, dass er sich einen Dreck um mich schert, außer um mich zu seinem Vergnügen zu benutzen. Er behauptet, es ginge ihm nur um die Fortpflanzung, aber ein winziger Teil von mir hofft, dass es um mehr als das geht. Ein dummer Teil von mir. Es ist sinnlos, zu glauben, dass er mit mir zusammen sein will. Ich bin nur sein Omega-Schoßhündchen.

Ach, pfeif drauf. Ich werde diese Obsession überwinden und von hier verschwinden. Nach Hause gehen. Wo auch immer mein Zuhause ist. Zur Erde - nicht dass ich mich an viel von meinem Heimatplaneten erinnere. Vielleicht sollte ich die Erde aufgeben und mir hier ein neues Zuhause suchen. Ich kann überall leben, solange ich gute zehn Meilen von Aurus entfernt bin.

Okay, sagen wir, hundert Meilen. Außerhalb der Reichweite des blöden Gongs.

Wie auch immer, ich brauche Verbündete. Wahrscheinlich habe ich Juno und die anderen durch mein rücksichtsloses Verhalten schon genug in Schwierigkeiten gebracht, sodass sie mir nicht mehr helfen werden, aber vielleicht wird es Emma tun.

Wir menschlichen Frauen müssen doch zusammenhalten, oder?

Ich lecke mir über die Lippen. Aurus' Geschmack verweilt auf meiner Zunge. Warum ist sein Geruch bloß so berauschend? Das muss eine Omega-Sache sein.

Ich mag diesen goldenen königlichen Blödmann nicht, aber ich liebe seinen großen Schwanz. Den kann ich genauso gut genießen, bis es Zeit ist, zu gehen.

„Kim." Seine Stimme ist ein tiefes Grollen, das mir ein Schauer über den Rücken jagt. Wenigstens benutzt er jetzt gelegentlich meinen Namen.

„Ja?"

„Wir müssen darüber reden, was vorhin passiert ist."

„Ja? Was genau daran ist das Problem?" Ich habe plötzlich Schmetterlinge im Bauch, aber ich ignoriere sie.

„Alles daran." Er öffnet seine schläfrigen, honigfarbenen Augen und wirft mir einen starren Blick zu. „Dein Verhalten war inakzeptabel."

Ich beiße mir auf die Lippe. Wie soll ich die Sache angehen? Unschuld vortäuschen? Einfach selbstbewusst sein? Ihn mit noch mehr Sex ablenken? Als ich mich umdrehe, um mich aufzusetzen, lässt mich ein scharfer Stich in meinem Unterleib die dritte Option überdenken. Er hat mich so hart gefickt, dass meine Muschi wund ist.

Ich werfe ihm einen hoffentlich verführerischen Blick zu und deute mit der Hand auf meinen nackten, mit Sperma bedeckten Körper. Erfreut stelle ich fest, dass sich seine Pupillen bei meinem Anblick erweitern. „Mir war nicht klar, dass meine Anwesenheit diese Wirkung auf alle haben würde. Das war ein Versehen. Aber hast du gesehen, wie abgefahren meine Moves waren?"

„Du hättest getötet werden können."

„Aber das wurde ich nicht, oder? Ich war *erstaunlich*. Es ist, als hätte ich eine Art Kampfsporttraining bestritten. Oder Gymnastik. Ich glaube nicht, dass es Jiu Jitsu war, aber irgendwas jedenfalls ... vielleicht Amateur-Speerwerfen?"

„Kim!"

Oh, richtig. Wir streiten uns. Ich seufze. „Hör zu, wenn meine Anwesenheit die Alphas so aufregt, sollte ich vielleicht nicht im Palast leben."

„Das ist keine Option", sagt er in hartem Ton.

„Okay, dann kann ich vielleicht mit dir trainieren oder so ..."

„Auf keinen Fall."

„Warum nicht?", schnappe ich. Aurus ist nicht der Einzige, der die Beherrschung verlieren kann. „Was ist daran schlimm?"

„Das ist kein angemessenes Omega-Verhalten."

„Nun, ich bin keine richtige Omega!"

„Das stimmt allerdings", murmelt er, und meine Wangen werden heiß.

„Wie auch immer." Es ist ja nicht so, dass ich eine richtige Omega sein will. Wen kümmert es schon, was Gold-schwanz denkt? „Vielleicht solltest du mich zurückschicken und eine andere Omega holen. Eine bessere." Ich ignoriere das schmerzhafte Zusammenziehen meiner Eingeweide.

„Das ist keine Option", knurrt er und stürzt sich auf mich.

Meine Schenkel spreizen sich automatisch für ihn, als ob ich keine Kontrolle über meinen eigenen Körper hätte. Keinen freien Willen. Als hätte ich nichts dazu zu sagen. „Warum nicht?" Ich keuche, als seine riesige Schwanzspitze gegen mein Geschlecht stößt.

„Du wirst mich nie verlassen." Er beginnt, sich Zentimeter für Zentimeter in mich zu schieben, und ich schließe meine Augen.

„Dann rechne in Zukunft mit noch viel mehr *Katastrophen* ...", drohe ich, auch wenn ein köstlicher Schmerz meine untere Hälfte durchspült.

„Nochmals, das ist keine Option. Du wirst dich unterwerfen. Du wirst gehorchen."

„Das wird nicht passieren", stoße ich atemlos hervor.

„Dann wirst du bestraft werden." Er drückt seinen Schwanz vollständig in mich hinein.

Irgendwie macht der Schmerz das Vergnügen nur noch intensiver. Meine Klitoris pocht sehnsuchtsvoll. Werde ich jemals in der Lage sein, diesem goldenen König zu widerstehen?

„Von jetzt an", fährt er fort, sein Tonfall ist drohend, „wirst du für deine Sünden büßen."

„Welche Sünden?" Ich bin empört, aber meine Stimme klingt atemlos.

„Du hast meine Befehle ignoriert, bist auf dem Trainingsgelände aufgetaucht und hast eine Schau abgezogen."

„Das war nicht meine Schuld!" Na ja, nicht ganz ...

„Du hast dein Kleid zerrissen und ein Feld voller Alphas betreten - und das in der Brunst!" Seine Stimme wird lauter. Er ist jetzt komplett in mir, aber er bewegt sich nicht.

Ein Teil von mir will, dass er anfängt, mich zu ficken. Ein anderer Teil von mir möchte ihm ins Gesicht schlagen ... und ihn dazu bringen, mich tief ins Bett zu treiben. Meine Muschi brennt, auch wenn der Saft aus ihr tropft und meinen Arsch benetzt.

„Du warst so gut wie nackt - das Kleid hat nichts verborgen. So wie es eigentlich auch gedacht war. Aber was meine Kurtisanen tragen, ist nur für meine Augen bestimmt."

„Ist es das, was ich bin? Eine *Kurtisane?*" Empört beginne ich mich unter ihm zu winden. Neben meiner Wut ist da noch ein anderes Gefühl.

Ich bin verletzt.

Aurus bedeutet mir nichts. Warum sollte es mich interessieren, als was er mich sieht?

„Nein, kleine Omega. Du weißt, dass du mehr bist als das. So viel mehr."

Er beginnt, sich langsam, fast zärtlich zu bewegen, schiebt diesen unglaublich langen, dicken Schwanz so weit hinein, wie ich ihn ertragen kann, dann fast ganz heraus ... wieder und wieder ... Es fühlt sich so gut an, dass ich Mühe habe, mich zu konzentrieren.

„Du gehörst mir, Kim. Aber du musst lernen zu gehorchen. Zu folgen. Dich zu unterwerfen."

„Scheiß drauf." Ich beginne wieder zu kämpfen, aber ich kann nirgendwo hin. Ich kann nichts tun. Aurus ist so groß und so stark - ich bin gefangen.

Schlimmer noch, ein kleiner Teil von mir mag das.

„Ich habe es ernst gemeint, was ich auf dem Feld gesagt habe", fährt er fort und pumpt immer noch in langsamen, gemächlichen Stößen. „Ich werde jeden Alpha töten, der es wagt, sich dir zu nähern. Ohne Ausnahme."

Ich keuche jetzt, eine seltsame Mischung aus Lust, Angst und Wut. Er verändert den Winkel leicht, sodass er mit jedem Stoß meine Klitoris reibt, und ich kann ein ersticktes Stöhnen nicht unterdrücken, das aus mir herausbricht. Ich bin schon so kurz davor zu kommen. Verflucht sei er.

„Du solltest also besser nicht daran denken, jemanden um Hilfe zu bitten. Ich bin dein Herr und Meister hier in

Aurum. Auf Ulfaria. Mein Wort ist Gesetz. Ich bin der König."

Wie kann er immer noch so ruhig und gelassen reden? Ich verliere den Verstand, winde mich unter ihm und stehe kurz vor einem gewaltigen Orgasmus. Ich kann kaum noch klar denken, geschweige denn argumentieren.

„Komm jetzt, Omega", befiehlt er, und ich tue es sofort.

Ich komme so heftig, dass ich Sterne sehe und meine klatschnasse Muschi umkrampft ihn wieder und wieder. „Du bist ein aufgeblasenes Arschloch", bringe ich heraus und schreie auf, als er das Tempo steigert. „Scheiße!"

„Sag das noch mal", fordert er mich auf, legt einen massiven Unterarm auf meine Brust, drückt mich aufs Bett und stößt zu, immer und immer wieder. „Sag es."

„Oh, fuck ... fuck ..."

„Wen soll ich ficken?", spottet er. Sein Duft hat sich leicht verändert, zu Sandelholz und Leder gesellt sich jetzt eine neue, würzigere Note. Wie der Rauch eines Lagerfeuers. Ich atme ihn ein, kämpfe gegen die Reaktion meines Körpers auf die Empfindungen, die er in mir auslöst.

„Fick dich!" Es ist fast ein Heulen.

„Du wirst dich mir unterwerfen", knurrt er.

„Scheiß auf dich und deine Unterwerfung." Ich blecke meine Zähne. Es ist mir egal, wie toll sein Schwanz ist - ich werde nie eine unterwürfige Sexsklavin sein. „Ich gehöre dir nicht."

„Doch, das tust du." Er pumpt mit seinen Hüften, und ich schreie auf, als er meinen G-Punkt trifft. Es ist so gut.

Vielleicht schnitze ich nach meiner Flucht aus einem glatten Stück Holz die Form seines Schwanzes. Mein eigener persönlicher Aurus-Dildo.

Vielleicht werde ich mich dann nicht mehr so nach ihm sehnen, wie ich es jetzt tue.

„Ich bewundere deinen Mut", sagt er, wobei sich immer noch dieses ärgerlich selbstgefällige Lächeln um seine vollen Lippen schlängelt. „Das ist eine erfrischende Abwechslung zu den sanftmütigen, unterwürfigen Betas, die ich gewohnt bin."

Ich grabe meine Nägel in seinen Bizeps und kämpfe gegen den nächsten gigantischen Höhepunkt an, der sich bereits in meinem Inneren aufbaut.

„Als ich dich das erste Mal sah, hatte ich Angst, dass ich dich während der Brunst zerbrechen könnte. Du bist schließlich nur ein kleines Ding ..." Er beugt sich herunter und knabbert an der Stelle, an der mein Hals auf meine Schulter trifft, und ich keuche bei dem plötzlichen, scharfen Schmerz. Eine süße Qual. „Aber du kannst so gut mit mir mithalten. Und du genießt all die Dinge, die ich mit dir mache, nicht wahr? Sogar wenn ich dein enges kleines Loch so sehr dehne. Du magst das. Das Brennen. Den Schmerz. Dein Körper lügt nicht. Deine Pussy lügt nicht."

Ich werde nicht kommen, das schwöre ich mir. Ich werde ihm nicht die Genugtuung geben. Ich ignoriere die Lust, die sich in meinem Kitzler aufbaut, die Art, wie sein Schwanz meinen G-Punkt trifft, stattdessen konzentriere ich mich darauf, wie wütend ich bin. Wie großspurig und arrogant er sich verhält. Wie sehr ich ihn hasse.

„Ich glaube sogar, dass du das mit Absicht tust", fährt er fort. „Mich herausfordern, meine ich. Du ärgerst mich, weil du weißt, wie ich reagieren werde. Du weißt, dass ich dich auf die Knie zwinge und dich so durchficke, wie du es brauchst. Ich kann spüren, wie du für mich nass wirst. Wie sich deine Fotze um mich krampft. Wie geschwollen und erregt dieser empfindliche kleine Knopf wird, wenn ich mit ihm spiele. Du bist jetzt wieder ganz nah dran. So, so nahe. Aber du kämpfst dagegen an."

Ich kneife meine Augen zu und stöhne auf, als er mein Bein anhebt und mich weiter spreizt, bevor er fester an meiner Klitoris reibt. Ich werde es nicht tun. Ich tue es nicht.

„Du kannst so viel kämpfen, wie du willst, kleine Omega. Du wirst verlieren. Immer. Ich spüre, wie deine Möse anfängt, um meinen Schwanz zu flattern. Es fühlt sich so gut an. Wirst du auch so hart kommen, wenn ich dich in den Arsch vögele?"

„Fick dich", murmle ich, während sich mein Innerstes zusammenzieht.

Er stöhnt, sein Schwanz zuckt leicht und ein kleiner Schauer durchfährt mich. Er kann gegen seine Reaktionen auf mich genauso wenig ankämpfen wie ich gegen meine. So viel dazu, immer die Kontrolle zu behalten.

„Ich bin sicher, dass wir es herausfinden werden", fährt er mit etwas angestrengter Stimme fort. „Aber das ist etwas für einen anderen Tag. Im Moment gefällt es mir, dich mit meinem Samen zu füllen, in dieses enge kleine Loch zu spritzen. Spürst du, wie der Knoten wächst?"

Ich spüre es - es ist schwer, den stechenden, scharfen Schmerz zu ignorieren. Vor allem, wenn er mich so oft in den Wahnsinn treibt.

So wie jetzt.

Am liebsten würde ich meinen Orgasmus vor Aurus verbergen, aber er kann spüren, wie meine Muschi um ihn herum flattert. „Braves Mädchen", schnurrt er, bevor er seinen Kopf zurückwirft und mit einem Brüllen zum Höhepunkt kommt.

Die Art, wie sein Schwanz in mir pulsiert, verlängert nur mein eigenes Vergnügen, und es dauert lange, bis unsere Orgasmen endlich abklingen.

Er sackt keuchend über mir zusammen, während ich

daliege und versuche, zu Atem zu kommen. Immer noch werde ich von der Kraft meines Höhepunkts und der Wucht seiner Worte durchgeschüttelt.

„Du kannst mich mal", murmele ich.

Er gluckst. „Das habe ich gerade."

„Ja." Verflucht sei er. Er hat mir alles gegeben, was ich wollte - und noch mehr. Ich verliere mich an ihn.

„Bitte bestraf weder Juno noch die anderen", bitte ich schließlich. „Ich habe sie gezwungen, mich in die Arena zu bringen. Sie wollten mich auch davon abhalten, dass ich mir die Haare abschneide. Es ist nicht ihre Schuld."

„Dafür ist es zu spät", informiert mich Aurus. „Ihre Bestrafung hat bereits begonnen."

Ich bin verblüfft. Ich war die ganze Zeit bei ihm. „Wann hast du den Befehl dazu gegeben?"

„Als ich dich hineintrug. Ich glaube, du warst ein wenig ... abgelenkt."

Ich war nackt, mit Sperma bedeckt und habe zwanghaft seinen Hals geleckt, also habe ich vielleicht ein oder zwei Befehle von ihm auf dem Weg hierher verpasst. „Was ... wie bestrafst du sie?"

Er lacht leise. „Das wirst du herausfinden, wenn du dorthin zurückkehrst."

„Du schickst mich zurück in den Harem?"

„Natürlich!" Er zieht sich aus mir zurück, und ich stoße einen kleinen Schrei aus - selbst wenn er weich ist, ist sein Schwanz beeindruckend. „Wenn du nicht hier bei mir bist, ist dein Platz dort."

„Ich dachte ...", platzt es aus mir heraus, dann halte ich inne. Ich spüre einen lästigen Schmerz in meinem Herzen.

„Ja?" Er rollt sich von mir herunter, stützt sich auf der Seite ab und schaut auf mich herab. Unglaublich, er streckt seine Hand aus und streicht mir eine Haarsträhne aus der Stirn. „Warum hast du dir die Haare abgeschnitten?"

„Ich habe gedroht, mehr davon abzuschneiden, wenn die Damen mich nicht in die Arena bringen. Es hat funktioniert. Siehst du! Es ist alles meine Schuld."

„Hmm, netter Versuch. Sie müssen trotzdem bestraft werden." Er spielt mit den zotteligen Strähnen. Seine Stimme wird sanft. „Es ist so weich. Wie die Daunen eines Vogelbabys."

Ich werde nie verstehen können, wie er sich von einer riesigen, wilden Bestie in einen zärtlichen Liebhaber verwandeln kann.

Das spielt aber keine Rolle. Er ist immer noch ein Idiot.

Die Wolke seines würzigen Duftes umhüllt mich, reichhaltig und betäubend wie gewürzter Wein. Wenn ich nicht aufpasse, macht er mich wieder trunken vor Leidenschaft. Es ist nicht nur sein Geruch, sondern auch der Anblick seines riesigen Körpers mit seinen massiven, goldenen Muskeln, der sich um mich schmiegt, während er begehrlich mit meinem Haar spielt. Gibt es etwas, das sexier ist als ein brutaler Mann, der sich zärtlich verhält?

Ich neige den Kopf, um mir über das Gesicht zu wischen. Ich sabbere ihn nicht an.

Sein Schnurren durchströmt mich. „Willst du an meiner Seite bleiben, kleiner Omega?"

Ich schaue weg. Wie soll ich das anstellen? Ich will nicht, dass er weiß, wie viel mir an ihm liegt. Er hat genug Macht über mich.

Ich versuche ein Ablenkungsmanöver. „Ich habe von Khan und ... Emma gehört. Er hat sie zu seiner Königin gemacht?"

„Das hat er. Emma ist jetzt die Königin von Altrim, wenn auch nur dem Namen nach."

„Also ... hat sie keine wirkliche Macht?" Die Betas haben diesen Teil nicht erwähnt.

Aurus winkt abschätzig ab. „Khan verehrt seine Omega und erfüllt ihr jeden Wunsch, aber ich kann mir nicht vorstellen, dass er ihr erlauben würde, an seiner Seite zu regieren, nein. Was weiß ein Mee-Nsch schon über die Herrschaft von einem ulfarianischen Königreich? Nein. Sie leistet ihm Gesellschaft ... sie wird sich um das Baby kümmern ... sie ist eine gute kleine Gefährtin. Gehorsam."

Ich brauche ihn nicht anzusehen, um zu wissen, dass er mir einen tadelnden Blick zuwirft. Er scheint enttäuscht zu sein von der Art von Omega, die ich bin.

Das ist gut. Es ist nicht so, dass es mich interessiert.

Ich beiße mir auf die Lippe und wende mein Gesicht ab. „Emma lebt also nicht in einem Harem mit Khans anderen ... Kurtisanen?" Ich klinge mürrisch, aber ich kann nicht anders.

„Khan hat keinen Harem." Aurus klingt abweisend. „Er war stets mehr unterwegs als zu Hause - zumindest war das der Fall, bevor er Emma fand."

„Ich würde sie gerne kennenlernen", sage ich und zwinge mich, ihm in die Augen zu schauen. Zu meinem Erstaunen wirkt Aurus nicht abweisend. Im Gegenteil, er sieht mich mit einem seltsamen Ausdruck auf seinem gottgleichen Gesicht an. Es ist weder Wut noch Herablassung darin zu erkennen. Er sieht fast so aus, als wäre er ...

... neugierig. „Warum? Hast du Heimweh?"

„Das ist es nicht", lüge ich.

„Nein?" Er legt den Kopf schief, seine bernsteinfarbenen Augen sind auf mich gerichtet. Mein Herz hämmert wie ein Gong. Das einzige Objekt der Aufmerksamkeit dieses goldenen Königs zu sein, ist eine sehr intensive Erfahrung.

„Die Vergangenheit ist vergangen. Ich kann sie nicht ändern, selbst wenn ich mich an sie erinnern könnte. Alles, was ich habe, ist die Zukunft - und das ist genug. Das ist alles, was man hat, oder?"

„So weise", murmelt er. Die leichte Rauheit in seiner Stimme lässt meine Haut vor Vergnügen prickeln. Zum ersten Mal lobt Aurus jemand anderen als sich selbst - und das ist gefährlich. Ich könnte leicht süchtig nach ihm werden. „Du bist ganz und gar nicht das, was ich erwartet habe."

Ist das etwas Schlechtes?, möchte ich fragen. Stattdessen sage ich: „Was ich gerne tun würde, ist ... mich zu orientieren. Es würde mir helfen, mit einem anderen Menschen zu sprechen, der weiß, wie es ist, hierher zu kommen und zu einer Omega gemacht zu werden ..."

„Natürlich", bestätigt er. „Das ergibt absolut Sinn. Daran hätte ich selbst denken sollen. Ich schlage dir einen Deal vor."

Sofort bin ich misstrauisch. „Sprich weiter."

„Du fängst an, dich zu benehmen, deinen Platz zu akzeptieren - du hörst auf, dich zu widersetzen, hörst auf, von Flucht zu reden, denn das ist eine lächerliche Vorstellung, du kannst sowieso nirgendwo hingehen, und im Gegenzug werde ich dich zu Emma bringen."

„Abgemacht", stimme ich sofort zu. Ohne ihre Hilfe kann ich ohnehin keine Flucht planen, und es wird viel einfacher sein, offiziell dorthin zu gehen, als zu versuchen, einen Weg zu finden, sie hinter Aurus' Rücken zu treffen.

„Abgemacht?" In Aurus' Stimme liegt ein Hauch von Unglauben. „Einfach so?"

„Einfach so." Ein Teil von mir möchte weiter verhandeln. Ich will raus aus dem Harem. Ich will, dass er zurücknimmt, dass er jeden Alpha tötet, der sich mir nähert, und ich will, dass er aufhört, die Betas für meine Taten zu bestrafen. Ich will so viele Dinge, aber vor allem will ich wie eine Gleichberechtigte behandelt werden, nicht wie ein Omega-Schoßhündchen.

Aber ich habe ihn gerade dazu gebracht, einer großen Sache zuzustimmen, also beschließe ich, nichts zu erzwingen - zumindest nicht im Moment.

Ein Schritt nach dem anderen.

Mein Schwanz ist wund und trotzdem - der kleinste Hauch von Kims berauschendem Duft lässt mich wieder nach ihr verlangen. Wir haben so lange gevögelt, dass ich jegliches Zeitgefühl verloren habe.

Trotzdem habe ich jetzt Hunger und auch wenn sie nichts sagt, nehme ich an, dass es ihr genauso geht.

Auf dem Weg nach drinnen habe ich den Dienern strikte Anweisung gegeben, uns nicht zu stören, und so muss ich mich nun selbst aus dem Bett quälen, einen Bademantel suchen und etwas zu essen holen.

„Wohin gehst du?", fragt Kim, rollt sich auf ihren flachen Bauch und stützt ihr spitzes Kinn in ihre kleinen Hände. Ihr kurzes, helles Haar ist zerzaust und steht schräg ab und ich widerstehe dem Drang, ihr den Hintern zu versohlen, weil sie es abgeschnitten hat. Immerhin hat sie gerade zugestimmt, sich mir nicht länger zu widersetzen.

Wir werden sehen, ob sie ihren Teil der Abmachung einhalten kann.

„Ich hole uns etwas zu essen", sage ich ihr, suche einen

Bademantel und lege ihn mir über die Schultern. „Du musst hungrig sein."

„Kann sein."

Sie scheint mehr aufgeregt als hungrig zu sein. Mir ist nicht entgangen, wie ihre Augen aufleuchteten, als ich zustimmte, sie nach Altrim zu bringen, um den anderen Mee-Nschen zu treffen. Ist sie einsam? Vielleicht sollte ich sie mehr Zeit mit den Kurtisanen verbringen lassen. Vielleicht wird deren gutes Benehmen sie dazu inspirieren, gefügiger zu werden. Bis jetzt hat sie eigentlich nur einen schlechten Einfluss auf den Harem gehabt.

Ich habe bereits angeordnet, dass Juno und die anderen bestraft werden sollen. In diesem Augenblick werden ihre Qualen beginnen.

Das ist gut. Sie bekommen nur, was sie verdient haben. Kim hätte den Harem nie verlassen dürfen, geschweige denn in die Trainingsarena gebracht werden sollen.

Ich spreche mit Feyna, der Dienerin, die vor meinem Schlafgemach wartet und bestelle eine Reihe von Gerichten, die gebracht werden sollen, sowie etwas von meinem speziellen Lehbeerenwein. Die Beta murmelt ihr Einverständnis und eilt davon.

Nach den Geschehnissen in der Arena habe ich beschlossen, meine Alphawachen immer in einem gewissen Abstand zu Kim zu halten. Sie bleiben an den Außentüren stationiert und wurden mit Todesstrafe gewarnt, sich ihr nur zu nähern, wenn es absolut notwendig ist - mit anderen Worten, wenn sie in Gefahr ist. Wenn sie glauben, dass sie nur zu fliehen versucht, haben sie den Befehl, sich zurückzuziehen und mich sofort zu benachrichtigen. Ich kann nicht riskieren, dass sie sie jagen. Es darf sich nicht wiederholen, was in der Trainingsarena passiert ist.

Als ich die Tür wieder schließe, erinnere ich mich

daran, wie alles schwarz wurde, als Kim auf dem Feld auf mich zukam. Es war, als ob sich ein roter Nebel über meine Sicht gelegt hätte. Ich habe jegliche Kontrolle verloren.

Ich habe immer geglaubt, dass meine Selbstdisziplin und mein Training mir helfen würden, auch in schwierigen Situationen die Selbstkontrolle zu behalten.

Ich habe mich geirrt.

Selbst jetzt, wenn ich mich daran erinnere, wie sie die Arena betrat, so gut wie nackt, während Dutzende von Alphas in Riechweite waren, möchte ich mir an die Brust schlagen und brüllen.

Sie gehört mir.

Sie wird immer nur mir gehören.

„Und was machen wir nach dem Essen?", fragt Kim. Ihre grünen Augen sind groß und unschuldig. „Ich will noch baden. Ich bin so klebrig."

„Von meiner Essenz." Ich fahre mit einer Fingerspitze über die Rückseite ihres Oberschenkels, und sie erschaudert leicht. „Ich musste dich markieren. Um den anderen Alphas zu zeigen, zu wem du gehörst. So wie Khan es mit Emma getan hat."

„Hat er?"

Ich nicke. „Bei unserem ersten Treffen, als er mit ihr zurückkam. Er hatte sie in eine Decke gewickelt, klebrig von seinem Samen. Sein Geruch war überall auf ihr - eine Warnung an die anderen Könige, sich verdammt noch mal zurückzuhalten."

„Gott. War es ihr nicht peinlich?"

„Wenn ich mich recht erinnere, war sie mehr über unser Gesprächsthema besorgt ..." Ich halte abrupt inne, als mir klar wird, was ich gerade sagen wollte. Kim muss nicht wissen, wie wir Mee-Nschen-Frauen von der Erde nach Ulfaria bringen. Wie wir sie mit Hilfe des Serums in

Omegas verwandeln. Emma ist immer noch empört darüber und tut ihr Bestes, um Khan davon zu überzeugen, uns aufzuhalten. Als ob sie irgendeine Kontrolle über solche Dinge hätte.

„Was war euer Gesprächsthema?"

Verdammt. „Ich kann mich nicht erinnern", lüge ich. „Um ehrlich zu sein, war sie von all dem ziemlich überwältigt."

„Das kann ich mir vorstellen", sagt Kim. Mit einem kleinen Seufzer rollt sie sich auf die Seite und setzt sich auf. „Hast du etwas, das ich beim Essen anziehen könnte? Ich fühle mich ... nackt."

Ich gluckse. „Das liegt daran, dass du nackt bist, kleine Omega. Du brauchst deinen schönen Körper nicht vor mir zu verstecken. Ich habe jeden Zentimeter davon gesehen."

„Ich weiß. Aber die Dienerschaft ..."

„Die Diener werden das Essen bringen und dann wieder gehen", unterbreche ich sie. „Es ist mein Wunsch, dass du nackt bleibst."

„Bekommst du immer, was du willst?" Ihre volle Unterlippe schiebt sich jetzt vor. Wie bezaubernd.

„Ja, natürlich. Ich bin ein König."

Sie rollt mit den Augen. Ich erlaube es. Ich fange an, die kleinen Anzeichen ihres Trotzes zu genießen. Nicht, dass ich ihr das sagen würde.

„Erzähle mir von deiner Kindheit." Sie greift nach einem Kissen in der Nähe und drückt es an ihre Brust, um ihre entblößten Brüste und ihr nacktes Geschlecht vor mir zu verbergen. „Warst du ein verwöhnter kleiner Prinz?"

„Ich war kein Prinz." Ich setze mich neben sie und zögere, wie viel ich ihr verraten soll. Ich frage mich, warum sie überhaupt gefragt hat. Ist es echtes Interesse? Oder will sie nur Konversation machen? „Ich war ein Soldat. Ich habe mich hochgekämpft und wurde vom ehemaligen König Aurums zum Erben ernannt."

„Oh. Also ist das Königtum hier nicht vererbbar? Auf der Erde schon. Wenn deine Eltern Monarchen sind, bist du der nächste in der Reihe. Nun, der Erstgeborene zuerst ... und so weiter. Jedenfalls in einigen Ländern. Viele Länder haben die Monarchie ganz abgeschafft."

„Wer regiert sie?" Ich kann mir ein solches System nicht vorstellen.

„Präsidenten. Premierminister. Bundeskanzler. Kommt auf das Land an. Leute, die gewählt werden. Du weißt schon, die Menschen wählen. Das Volk entscheidet."

„Das Volk", spotte ich. „Woher soll es wissen, wer regieren soll?"

Sie schnaubt und rollt wieder mit den Augen. „Schon gut. Ich werde mir nicht die Mühe machen, jemandem, der so von sich eingenommen ist wie du, die Demokratie zu erklären."

„Ich bin bereit zu lernen", protestiere ich. „Ich bin einfach der größte und beste Krieger in ganz Ulfaria. Der am besten geeignet ist, zu herrschen."

„Macht geht vor Recht? Macht ist nicht alles."

„Manchmal ist Macht notwendig."

Sie zieht eine blonde Augenbraue hoch, mit einem verschmitzten Ausdruck auf dem Gesicht. „Wenn ich also im Nahkampf gegen dich antrete und gewinne, werde ich Königin?"

„Nein." Ich habe gelernt, vorsichtig zu sein, wenn sie diese Miene aufsetzt. Ich muss dieses Gespräch beenden, bevor sie auf dumme Ideen kommt. „Der Vogel auf deinem Bein ..." Ich zeichne ihn sanft nach. Die leuchtenden Farben schimmern auf ihrer blassen Haut. „Er ist wunderschön. Wurdest du damit geboren?" Da ich Emma noch nie ganz nackt sehen konnte, habe ich daher auch keine Vergleichsmöglichkeiten mit anderen Mee-Nschen-Frauen. Tragen sie alle solche Bilder auf ihrer Haut? „Wir Ulfarri werden mit unseren Malereien geboren." Ich deute auf den nackten Teil meiner Brust, der nicht von der Robe bedeckt ist.

Sie lacht ein wenig. „Nein, damit werden wir nicht geboren. Es ist ein Kolibri. Ich weiß nicht, warum ich ihn bekommen habe. Meine Erinnerungen sind … durcheinander. Ich weiß zum Beispiel, dass das ein Tattoo ist, dass ich es mir habe machen lassen, aber ich weiß nicht mehr, wo oder warum. Weshalb ich dieses Bild gewählt habe."

„Hat es weh getan?"

„Wahrscheinlich. Sie machen viele kleine Löcher in deine Haut und füllen sie mit Tinte. So bleibt sie erhalten. Für immer."

Mein Schwanz zuckt, als ich mich an ihre lautstarken und feuchten Reaktionen auf den Schmerz erinnere, wenn ich sie bestrafe. „Hat es dir gefallen?"

Sie zuckt mit den Schultern. „Ehrlich gesagt? Ich erinnere mich nicht."

Interessant. Ich notiere mir, dass ich die Magier fragen muss, ob Gedächtnisverlust bei allen neuen Mee-Nschen, die wir nach Ulfaria bringen, ein Problem sein wird.

Es klopft an der Tür, und dann kommen drei Dienerinnen mit Tabletts herein. Ich nehme den nächstgelegenen Kelch und trinke den Wein gierig aus, dann gebe ich Kim ein Zeichen, auch etwas zu trinken. „Mein besonderer Wein", erkläre ich. „Probiere ihn."

Sie nimmt einen Schluck, dann verzieht sie das Gesicht. „Er ist sauer. Ich bevorzuge das andere Zeug."

„Anderes Zeug?"

„Was sie mir im Harem gegeben haben."

Ich hebe fragend eine Augenbraue und blicke eine der Bediensteten an.

„Hima-Saft?", antwortet sie, obwohl es so klingt, als wäre sie sich nicht sicher.

„Bring uns etwas", befehle ich. Kim hat bereits eine halbe Schüssel Suppe intus. Sie isst genauso, wie sie fickt: gierig und mit Hingabe. Ganz und gar nicht ladylike. Ihre Lippen spitzen sich, als sie die Brühe schlürft.

Ulf, ich werde schon wieder steif. Ich lenke mich ab, indem ich einen Teller mit Essen fülle.

„Ihr könnt gehen", sage ich zu den Dienern, als sie alles abgestellt haben.

„Ja, Eure Majestät."

„Das ist gut", bemerkt Kim mit vollem Mund. Sie hat nichts mit den eleganten, unterwürfigen Kurtisanen, an die ich gewöhnt bin, gemeinsam - und doch kann ich meinen Blick nicht von ihr abwenden. Selbst ihr Mangel an Manieren ist irgendwie verlockend. Selbst jetzt, da sie im Schneidersitz auf meinem Bett hockt, ein Kissen auf ihren schlanken Schenkeln balanciert, um ihre Nacktheit zu bedecken, ihr goldenes Haar ungekämmt, schmerzt mein Schwanz vor Verlangen, wieder in ihr zu sein.

„Ich bin froh, dass es dir zusagt", stelle ich fest und beschließe, sie zurück in den Harem zu schicken, sobald wir mit dem Essen fertig sind. Während sie offensichtlich einige Formen von Schmerz während der Brunst genießt, möchte ich sie nicht wirklich verletzen, und wenn mein Schwanz schon wund ist, möchte ich mir gar nicht vorstellen, in welchem Zustand ihre Pussy sein muss. Sie braucht eine Pause.

Bei Ulf, ich brauche auch eine Pause.

„Es ist Eintopf ..."

Kim hält ihre Handfläche hoch, um mich zum

Schweigen zu bringen. Niemand hat es je gewagt, auch nur *den Versuch zu unternehmen*, mich am Sprechen zu hindern, geschweige denn, es zu schaffen. Deshalb bin ich so verdutzt, dass ich gehorche und abwarte, was sie als Nächstes sagt. „Ich will es nicht wissen", sagt sie herrisch. „Wenn es eine Art Tier ist, will ich es nicht wissen. Mir reicht es zu wissen, dass es gut schmeckt und gut zum Bier passen würde."

„Bier?"

Sie schnaubt. „Es ist gebraut aus ... Hopfen? Vielleicht würdest du es Ale nennen? Ich weiß es nicht. Es ist ein goldenes Getränk mit dickem weißen Schaum oben drauf. Ich weiß nur, dass ich jetzt gerne eins hätte."

„Ich werde die Magier bitten, welches zu besorgen", antworte ich. „Es tut mir leid, dass ich dir nicht sofort eins anbieten kann."

Sie sieht mich misstrauisch an, dann schluckt sie ihren Bissen hinunter. „Entschuldigst du dich tatsächlich gerade für etwas?"

Ich räuspere mich. „Natürlich. Wie kommst du darauf, dass mir manche Dinge nicht leidtun würde?"

„Ähm ... ich kann unmöglich die Erste sein, die dir das sagt, aber du bist der größte, eingebildetste Arsch, den ich je getroffen habe."

„Danke."

„Das war kein Kompliment. Du schuldest mir eine Menge Entschuldigungen. Es gibt viele Dinge, die dir leidtun sollten."

„Viele Dinge, die mir leidtun sollten", plappere ich ihr nach und frage mich, worauf sie sich beziehen könnte.

Sie legt das Stück Brot, auf dem sie gerade kaut, beiseite und beginnt, mit ihren langen, schlanken Fingern die Dinge aufzuzählen, die sie erlebt hat. „Mich entführen, mich in einen Harem werfen, in dem ich gegen meinen Willen gebadet und enthaart wurde ..."

„Enthaart?"

„Sie haben mir alle Körperhaare entfernt."

Ich öffne meinen Mund, aber sie wackelt mit einem Finger. „Ich bin noch nicht fertig. Du hältst mich gefangen, zwingst mich zum Orgasmus, lässt mich nicht zum Orgasmus kommen, ziehst dich zurück und kommst über mich, wie es dir gerade passt, nachdem du mich vor einem Gong gefickt hast, den das ganze Königreich hören konnte ..."

„Ist das alles?"

„Es ist ein Anfang." Ihre grünen Augen blitzen. „Das Wichtigste habe ich nicht erwähnt: Du bist ein herablassender, arroganter, goldener Mistke-"

„Es reicht!" Ich halte selbst einen Finger hoch. „Das ist genug. Du bist gefährlich nah dran, unsere Abmachung zu brechen." Meine Handfläche juckt, um ihr den Hintern zu versohlen.

„Unsere Abmachung?" Sie rümpft die Nase. „Was hat das mit unserer Abmachung zu tun?"

„Du hast versprochen, dich entsprechend zu verhalten. Dies ist kein angenehmes Verhalten."

„Du hast mich gefragt, also habe ich geantwortet! Was ist das jetzt für eine Trotzreaktion?"

„Du wirst eine unterwürfige Haltung an den Tag legen. Und außerdem werde ich mich nicht dafür entschuldigen, dass ich meine Rechte einfordere. Du hast unsere Brunft genossen. Gib es zu."

Ihre Wangen erröten, aber sie murmelt: „Nicht alles. Nicht als du mich nicht zum Orgasmus kommen lassen wolltest."

„Gehorche, und du wirst so viel Vergnügen haben, wie

du willst." Ihr Duft flammt wieder auf, und ich lächle. „Es ist mein Recht und mein Privileg, dich befriedigt und sicher zu halten."

„Sicher?" Sie schnaubt. Das Kissen und ihr Teller fliegen umher, als sie auf die Füße springt. „Wann hast du mich in Sicherheit gebracht? Du arrogantes Arschloch ..."

Ich werfe meinen eigenen Teller beiseite und erhebe mich ebenfalls, bis ich über ihr stehe und sie anstarren kann. „Glaubst du, ich habe dich da draußen in der Trainingsarena zum Vergnügen gevögelt? Ich habe es getan, um Dutzende von Alphasoldaten davon abzuhalten, dich zu vergewaltigen", knurre ich und freue mich, als sie eine Grimasse schneidet. „Nicht, dass ich dir eine Erklärung für meine Handlungen schuldig wäre. Und du wirst auch keine mehr bekommen. Ich denke, du solltest in den Harem zurückkehren, um dich abzukühlen. Ich werde dich rufen, wenn ich bereit bin."

Sie starrt mich an, das Kinn erhoben, die Schultern stur nach oben gezogen. Was für ein Temperament, selbst wenn sie völlig nackt und ihre Haut noch mit meinem Samen befleckt ist.

Es entsteht eine lange, lange Pause.

„Gut!" Sie spuckt das Wort förmlich aus. „Ich werde gehen. Bekomme ich wenigstens etwas, womit ich mich bedecken kann, oder muss ich nackt durch deinen Palast stolzieren? Das werde ich nämlich! Ich bin mir sicher, dass das den Soldaten überall gefallen würde!"

Mit einem Brüllen greife ich nach ihrer Kehle, halte sie fest, drücke aber nicht zu. „Nicht. Kein. Einziges. Wort! Stelle meine Geduld jetzt nicht weiter auf die Probe, kleine Omega, oder ich werde dich den Tag deiner Geburt bereuen lassen. Und einen Alpha-Soldaten verführst du nur, wenn du bereit bist, ihn sterben zu sehen!"

Ich lasse sie los, drehe mich um und schlendere zu meinem Kleiderschrank, bis ich eines der Seidenhemden finde, die ich eine Zeit lang gerne getragen habe. Ich werfe es ihr zu, und sie fängt es gekonnt auf. Zwei helle rosa Flecken zieren ihre hohen Wangenknochen.

So wütend ich auch bin, ich will sie immer noch, Ulf, hilf mir.

„Wie gesagt", presse ich schließlich heraus und beobachte, wie sie sich in hochmütigem Schweigen mit meinem Hemd bedeckt, „ich werde nach dir schicken, wenn ich bereit bin. Und jetzt geh. Bitte Feyna, dich in den Harem zu begleiten. Sie wird draußen warten."

Ohne mich einer Antwort zu würdigen, wirft Kim mir einen langen, angewiderten Blick zu und schlendert dann zu den Türen hinüber. Ich höre, wie sie sich kurz mit Feyna unterhält und dann ist sie weg.

Meine Wut wird nur noch von meiner intensiven Sehnsucht nach dem pfirsichfarbenen Mee-Nschen übertroffen, die mich anscheinend überhaupt nicht respektieren kann.

Verdammt, bei Ulf.

ZEHN
KIM

Ich bin so wütend, dass ich kaum sprechen kann, als ich der großen, schlanken Feyna durch die endlosen Gänge zum Harem-Hauptquartier folge.

Es lief doch alles so gut! Ich habe gerade angefangen, Einblicke in eine andere Seite von Aurus zu bekommen - zart, einfühlsam, sanft -, und dann musste er wieder zu seinem aufgeblasenen Ich zurückkehren. Arschloch!

Wenn er nur nicht so gut im Bett wäre. Das ist buchstäblich die einzige Sache, für die er nützlich ist. Und ich hasse es, wie süchtig ich bereits bin nach seinem Geschmack, seinem Duft, seinen Berührungen ...

Er würde eine ganze Armee für mich erschlagen, aber sobald ich mich nicht wie die perfekte kleine Omega verhalte, lässt er mich links liegen. Was für ein Scheißkerl.

Ich wünschte nur, es würde nicht so sehr wehtun.

Feyna hält vor den großen Doppeltüren zum Harem inne und einen Moment später gleiten sie auf. Wie soll ich entkommen, wenn ich nicht einmal herausfinden kann, wie die verdammten Türen funktionieren? Ich sehe nie, dass die

Ulfarri irgendwelche Knöpfe drücken, oder höre sie irgendwelche Worte sagen.

Es ist alles so verwirrend.

Bei jedem Schritt schmerzt meine Pussy und jetzt, da ich etwas gegessen habe, merke ich, wie dringend ich ein Bad brauche. Ich möchte jede Spur dieses Idioten wegspülen.

In dem Moment, in dem ich den Hauptraum des Harems betrete, kribbeln meine Arme. Der Hauptraum ist nicht das lebhafte Zentrum der Unterhaltung, das er normalerweise ist. Ein paar Betas lungern an ihren üblichen Plätzen herum, aber ihre Augen sind geschlossen. Schweißtropfen glänzen auf ihren Stirnen. Eine hat sich zusammengerollt, ihr Haar ist ein heilloses Durcheinander - definitiv nicht normal. Eine andere hat die Arme um sich geschlungen und beißt sich auf die Lippe. In der Ferne ist ein Stöhnen zu hören.

Oh, Scheiße. Aurus hatte angeordnet, sie alle zu bestrafen.

Meinetwegen.

Scheiße.

Ich mustere die parfümierten, hübschen Betas, bis mein Blick auf Annay fällt. Sie sitzt auf einer üppigen Liege und starrt ins Leere. Ich eile zu ihr hinüber.

„Annay?"

Sie sieht mich an und wendet ihren Blick dann wieder ab. Auf ihrer puderblauen Stirn perlt ein Schweißtropfen.

„Annay, bitte sprich mit mir. Geht es dir gut?"

Sie atmet tief aus. „Nein, natürlich nicht. Das ist deine Schuld! Du hast das getan!"

Ich sehe mich um. Weitere Betas kommen jetzt auf mich zu und rücken immer näher. Einige ziehen Grimassen und haben glasige Augen, aber ich sehe keine blauen

Flecken oder andere unmittelbare Anzeichen von Miss-brauch. „Was ist passiert?"

„Wir sind bestraft worden." Junos Stimme schwebt zu mir herüber, und ich schaue nach rechts, um zu sehen, wie sie auf uns zu gleitet. Auch ihr Gesicht glänzt und sie fächelt sich Luft zu. „Aber ich denke, wir sollten die Schuld nicht ausschließlich auf dich schieben. Wir hätten es besser wissen müssen." Sie presst die Lippen zusammen, bevor sie hinzufügt: „*Ich* hätte es besser wissen müssen."

„Ich wusste es besser", mischt sich Lenah säuerlich ein. Ich habe nicht bemerkt, dass sie sich von hinten an mich herangeschlichen hat. „Und trotzdem werde ich bestraft."

„Es tut mir so leid", jammere ich. „Ich habe Aur... Seine Majestät gebeten, es nicht zu tun. Ich habe ihm gesagt, dass es mein Fehler war."

„Er hat den Befehl sofort gegeben. Schon vor Stunden", faucht Lenah. „Obwohl ich bezweifle, dass du ihn über-haupt davon abbringen hättest abbringen können."

„Ich habe es versucht." Die Schuld schmeckt bitter, wie Galle in meiner Kehle. Ein Teil von mir will es nicht wissen und doch frage ich: „Was ... wie lautete sein Befehl genau?"

Silki schiebt ihr langes Haar zurück. „Er gab uns Milch des Korkan zu trinken. Sie erregt uns." Sie erschaudert und neben ihr stöhnt eine andere Beta leise auf. „Akute, quälende Erregung."

Moment, was? „Erregung?"

„Ja. Wenn ein Weibchen nicht bereit ist, sich zu paaren, hilft die Korkan-Milch, ihr Verlangen zu fördern."

Heilige Scheiße. Aurus hat ihnen allen das Ulfarri-Äquivalent von Frauen-Viagra gegeben. Ich schaue mir jede Einzelne an und die Anzeichen sind jetzt leicht zu erken-nen. Das Zappeln, die leuchtenden Farbflecken auf ihren

Wangen, die glasigen Augen. „Und ich nehme an, er hat euch allen gesagt, dass ihr nicht masturbieren sollt?"

Zwölf Paar erweiterter Pupillen richten sich gleichzeitig auf mich. Pause entsteht. Dann: „Was?" Das kommt von Juno.

„Masturbieren. Ihr wisst schon ... wenn ihr es euch selbst macht. Oder, zum Teufel, wenn ihr es euch gegenseitig macht."

„Was tun?"

Was zum Geier? Wissen die das wirklich nicht? Wie kann ein Dutzend Kurtisanen nicht wissen, dass sie durchaus in der Lage sind, sich selbst zu befriedigen?

Dieses verdammte Arschloch! Natürlich würde Aurus sie über solche Dinge im Unklaren lassen. Er ist so arrogant, dass er der Einzige sein will, der diesen Mädchen irgendeine Art von Vergnügen bereitet, unabhängig davon, ob sie es in einer Nacht, in der sie nicht an der Reihe sind, wollen oder nicht. Oder vielleicht wissen sie, was sie tun müssen, aber er hat es ihnen einfach verboten.

„Ich weiß nicht, wie es hier ist, aber auf der Erde kann ein Mädchen, das erregt ist und keinen Partner hat, der es befriedigt - oder nicht will, dass er es tut - sich selbst befriedigen. Es gibt unterschiedliche Arten von Möglichkeiten. Es gibt sogar Spielzeug, das speziell für diesen Zweck entwickelt wurde."

„Wie?" Lenahs vorheriger Ausdruck der Verachtung ist einer schüchternen Neugier gewichen. Sie wischt sich über die Stirn. Armes Ding.

Ich muss das in Ordnung bringen.

Ich räuspere mich. „Wo immer dein Partner dich berührt ... kannst du auch selbst berühren. Ersetze seine Finger durch deine eigenen Finger. Du kannst sogar Gegenstände finden, die geformt sind wie ... sein ... du weißt schon, sein Glied. Seine Rute." Wenn man bedenkt, dass es sich um Kurtisanen handelt, sind sie seltsam zurückhaltend, wenn es darum geht, die Mechanismen von Sex zu besprechen, also versuche ich, mich vorsichtig auszudrücken.

„Sein was?", fragt Lenah.

Ich huste ein wenig. „Schwanz." Die Betas um mich herum erzittern alle, und ein paar stöhnen noch stärker. Gah, das ist furchtbar. Ich werde ihnen auf jeden Fall beibringen, wie sie sich selbst Lust verschaffen können - selbst wenn ich ihnen vormachen muss, wie es geht. „Ihr könnt sogar einen Gegenstand mit der richtigen Form herstellen oder finden - einige Gemüsesorten auf der Erde sind sogar perfekt designt - und dann benutzt ihr sie, um euch zu stimulieren ..."

Die Frauen sehen mich alle an, als hätte ich gerade das Feuer erfunden.

„Mich selbst berühren?", fragt Lenah ungläubig.

„Genau." Ich fordere alle auf, Platz zu nehmen, und suche mir einen großen Hocker, auf den ich mich setze, damit sie mich sehen können. Dann spreize ich meine Beine. „Ihr könnt euch überall berühren, wo ihr wollt", verkünde ich. „Manche machen es im Bett, andere in der Badewanne. Ihr könnt experimentieren. Aber ich mag es so."

Während zwölf Augenpaare auf mich gerichtet sind, lasse ich meine Hand über meine Brust gleiten. Das ist nicht das, was ich mir für heute Nachmittag vorgestellt habe. Ich will ein Bad und ein Nickerchen, aber ich will verdammt sein, wenn Aurus diese Frauen meinetwegen bestraft.

Er wird es verdammt noch mal bereuen.

„Ihr könnt es langsam angehen. Oder es schneller machen." Ich lasse meine Hand über meinen Bauch wandern und sie dann zwischen meinen Beinen ruhen. „Aber ich mag es, mich genau hier zu streicheln." Ich beginne mit einer langsamen, kreisenden Bewegung, um meinen Kitzler zu reiben. „So", sage ich und unterdrücke ein Zusammenzucken. Sogar meine verdammte Klitoris ist wund, wie es scheint.

Ich halte inne. Alle Betas starren mich an.

Ich hebe mein Kinn. „Jetzt versucht es selbst."

Lenah fängt an. Sie wirft ihren Kopf zurück, hochmütig wie eine Königin und spreizt ihre Beine weit. Ihre frechen Augen blicken unverwandt auf mich. „So?"

„Ja." Ich weigere mich, mich einschüchtern zu lassen. Ich starre sie an, als sie ihre Hand auf den Scheitelpunkt ihrer Beine legt.

Ihr ganzer Körper bebt. Helle Farbtupfer leuchten auf ihren Wangen auf. Ihr Mund öffnet sich, um nach Luft zu schnappen, und dann stöhnt sie.

Die anderen ahmen alle ihre Bewegungen nach. Ein oder zwei stoßen ein langes, leises Stöhnen aus.

So ein Mist. Ich habe das Wichtigste vergessen. „Ähm", platze ich heraus, „so etwas machen Leute normalerweise, wenn sie allein sind. Nicht, wenn andere zusehen."

Die meisten der Betas hören nicht mehr zu. Einige winden sich auf ihren Liegen, ihre Beine zappeln, während sie sich heftig reiben. Ich versuche, meinen Blick abzuwenden, aber überall im Raum werden die gleichen Bewegungen nachgeahmt. Es ist, als wäre man in einem Spiegelsaal.

„Und es wird zu einem ... Höhepunkt kommen?" Silki errötet bis zu den Haarwurzeln.

„Es kann eine Weile dauern, bis man herausfindet, was sich gut anfühlt, aber es gibt keinen Grund, warum es nicht so sein sollte."

Schreie hallen durch den Raum, als mehrere Betas ihre Lieblingsstellen finden. Mensch, das hat ja nicht lange gedauert. Ich hätte wissen müssen, dass sie alle schnell lernen.

Nur bin ich jetzt in einem Raum voller masturbierender Frauen. Der Duft der Lust liegt in der Luft, ein ungleich schweres Parfüm. Meine eigenen Nippel sind hart, und meine Klitoris pocht trotz ihres verwundeten Zustands. Verflucht.

Aber das leichte Erröten und der glückselige Ausdruck auf den Gesichtern der Damen sind es wert.

Ich erhebe mich von meinem Hocker und fühle mich plötzlich fehl am Platz.

Der Raum flimmert vor Vergnügen. Drei der Damen haben sich Liegestühle geschnappt und schaukeln darauf, mit offenem Mund und flatternden Augenlidern, während sie sich auf den Polstern wälzen.

Eine von ihnen ist in das Becken gesprungen und hält sich vor einem Wasserauslauf auf, wobei sie ihr Geschlecht in Richtung des herausströmenden Wassers schaukelt.

Lenah hat ihre Haltung und Eleganz aufgegeben und hat jetzt beide Hände zwischen ihren Beinen. Ihre Schreie schwirren durch den Raum. „Ja, ja, ja! Oh ja!"

Mist. Ich habe ein Monster erschaffen.

Ich fahre mir mit der Hand durch die Haare und meine Finger bleiben in den verfilzten Strähnen hängen. Ich bin klebrig und möchte ein Bad nehmen. Aber ich habe keine Ahnung, wie man das Wasser bedient. Vielleicht kann ich jemanden fragen?

Juno greift nach mir, als ich an ihr vorbeigehe. „Kim. Danke!", keucht sie. „Die Korkan-Milch ist so stark und natürlich hat seine Majestät niemanden von uns gerufen, seit ..."

„Seit ich hier bin", beende ich den Satz für sie. Diese armen Frauen. Wenn ich herausfinde, wie ich entkommen kann, kann ich sie vielleicht auch befreien. Sie haben es verdient.

Außerdem wird es Aurus einen Schlag versetzen.

„Ähm, Juno", will ich fragen, aber sie hat sich auf alle viere gerollt und lässt sich auf einem runden Kissen nieder. Ihre Augen sind halb geschlossen, als sie zu schaukeln beginnt.

Ich verberge ein Grinsen. Ich schätze, ich muss selbst herausfinden, wie ich das Wasser zum Laufen bringe.

Ein Duo in der Ecke hilft sich gegenseitig beim Ausziehen. Als ich vorbeigehe, geben sie den Versuch auf, sich gegenseitig aus ihren hauchdünnen Seidenstoffen zu befreien. Die Größere von ihnen beginnt, die Brüste des anderen zu streicheln.

„Ja", stöhnt die Kleinere und wirft den Kopf zurück, wobei sich ihre kupferfarbenen Locken kräuseln. Ich erkenne, dass es Silki ist. „Genau so."

Meine Arbeit hier ist getan.

***

Kim

EIN PAAR STUNDEN später liege ich in dem prächtigen Bett, das mir in einer der Kabinen in der Haupthalle des Harems zugewiesen wurde. Da es keine Tür gibt, fällt ein schwaches Licht auf die Unterseite meiner Laken.

Hier gibt es keine Lampen. Sie benutzen seltsame, leuchtende Kugeln, die in der Luft zu schweben scheinen. Aber ich hatte noch nicht viel Zeit, mir die Technik der

Außerirdischen anzuschauen, bei all dem, was hier los war.

Am Ende habe ich mich mit einem Schwamm und einem kleinen Rinnsal Wasser gewaschen, das ich dem Wasserhahn entlocken konnte. Ein paar Mal hätte ich fast aufgegeben, die außerirdischen Sanitäranlagen zu enträtseln und wäre zurückgegangen, um mit Juno oder einer der anderen zu reden, aber ich konnte ihnen nicht den Spaß verderben. Ihnen zu zeigen, wie sie sich selbst befriedigen können, war das Mindeste, was ich tun konnte. Selbst jetzt nehme ich gelegentlich ein gedämpftes Keuchen oder einen Schrei der Freude wahr. Ein paar Mal habe ich gehört, wie die Damen gegenseitig ihre Namen riefen. Gott weiß, was diese Korkan-Milch auslöst oder wie lange ihre Wirkung anhält, aber sie scheint dem zu ähneln, was alle hier als *Östrus* bezeichnen - also dem, was die Anwesenheit von Aurus in mir auslöst.

Und einfach so denke ich wieder an Aurus. Ich drehe mich auf die Seite und schlage auf das Kissen. Mein Gesicht fühlt sich vor Erschöpfung schwer an. Ich würde gerne schlafen, aber jedes Mal, wenn ich die Augen schließe, denke ich an Aurus und unseren Kampf. Mein Körper ist ganz verkrampft.

Der blöde König und sein selbstgefälliges, wunderschönes Gesicht. Jedes Mal, wenn ich denke, dass er auch nur einen Bruchteil von etwas anderem als Überlegenheit für mich empfindet, weist er meine Gefühle und Meinungen zurück, als ob sie nichts wären.

Irgendwie macht das Wissen, dass er sich in den Rängen hochgekämpft hat, um zum König ernannt zu werden, sein Verhalten eher schlechter als besser. Wäre er als Prinz geboren, verwöhnt und verhätschelt worden und hätte man ihn immer an seine eigene Überlegenheit glauben lassen, hätte ich ihm sein Verhalten etwas eher verzeihen können.

Dennoch, Gott weiß, wie lange er schon König ist, und ich habe gesehen, wie buchstäblich jeder ihn vergöttert hat. Ich schätze, es ist fast unmöglich, kein enormes Ego zu entwickeln, wenn dich jeder wie eine Art Gott behandelt.

Und er hat sich seinen Platz verdient, wie es scheint, was ich zähneknirschend respektieren muss.

Wenn ich mich daran erinnere, wie er auf dem Trainingsplatz aussah, zieht sich mein Inneres vor Sehnsucht zusammen.

Meine Muschi ist immer noch so wund von viel zu viel Sex. Trotzdem, wenn jetzt ein gewisser goldener Schwanz neben mir auftauchen würde, würde ich mich wieder von ihm ficken lassen.

Enthält das Omega-Serum etwa Korkan-Milch?

Ich drücke das Kissen auf mein Gesicht. Ich muss über etwas anderes nachdenken. Aurus hat versprochen, mich zu Emma zu bringen ... was soll ich sie fragen? Vielleicht wird Aurus mich ihr bald vorstellen.

Aber vermutlich hat er es sich nach unserem großen Streit noch einmal überlegt. Oder er wird seine Meinung ändern, wenn er hört, dass ich seinem Harem gezeigt habe, wie man seine grausame Strafe umgehen kann. Ein kleiner Teil von mir hofft, dass er es nicht herausfinden wird, aber es ist unwahrscheinlich, dass es ein Geheimnis bleibt. Selbst wenn die Mädchen sich *still verhalten*, gibt es überall Diener - sprich: Augen und Ohren.

Und es ist nicht zu übersehen, dass sie die Selbstbefriedigung entdeckt haben. Einige von ihnen machen das offenbar schon, seit ich es ihnen zum ersten Mal gezeigt habe und riskieren dabei ernsthaft, sich einen Tennisarm zuzuziehen ...

Ein wilder Schrei ertönt vor meinem Zimmer, schrill und widerhallend. Er zieht sich weiter und weiter und weiter in die Länge. Es klingt wie eine Möwe, die ermordet wird.

Ich drücke das Kissen fester auf meine Ohren. Es nützt nichts. Der Schmerz zwischen meinen Schenkeln wird nur noch stärker.

Meine Hand wandert zu meinem pochenden Kitzler, als hätte sie einen eigenen Willen und ich beginne ihn zu streicheln, sanft, langsam, bereit aufzuhören, wenn es weh tut.

Aber es fühlt sich gut an, also erhöhe ich das Tempo, und meine andere Hand gleitet nach oben, um meine linke Brustwarze zu finden. Ich trage ein weiteres seidiges Gewand, der Stoff ist glatt und fühlt sich köstlich auf meiner Haut an. Ich habe den unteren Teil wieder abgerissen, damit ich mich bewegen kann, ohne zu stolpern, aber ich fange an, mich an diese Haremskleider zu gewöhnen.

Ich mag die Art, wie Aurus mich anschaut, wenn ich sie trage. Als wäre ich das einzige Wesen auf diesem Planeten. Wenn er mich jetzt sähe, mit den Händen zwischen den Beinen, meine Brüste vor Erregung zusammengezogen und hart, würde er erstarren wie ein Raubtier, das seine Beute erspäht. Seine Augen würden bernsteinfarben aufflackern. Er würde sich an mich mit perfekter Anmut heranpirschen, mit diesem Körper, der wie gemeißelt und so wahnsinnig muskulös ist. Er ist unvorstellbar groß, und wir sollten nicht so perfekt zusammenpassen, aber irgendwie tun wir es doch …

Scheiße, jetzt denke ich wieder an Aurus.

Unverhofft flackern Bilder vor meinem geistigen Auge auf: Aurus auf mir, sein betörender Duft macht mich schwindelig, seine harten Muskeln spannen sich an, wenn er sich bewegt, seine scharfen Zähne beißen in meinen Hals. Plötzlich ist da ein Stechen in meiner Muschi, als ob er jetzt tatsächlich hier wäre und diesen riesigen Schwanz in mich hineinschiebt, seine schnurrende Stimme, die köstliche Drohungen und Versprechen murmelt, während er mich unerbittlich weitertreibt ... weiter und noch weiter ...

Das ist nicht gut. Ich schaffe es nicht. Obwohl ich mehrmals frustrierend nah dran bin, schaffe ich es aus irgendeinem Grund nicht, über den Gipfel zu kommen.

Es ist, als ob ich unter einem seltsamen, neuen Zauber stehe, bei dem Aurus mein Vergnügen sogar aus der Ferne kontrolliert.

Das ist ärgerlich.

Er ist ärgerlich.

Er hat mich verdammt noch mal ruiniert.

Ich balle die Fäuste und drehe mich auf die Seite, um mich zusammenzurollen und endlich Schlaf zu finden. Aber ich habe das Gefühl, dass selbst wenn ich endlich einschlafe, der Goldene König meine Träume beherrschen wird.

ELF
AURUS

Ich gehe in meinem Schlafgemach auf und ab und frage mich, wo zum Teufel sie steckt. Ich habe sie vor einer gefühlten Ewigkeit gerufen und von der kleinen Plage ist immer noch keine Spur.

Draußen ist es noch dunkel, die Sonne ist noch nicht aufgegangen, und ich habe überlegt, ob ich bis zum Morgengrauen warten soll, bevor ich Kim zu mir bringen lasse, aber dann war ich zu wütend, um zu schlafen.

Als Khan mit seiner kleinen Omega im Schlepptau ankam, schienen alle unsere Gebete an Ulf erhört worden zu sein. Es klang nach einem einfachen Plan: Mee-Nschen-Frauen nach Ulfaria zu bringen, ihnen das Serum zu geben, um den Mangel an Ulfarri-Omegas auszugleichen und sie zu benutzen, um eine neue Generation von Alphas und Omegas für unsere Reiche zu erschaffen.

Wer hätte ahnen können, wie viel Chaos eine einzige Omega in meinem Leben anrichten kann? Ich hatte nicht damit gerechnet, dass die Brunft jeden Moment meines Lebens überschatten würde, wenn ich mich darin befand, und ich hatte auch nicht bedacht, dass die Aufnahme einer Außenstehenden so viele Dinge verändern würde.

Ich stoße einen tiefen Seufzer aus, balle meine Fäuste und versuche, mich etwas zu beruhigen, bevor sie hier ist. Wut zu zeigen, führt immer dazu, dass sie sie erwidert. Und so reizend sie auch ist, wenn sie wütend wird und sich mir widersetzt - einem Alpha, der fast doppelt so groß ist wie sie -, werde ich schnell ungeduldig.

Wie schade, dass wir nicht mehr so viele sanftmütige, unterwürfige Ulfarri-Omegas haben. Wir haben das Serum an ein paar Beta-Frauen ausprobiert, aber es zeigte keine Wirkung. Also müssen wir auf Fremde zurückgreifen. Falls Emma so ein aufmüpfiger Störenfried ist wie Kim, hat Khan das nie erwähnt.

Ich muss ihn bei unserem nächsten Gespräch ausfragen.

In der Zwischenzeit könnte eine ordentliche Portion Disziplin meinem kleinen Mee-Nschen helfen, sich zu benehmen und meine Befehle nicht mehr zu missachten. Ulf weiß, dass es bei ihr nicht funktioniert, geduldig und nachsichtig zu sein.

Endlich gleiten die Türen auf, und sie tappt linkisch herein. Sie sieht müde und blass aus, und wieder einmal steht ihr widerspenstiges Haar in alle Richtungen ab. Ihr hellblaues Kleid lässt ihre Augen noch grüner erscheinen.

Ich unterdrücke einen Stich der Sehnsucht, als ihr blumiger, moschusartiger Duft mich erreicht.

Jetzt ist nicht der richtige Zeitpunkt, um mich an ihrem geschmeidigen kleinen Körper zu bedienen. Sie muss erst ihre Lektion lernen.

„Kim." Ich benutze ihren Namen absichtlich.

Sie bleibt in einiger Entfernung stehen, hebt ihr Kinn und sieht mir endlich in die Augen. Trotz der dunklen

Schatten unter ihren Augen lodert ein Feuer in ihrem smaragdgrünen Blick. Sie sagt kein Wort.

„Bitte, setz dich." Ich schwenke meinen Arm und deute auf einen Stuhl in der Nähe.

Sie verschränkt die Arme vor ihren kecken Brüsten und weigert sich, sich zu bewegen.

Ich wusste, dass sie das tun würde.

Ich unterdrücke einen Seufzer.

„Ich habe gehört, was du getan hast", sage ich schließlich.

Stille folgt.

„Stimmt das?"

Sie starrt mich immer noch wortlos an. Ich möchte sie schütteln.

Ich erhebe mich zu meiner vollen Größe und gehe langsam auf sie zu, bis ich ihr direkt gegenüberstehe, sie muss sich zurücklehnen, um mich weiter anzustarren. „Ist es wahr?" Meine Stimme ist gebieterisch.

„Ist was wahr?", fragt sie, als sie endlich merkt, dass ich bereit bin, ewig auf eine Antwort zu warten.

„Hast du den anderen Kurtisanen meines Harems gesagt, dass sie sich vergnügen können?"

Hätte ich nicht genau hingesehen, wäre mir entgangen, wie sich ihre Lippen zu einem zaghaften Lächeln verziehen, bevor sie sich wieder zusammenreißt.

„Antworte mir!" Diesmal sage ich es so laut, dass sie überrascht zusammenzuckt.

„Ja", faucht sie zurück. „Deine Strafe war ungerecht, und das weißt du auch! Außerdem hatte ich keine Ahnung, dass sie nicht wissen, wie man verdammt noch mal masturbiert." Sie zuckt mit den Schultern. „So habe ich mir den Nachmittag nicht vorgestellt. Aber wenn man in Rom ist, tut man, was die Römer tun. Und wenn man in einem Harem ist ...“

Sie ist völlig reuelos. Aber auch ich kann mir ein Grinsen nur schwer verkneifen.

Einer meiner Spione hatte mir sofort mitgeteilt, was geschehen war. Meine erste Reaktion war ein lautes Lachen. Meine Omega ist nichts anderes als durchtrieben und entschlossen. Wann hat es das letzte Mal jemand gewagt, sich meinem Willen zu widersetzen? Keiner meiner Alphas wagt es, mich herauszufordern, und doch stehe ich hier und ziehe wieder den Kürzeren.

Und das bei einem kleinen Mee-Nschen-Weibchen.

„Komm schon, Kim. Du bist doch schlauer“, sage ich ihr und verleihe meiner Miene einen strengen Ausdruck. „Sie haben dir gesagt, dass sie zur Strafe Korkan-Milch bekommen haben. Hast du nicht daran gedacht, dass die daraus resultierende Frustration die Strafe gewesen sein könnte?“

Sie schaut weg und zuckt wieder mit den Schultern. „Ich dachte nicht, dass du noch an ihrem ... Vergnügen interessiert bist“, murmelt sie schließlich. „Immerhin hast du sie seit meiner Ankunft nicht mehr zu dir gerufen.“

Ihr Tonfall verrät nichts, und ich überlege, ob diese letzte Aussage eine versteckte Bedeutung haben könnte. „Wärst du eifersüchtig gewesen, wenn ich es getan hätte?“, frage ich nach.

„Natürlich nicht!“ Ihr Dementi ist zu laut, zu nachdrücklich. Ich unterdrücke ein triumphierendes Grinsen.

„Ich glaube dir nicht“, erwidere ich. „Aber das ist ein strittiger Punkt. Ich habe nicht die Absicht, jemals wieder eine von ihnen in mein Schlafgemach zu holen.“ Es ist ein Test - eine beiläufig gemachte Aussage und eine sorgfältige Prüfung ihrer Reaktion.

Sie enttäuscht mich nicht. „Nein?“ Die Hoffnung in ihrer Stimme ist unüberhörbar.

„Nein. Nach deinem kleinen Stunt habe ich ganz andere Pläne für sie.“

Rote Flecken erhitzen ihre Wangen, während ihre Augen grüne Flammen spucken. „Wenn du ihnen auch nur ein Haar krümmst, werde ich ...“

„Du wirst ... was?“

Ihre kleinen Fäuste sind an den Seiten geballt. Bezaubernd. Mein Schwanz pocht. „Ich werde dich vernichten“, droht sie.

Mein Lachen bricht aus mir heraus, bevor ich es unterdrücken kann. „Und wie willst du das anstellen, Kleines?“

„Ich hasse dich.“ Wenn ihr Blick ein Dolch wäre, wäre ich schon tot. „Ich meine es ernst, Aurus. Wage es nicht, sie zu töten.“

„Sie töten?“ Ich bin fassungslos, dass sie so etwas überhaupt denken kann. „Hältst du mich wirklich für so gefühllos?“

„Ich weiß es nicht! Wenn du keine Verwendung mehr für sie hast ... Wirst du sie nicht töten?“

Ich schüttele den Kopf. „Komm her.“ Ich öffne meine Arme und zu meiner großen Überraschung stürzt sich Kim in meine Umarmung und vergräbt ihr Gesicht an meiner Brust. Ihr Duft ist wie ein Schlag in die Magengrube, der mich aufrüttelt. Ich kämpfe darum, die Selbstbeherrschung zu behalten. „Ich habe nicht die Absicht, ihnen etwas anzutun“, betone ich und streichle ihr weiches goldenes Haar. „Ich begehre keine von ihnen mehr, aber das ist nicht ihre Schuld - oder deine. Ich treffe Vorkehrungen, dass sie in die Stadt geschickt werden. Sie werden Häuser und Stipendien erhalten. Sie können sich einen Partner suchen, wenn sie wollen, oder allein bleiben. Es liegt an ihnen.“

„Wirklich?" Sie sieht zu mir auf, ihre Augen leuchten. „Versprochen?"

„Ich verspreche es, kleine Omega. Sie haben mir gut gedient. Meistens", füge ich hinzu, als ein schuldbewusster Blick über ihre exquisiten Züge huscht. „Zumindest, bis *du* gekommen bist."

Sie vergräbt ihr Gesicht wieder an meiner Brust, aber nicht bevor ich ihr Grinsen sehe.

Ich schüttle sie sanft. „Tut es dir überhaupt leid?"

„Klar. Es tut mir leid, dass ich sie in Schwierigkeiten gebracht habe."

„Würdest du es wieder tun?"

Schweigen.

Ich seufze. Ich greife nach unten, lege meinen Finger unter ihr Kinn und zwinge ihr Gesicht nach oben, sodass der Blick aus ihren großen Augen auf den meinen trifft. „Da du die Verantwortung für die Auflehnung des Harems trägst, ist es nur fair, dass du bestraft wirst."

„Wie auch immer." Aber mir entgeht nicht das Aufflackern von Erregung in ihrem Duft.

„Du musst lernen, wo dein Platz ist", knurre ich und freue mich, dass sie aufstöhnt, als das Grollen in meiner Brust gegen die ihre dröhnt. „Du hast sicherlich eine Reihe von Bestrafungen verdient. Wenn du weiterhin auf Ungehorsam bestehst, muss ich kreativ werden."

Jetzt zappelt sie in meiner Umarmung hin und her. „Gut. Bringen wir es hinter uns."

„Wir hatten eine Vereinbarung", fahre ich fort, „und du hast sie gebrochen, kaum dass du mein Schlafzimmer verlassen hast."

Darauf folgt eine Pause. „Heißt das, wir werden Emma nicht besuchen?", fragt sie leise.

Ich hatte darüber nachgedacht und beschlossen, dass

wir trotzdem gehen sollten. Ich will herausfinden, ob Khan noch mehr über Mee-Nschen, das Serum und so weiter weiß. Er und ich haben eine unangenehme Vergangenheit, aber leider ist er derzeit der einzige Ulfarri-König, der auch eine Mee-Nschen-Omega besitzt. „Nein", antworte ich, „wir gehen trotzdem zu ihnen. Später."

„Okay. Gut", murmelt sie.

„Zieh dein Kleid aus."

Ihr Gesichtsausdruck ändert sich augenblicklich. Ihre Pupillen weiten sich und sie lehnt sich ein wenig zurück. „Was?"

„Du hast mich gehört. Es ist Zeit für deine Bestrafung." Ich trete einen Schritt von ihr zurück. Sie greift nach dem Saum ihres Kleides und zögert.

Ich nicke kaiserlich. „Mach weiter ..."

Ihre Wangen glühen, aber ihr Blick ist stur.

„Es sei denn, du möchtest, dass ich die Betas an deiner Stelle bestrafe ..."

„Nein!" Sie zieht sich das Kleid von den Armen, so heftig, dass der zarte Stoff reißt. Es flattert zu Boden, und sie tritt es mit Füßen. „Rühr die Betas nicht an."

Beim Anblick ihrer schlanken Gestalt stockt mir der Atem. Sie ist nackt, hat die Hände wieder zu Fäusten geballt und ihr ganzer Körper zittert vor Trotz. „Ich habe kein Verlangen, sie anzufassen." Meine Stimme wird härter, ebenso wie mein Schwanz.

„Dann bringen wir es hinter uns."

„Bist du begierig darauf?"

„Ich ... nein. Fick dich."

Meine Stimme wird hart. „Du hast es versprochen: keine Respektlosigkeit mehr."

„Scheiße", murmelt sie. „Gut. Ich bin jetzt nackt. Was

kommt als Nächstes?" Ihre Unterwerfung ist widersprüchlicher denn je.

„Ich werde dich so bestrafen, wie die meisten Ulfarri-Männer ihre unartigen Partnerinnen bestrafen."

Ihre Pupillen erweitern sich. „Das wäre?"

„Du wirst es herausfinden." Ich ergreife ihren Oberarm und führe sie zum Bett hinüber. „Beuge dich vor und lege deine Hände auf die Matratze", befehle ich.

„Oh Gott." Ihre Stimme ist nur ein Flüstern, aber sie tut, was ich von ihr fordere.

„Ich habe gehört, dass manche Frauen das als sehr angenehm empfinden", lasse ich beiläufig verlauten und nehme meinen Platz neben ihr ein. „Ich nehme an, es kommt darauf an, wie hart man sie versohlt. Ich werde in Betracht ziehen, dass dies das erste Mal ist, dass ich dich bestrafen muss. Sollte es ein zweites Mal geben, kann ich dir versichern, dass es noch viel schlimmer sein wird."

Sie sagt kein Wort. Sie ist der Inbegriff von Perfektion mit ihrem kleinen, strammen Hintern, den schlanken Oberschenkeln und den schmalen Hüften. Meine Hände sind so groß und ihre Pobacken so klein, dass es ihr wahrscheinlich mehr wehtun wird als einer Frau mit einem fülligeren Arsch.

Wir werden sehen.

Das kleine Dreieck ihres Geschlechts ist in dieser Position so perfekt eingerahmt, dass ich mich entschließe, die Disziplinierung schnell hinter mich zu bringen, damit ich sie wieder ficken kann. Mein Schwanz pocht in meiner Hose, seit sie den Raum in einer Wolke dieses blumigen Duftes betreten hat. Dieses Mal wird sie jedoch keine Erlösung erfahren.

Schließlich ist dies eine Strafe.

Meine Hand landet mit einem gewaltigen Schlag auf

ihrem Hintern und erfreulicherweise zuckt sie sofort zusammen. „Au!", sagt sie und klingt erschrocken.

„Shhh, so hart schlage ich dich gar nicht", lüge ich und beginne, sie ernsthaft zu versohlen.

Immer wieder berührt meine breite Handfläche ihren straffen, glatten Hintern und ihre Oberschenkel und färbt die ehemals blasse Haut in immer dunklere Rosatöne, bis der gesamte Bereich angeschwollen ist und sich heiß anfühlt.

Kim nimmt es stoisch hin, bewegt sich nicht, hebt nicht die Hände vom Bett und stampft nicht mit den Füßen auf. Die einzigen Anzeichen dafür, dass sie überhaupt spürt, was ich tue, sind die Art und Weise, wie sie zusammenzuckt, und ihr rasender Atem - mit einem gelegentlichen Keuchen, wenn ich auf die Rückseite ihrer Oberschenkel schlage.

Meine Handfläche brennt, als ich mich endlich entschließe, dass ich fertig bin, und mein Schwanz ist so steif, dass es weh tut.

Ich lege meine andere Hand auf ihren unteren Rücken, um ihr zu signalisieren, dass sie an ihrem Platz bleiben muss, und lasse meine Finger zu dem kleinen, rosafarbenen, geschwollenen Dreieck zwischen ihren Arschbacken gleiten, wo ich den harten kleinen Knopf zwischen ihren Schamlippen finde.

Ulf, sie ist klatschnass. In dem Moment, in dem meine Fingerspitze ihr Geschlecht berührt, tropft ein Schwall glitschiger Flüssigkeit heraus.

Kim wimmert qualvoll, und der Klang schießt augenblicklich in meine Leistengegend.

Sie genießt den Schmerz. Könnte es sein, dass sie das genossen hat?

Ich streichle sie einige Augenblicke lang. „Brave kleine

Omega", sage ich, „du hast deine Strafe so gut weggesteckt. Jetzt ist alles vergeben. Aber pass auf: Wenn du mir noch einmal nicht gehorchst, werde ich deinen kleinen Hintern mit einem Lederriemen bearbeiten."

Sie keucht, und ich tauche in ihre Mitte ein, um mehr von ihrem Gleitmittel aufzunehmen, bevor ich es wieder auf das Zentrum ihres Vergnügens bringe, indem ich langsame Kreise um ihre geschwollene Klitoris reibe, so wie die Erfahrung es mich gelehrt hat, dass es sie direkt an den Abgrund bringt - aber nicht darüber.

„Es scheint dir aber gefallen zu haben, nicht wahr? Du bist so feucht ... und so nah dran am Höhepunkt ...“

Ihre Schenkel zittern, und eine Sekunde lang überlege ich, ob ich sie nicht doch zum Höhepunkt kommen lassen soll.

Nein. Sie hat es nicht verdient. Ich nehme meine Finger aus ihrem Geschlecht und befreie meinen Schwanz aus meiner Hose. „Du wirst heute Nacht nicht kommen“, teile ich ihr beiläufig mit und führe die Spitze meines Schaftes zu ihrer tropfenden Muschi. „Ich werde dich ficken, und du wirst nicht zum Höhepunkt kommen. Das ist der andere Teil deiner Bestrafung.“ Ich ramme mich mit solcher Kraft in sie hinein, dass sie nach vorne kippt und fast das Gleichgewicht verliert. Ich packe ihre Hüften und fange an, mich zu bewegen. „Und glaube nicht, dass du einen Höhepunkt an mir vorbeischmuggeln kannst. Ich werde nicht zögern, ihn herauszuziehen.“

„Bitte“, flüstert sie - aber mir ist nicht entgangen, wie sehr sie sich bei meinen Worten gegen mich gepresst hat.

„Das hast du dir selbst zuzuschreiben“, belehre ich sie, ziehe sie hoch und auf mich, immer und immer wieder, nehme sie, wie es mir gefällt, ohne Rücksicht auf ihr Vergnügen. „Ich belohne niemals Ungehorsam. Du würdest gut daran tun, diese Lektion eher früher als später zu lernen.“

Ich halte mein Versprechen, ziehe mich jedes Mal zurück, wenn ihre Muschi das verräterische Flattern zeigt, das mich wissen lässt, dass ihr Höhepunkt naht, und warte ein paar lange Augenblicke, bevor ich wieder tief in sie stoße. Ich verweigere ihr drei Höhepunkte, ficke sie hart und schnell zwischen jedem, bevor sich der Knoten zu bilden beginnt.

Da ich weiß, dass das zusätzliche Brennen und die Dehnung des Knotens sie normalerweise zu Multiorgasmen bringt, ziehe ich mich zurück und reibe mich bis zur Vollendung, wobei ich ihren rosafarbenen Arsch mit milchigweißen Streifen meines Samens zeichne.

Ihre verzweifelten, flehenden Schreie reizen mich nur noch mehr, und ich komme so heftig und so lange, dass die Lust wie ein Brandmal an der Basis meiner Wirbelsäule brennt.

Schließlich lassen meine Krämpfe nach, und ich richte sie sanft auf, drehe sie, um sie in meine Arme zu ziehen.

Sie zittert immer noch, ihr Körper ist vor Erwartung angespannt. „Es ist alles vorbei“, raune ich in ihr seidiges Haar. „Dir ist vergeben.“

„Ich hasse dich“, murmelt sie.

„Ich weiß. Das sagst du immer.“ Meine Stimme ist gleichgültig, ohne den Schmerz in meinem Herzen zu verraten. Warum sollte es mich kümmern, dass sie mich hasst? Sie ist meine Omega und nimmt meinen Knoten. Das ist alles, was zählen sollte. Aber aus irgendeinem Grund ist das in diesem Moment nicht genug. „Bist du verärgert, weil ich dich verletzt habe?“

„Du hast mir nicht wehgetan. Nichts davon hat wehgetan.“ So eine Einstellung! Selbst jetzt, da sie gründlich versohlt wurde und sexuell frustriert ist. Sie lügt. Meine Hand tut immer noch weh. Ihr Hintern fühlt sich heiß an und ihre Muschi tropft.

„Warum bist du dann verärgert?"

Sie antwortet nicht, sondern umklammert mich noch fester, ihre Fingerspitzen graben sich in meine Haut.

Ich halte sie fest und frage mich, warum ich ein seltsames Ziehen in meiner Brust verspüre.

Die Legende erzählt von einem besonderen Band zwischen Alphas und Omegas. Das Seelenband. Nach dem fordernden Biss entsteht eine Verbindung zwischen einem Alpha und der Omega, die er zu seiner Lebensgefährtin erwählt hat.

Ich hatte nie die Absicht, eine Bindung mit meiner Omega einzugehen. Das ist für die Fortpflanzung nicht notwendig. Aber ich frage mich, wie es wohl wäre? Mich mit jemanden anderen zu teilen, ihn in meinen Geist einzulassen ... Wie würde es sich anfühlen, nie wieder allein zu sein?

Auch wenn die Seelenverwandtschaft nicht notwendig ist, so ist sie doch eine Überlegung wert. Ich möchte jeden Teil von Kim besitzen, ihre Gedanken und Gefühle spüren. Und sie würde meine spüren. Vielleicht würde es ihr erlauben, meinen Bedürfnissen besser nachzugeben.

Und ich könnte spüren, was sie fühlt. Es reizt mich, ihre Gedanken zu erfahren. Den Schattierungen ihrer Stimmungen hinter den Ausdrücken zu entschlüsseln, die über ihr feenhaftes Gesicht huschen.

Mit dem Seelenband müsste ich mich vielleicht nicht fragen, was sie denkt. Ich habe ihre Essenz gekostet, ich habe mich mit ihr gründlich verknotet. Sie ist mir näher als jede andere, aber ich will sie noch näher besitzen.

„Glaubst du, du hast deine Lektion gelernt?", frage ich schließlich.

Stille.

„Das ist egal. Die Zeit wird es zeigen. In der Zwischenzeit sollten wir versuchen, etwas zu schlafen." Ein Blick auf den Spalt in den Vorhängen verrät mir, dass die Sonne bereits aufgegangen ist, was bedeutet, dass Kim und ich fast die ganze Nacht wach geblieben sind. Wir brauchen beide mehr Ruhe.

Ich schaffe es, uns ins Bett zu bringen, ohne meine kleine Omega loszulassen und trotz ihres mürrischen Schweigens, trotz ihrer offensichtlichen Frustration und Wut auf mich, drückt sie mich fest an sich. Ihr Atem wird langsamer, bis sie in meinen Armen einschläft.

Wo sie hingehört.

ZWÖLF
KIM

Aurus hat mich mit einem Orgasmus geweckt. Mit seinem großen, goldenen Kopf zwischen meinen Schenkeln und seiner breiten, flachen Zunge, die über meine Klitoris leckte, kam ich schon, bevor ich überhaupt richtig wach war.

Nach der Verweigerung und meiner Bestrafung vorhin war die Befreiung an sich schon fast schmerzhaft, und er ließ sie lange, lange Zeit andauern, gab erst nach und rammte sich in mich, als ich zusammenhanglos bettelte.

Ich liebe und hasse es, wie er mich darauf reduziert: auf ein hilfloses, flehendes, verwirrtes Bündel.

Dennoch war ich überglücklich, dass mir vergeben wurde, mehr als erleichtert, dass die Haremsmädchen weggeschickt und in schöne Häuser gesteckt wurden und ein wenig beschämt darüber, wie sehr ich es genossen habe, dass Aurus mich vorhin versohlt hat. Ich habe mir bereits vorgenommen, mir nie wieder eine Strafe zu verdienen - die Art und Weise, wie mein Körper auf ihn reagiert, ist geradezu demütigend.

Aber das ist jetzt egal, denn wir fahren nach Altrim, um

Khan und Emma zu treffen. Endlich begegne ich ihr - einen Mitmenschen, jemanden, dem ebenfalls dieses seltsame Serum verabreicht wurde und der nachempfinden kann, was ich gerade durchmache.

Ich kann es kaum erwarten.

Aurus hat diesen Hauch von Nachsicht an sich, wie ein wohlwollender König, der seinem ärmsten Untertan eine Gunst gewährt. Normalerweise würde mich das wütend machen, aber ich bin zu aufgeregt, um darüber verärgert zu sein.

„Wie lange ist Emma schon hier?" Wir bewegen uns in einer Art Schwebeflugzeug fort, und ich habe keine Ahnung, wie lange es dauern wird, bis wir Khans Reich erreichen, aber die Aussicht aus den Fenstern ist so interessant, dass es mir wohl egal ist, wenn es eine Weile dauert.

„Nicht sehr lange", informiert mich Aurus, „aber lange genug, dass sie jetzt schwanger ist."

„Wow, wirklich?" Ich verdaue diese Information. Menschen können also von Ulfarri schwanger werden. Wie wird das Baby aussehen? Wie viele Eigenschaften wird es mit seiner Mutter teilen, wie viele mit seinem Vater?

Die arme Emma. Aurus ist schon besitzergreifend genug, er würde mich noch extremer kontrollieren, wenn ich schwanger wäre.

Er kann weiter träumen. Ich glaube nicht, dass die Magier, wie sie hier genannt werden, meine Spirale gefunden haben, als sie mich hierher brachten und mir einen Chip verpassten. Gott sei Dank.

„Weißt du, ob Emma glücklich ist?", frage ich.

„Khan ist vernarrt in sie." Aurus klingt abweisend. Das ist interessant. Vielleicht gibt es eine seltsame Art von Rivalität zwischen ihm und den anderen Königen.

Eine hübsche Beta gleitet heran und bietet uns beiden

Getränke an. Ich nehme einen großen Schluck des würzigen Saftes und lächle zum Dank. Aurus nimmt einfach seinen Becher und schenkt ihr kaum einen zweiten Blick.

So ein aufgeblasener Arsch.

Ich wünschte, er wäre nicht so verdammt attraktiv, oder gut im Bett. Dann wäre es viel einfacher, ihn zu hassen.

„Wir sind angekommen", sagt Aurus schließlich und ich spüre, wie das Fahrzeug zum Stillstand kommt. Er steht auf und schreitet zur Tür und ich folge ihm wie ein treues Hündchen. Dann tritt er auf eine Plattform, die in der Luft zu schweben scheint. Es ist wie ein fliegender Teppich aus Glas. Ich zögere. Wenn ich stolpere, ist es ein langer, langer Fall.

„Ist das Ding sicher?", frage ich. Ich mag eine knallharte Stuntfrau sein, aber das hier ist ein bisschen seltsam.

„Die beste Art, kürzere Strecken zurückzulegen", sagt Aurus und hilft mir auf das Gefährt. Es fühlt sich stabiler an, als es aussieht, aber ich wünschte, es wäre nicht durchsichtig. Ich muss nicht sehen, wie weit ich bei einem Fall in den sofortigen Tod stürzen würde.

„Wie steuert man es?", frage ich.

„Damit." Aurus tippt auf einen Joystick, ergreift ihn und zieht ihn zu sich heran. Ich verliere fast den Halt, als die Plattform abhebt.

„Jesus!"

„Halt dich fest, kleine Omega."

Ich würde ja, aber es gibt nichts, woran ich mich festhalten könnte. Außer ihm. Und ich weigere mich, ihn jetzt zu berühren. Soll er mich doch anflehen, ihn einmal zu berühren.

Ich fluche leise vor mich hin, als wir an Fahrt gewinnen. Die Luft ist ein wenig dünn, aber die Berge in der Ferne sind atemberaubend und ragen den Wolken entgegen. Die Plattform senkt sich über die glatte, blauschwarze Oberfläche eines Sees, und eine Gänsehaut überzieht meine Arme. Altrim ist wunderschön, mit tiefen Tälern, die mit spiegelglatten Seen gefüllt sind. Die Häuser sind direkt in die Berge hineingebaut - schicke, dunkle, moderne Designs, die irgendwie auf Wasserfällen thronen.

Als wir an dem Palast vorbeifahren, von dem ich annehme, dass es sich um Khans Palast handelt - eine riesige Bergwand mit Glas- und Steinstrukturen zwischen Wasserfällen, bin ich ganz verliebt in die bewegliche Plattform. Wenn ich aus dem Palast herauskomme, überlege ich mir auf jeden Fall, wie ich mir so etwas besorgen kann. Das macht so viel mehr Spaß als ein Auto.

„König Aurus." Ein wahnsinnig großer, breiter Ulfarri mit langem, mitternachtsblauem Haar und intensiven Augen schreitet auf uns zu. Verdammt, diese Ulfarri-Alphas werden ganz schön groß. Obwohl Aurus' Muskeln mehr Masse haben, ist dieser hier nicht zu verachten. Seine zahlreichen, wohlgeformten Muskeln spannen sich an, als er stehen bleibt und eine königliche Pose einnimmt.

Das muss Khan sein. Aber wo ist Emma? Auf der Steinplatte, auf der wir gelandet sind, gibt es kein Anzeichen für eine andere Frau. Niemand lugt hinter der Tür hervor.

Khan schaut von seiner beeindruckenden Höhe auf mich herab. „Und das muss Kim sein."

„Meine Omega", bestätigt Aurus, packt meinen Bizeps und zieht mich an sich heran, bevor er besitzergreifend einen Arm um mich legt. „In der Tat. Ist sie nicht exquisit?"

„Winzig", stimmt Khan zu, als ob das dasselbe wäre. Ich unterdrücke einen Seufzer.

„Schön, Euch kennenzulernen ... äh ..." Ich suche nach dem richtigen Ehrentitel und denke mir dann, dass ich den allgemeinen Ehrentitel für Könige verwenden kann: „Euer Gnaden."

„Gleichfalls." So imposant Khan auch aussieht, sein Gesichtsausdruck ist warm und freundlich. Nicht bedrohlich.

„Ist Emma hier?", platze ich heraus, bevor ich mich zurückhalten kann.

„Sie ist in ihrem Malatelier", sagt Khan, „ich werde Calla bitten, dich zu ihr zu bringen." Er winkt einen Diener mit Kapuze herbei und wendet sich an Aurus. „Ich dachte, wir könnten allein sprechen. Es sei denn, du hattest andere Pläne?"

Er achtet darauf, mich nicht länger als einen flüchtigen Blick anzuschauen. Ist das Vorschrift oder liegt es an dem riesigen goldenen Biest neben mir, das ihn mit kaum verhohlener Eifersucht auf seinen hübschen Zügen anstarrt?

„Ich nehme an, Emma ist allein in ihrem Atelier?", fragt Aurus.

„Natürlich. Abgesehen davon, dass Betas ihr gelegentlich Erfrischungen bringen, wenn sie es wünscht."

„Eine Dienerin, nehme ich an?", fährt Aurus fort.

Oh Gott. Der Kerl muss an seinen offensichtlichen Eifersuchtsproblemen arbeiten. „Calla, bitte bring mich zu Emma", mischte ich mich ein und benutzte den herrischen Ton, den ich im Harem gelernt hatte.

Aurus versteift sich. Ich versuche, mich von ihm wegzudrücken, aber er hält mich fest. Khan mustert mich. Die Dienerin steht wie erstarrt zwischen uns. Langsam nimmt Calla ihre Kapuze ab und wirft ihrem König einen fragenden Blick zu. Er wiederum hebt eine Augenbraue und schaut zu Aurus.

„Sehr gut", bestätigt Aurus schließlich und klingt dabei

amüsiert. Er lässt mich langsam los und drückt mir einen kurzen Kuss auf den Scheitel. „Benimm dich", murmelt er leise, und ich muss mir auf die Zunge beißen. Ich will Emma sehen, und ich weiß, dass er mich jeden Moment nach Aurum zurückbringen kann. Ich muss mich benehmen.

„Natürlich", entgegne ich freundlich, bevor ich Calla auf ein anderes Transportmittel auf der Plattform folge.

Der Palast ist wirklich wunderschön. Während Aurus' Palast äußerst prunkvoll ist mit imposanten, vergoldeten Säulen und einfach mehr Gold, als man beinah ertragen kann, ist Khans Palast in den Berghang integriert. Die riesigen Felsenplattformen führen zu hoch aufragenden Räumen aus schwarzem Obsidian, die durch eine mehrstöckige Glasfront von den Elementen abgeschirmt sind. Die Strukturen sind in eleganten architektonischen Linien gebaut, sehr modern und doch naturnah. Bäche fließen an den Seiten der Felsplattformen hinunter und verwandeln sich in Wasserfälle, die auf die Felsplattformen darunter stürzen. Die Luft ist kühl durch den Nebel. Calla und ich sausen um einen Wasserfall herum zu einem unscheinbaren, in den Fels gehauenen Eingang. Die Plattform kommt zum Stillstand und Calla bietet mir ihre Hand an, um mir herunterzuhelfen.

Einen Moment lang habe ich ein schlechtes Gewissen. Wenn Emma malt, möchte ich sie nicht stören. Andererseits ist das vielleicht meine einzige Chance, mit ihr zu reden.

Calla klopft an die Tür und gleitet hinein, sobald sie sich öffnet. Sie bewegt sich auf dieselbe Weise wie die Beta-Kurtisanen in Aurum, als hätte sie Schlittschuhe unter ihrem Kleid an. „Majesta", sagt sie laut. „Du hast Besuch."

Ich habe kaum einen Moment Zeit, die wunderschönen, bewegten Gemälde an den Wänden zu betrachten, bevor eine erstaunlich hübsche Blondine hinter einer großen Leinwand auftaucht und auf uns zukommt. Ihre blasse Haut und ihre menschlichen Züge sind fast verblüffend, nachdem ich so lange nur von Außerirdischen umgeben war. „Danke, Calla", sagt sie und streicht sich eine Haarsträhne aus der Stirn. „Du kannst gehen."

„Möchtet Ihr eine Erfrischung?", fragt Calla, als wolle sie uns nicht allein lassen.

Emma winkt zu einem Tisch in der Nähe, auf dem ein Tablett mit Bechern steht. „Ich habe mich bereits darum gekümmert." Sie schenkt Calla ein süßes Lächeln. „Du kannst gehen."

„In Ordnung." Die blassgrüne Frau dreht sich um und gleitet durch die Tür zurück, durch die wir gerade gekommen sind.

„Sie ist nett, aber sehr neugierig", sagt Emma mit einem schelmischen Grinsen. „Du musst Kim sein." Sie hat einen leichten britischen Akzent, aber es tut trotzdem so gut, wieder Englisch zu hören - reines, unverfälschtes Englisch ohne die Übersetzung im Gehirn -, dass mir vor Freude fast schwindelig wird.

„Das bin ich", bestätige ich. „Es ist so schön, dich kennenzulernen. Ich kann gar nicht ausdrücken, wie schön."

Ohne Vorwarnung packt mich Emma und zieht mich in eine feste Umarmung. „Ich weiß, wir haben uns gerade erst kennengelernt", sagt sie, als sie mich endlich loslässt, „aber du hast keine Ahnung, wie froh ich bin, einen anderen Menschen zu sehen. Es ist schon so lange her."

„Wie lange bist du schon hier?", frage ich und folge ihr zu den beiden Sesseln in der Ecke.

Sie hält inne, dreht sich zur Seite und zieht ihr blaues

Kleid straff über ihren Bauch, sodass sich ein deutlicher Babybauch abzeichnet. „Zumindest so lange", sagt sie. Liegt da ein Hauch von Resignation in ihrer Stimme? „Es ist ein bisschen schwierig, die Zeit hier im Auge zu behalten. Ich weiß nicht, ob sie die gleiche Anzahl von Stunden an einem Tag oder von Minuten in einer Stunde haben ... Aber ich würde sagen, mindestens ein paar Monate." Sie geht zu einem der Sofas und deutet auf das andere. „Bitte, setz dich."

Ich lasse mich dankbar fallen und starre sie einfach an. Nach einer gefühlten Ewigkeit, in der ich nur von Ulfarri umgeben war, ist es seltsam, aber irgendwie beruhigend, mit einer anderen menschlichen Frau zusammen zu sein. Sie wirkt im Vergleich dazu winzig und mir wird klar, dass sie mich auch so sehen müssen. „Ich habe so viele Fragen", beginne ich. „Aber ich weiß nicht, wie viel Zeit wir haben."

„Das Wichtigste: Geht es dir gut?" Ihre blauen Augen sind voller Sorge. „Was genau ist passiert? Wie bist du hierhergekommen?"

Ich schildere kurz, wie ich im Harem aufgewacht bin und wie seltsam mein Leben seitdem ist. „Viele meiner Erinnerungen sind noch nicht zurückgekommen." Ich zucke mit den Schultern. „Vielleicht hatte ich eine Art Amnesie, bevor ich überhaupt hierher kam."

„Es tut mir so leid", beteuert sie leise. „Ich habe versucht, Khan davon zu überzeugen, keine menschlichen Frauen hierherzubringen. Ich habe gebettelt, geweint, gefleht und gedroht. Aber du bist jetzt sicher lange genug hier, um zu wissen, wie wenig Einfluss wir haben, wenn wir unsere Partner zu etwas zwingen wollen, was sie nicht wollen."

Mein Herz beginnt zu rasen und in meinen Ohren dröhnt das Blut, während ich versuche, diese schockierende

Nachricht zu verarbeiten. „Du wusstest, dass das passieren würde?", schaffe ich es schließlich auszusprechen.

Emma nickt traurig. „Ich habe gehört, wie sie darüber sprachen. Als die Ogsul mir das Omega-Serum verabreichten und es funktionierte, hielten die Könige einen Rat ab und beschlossen einseitig, es an ihren weiblichen Betas hier auszuprobieren. Als das nicht klappte, waren sie sich einig, die Magier zu bitten, einen Weg zu finden, mehr Frauen von der Erde zu holen. Ich schwöre, Kim, ich konnte nichts tun. Nichts."

Ich kann den aufrichtigen Kummer in ihrem Gesicht erkennen, und eine Welle des Mitleids durchflutet mich. „Natürlich konntest du nichts tun. Hast du versucht zu fliehen?"

„Ehrlich? Ich hatte nicht die geringste Chance. Ich war in einem Käfig, dann auf einem Raumschiff, dann auf einem anderen Raumschiff und dann klebte Khan an mir wie das Weiße am Reis, wie ihr Amerikaner sagt. Er hatte eine Phase, in der er mich nicht einmal absetzte, er trug mich einfach überall hin, als wäre ich eine Art Baby. Und dann habe ich mich in ihn verliebt."

„Was?" Ich glaube, ich habe nicht richtig gehört.

„Wir haben viel durchgemacht", sagt Emma, „und als ich die Möglichkeit hatte, wegzugehen, wurde mir klar, dass ich das nicht wollte. Ich wollte hierbleiben. Bei ihm."

„Du hattest die Möglichkeit zu gehen?" Ich greife diesen kleinen Happen an Information auf. „Wie?"

„Er hatte gesehen, wie unglücklich ich war. Wie sehr ich die Erde vermisste. Er brachte die Magier dazu, ein Portal zu errichten, damit ich nach Hause gehen konnte."

Ich lehne mich auf der Couch zurück, in meinem Kopf kreisen so viele Gedanken, dass ich sie kaum unter Kontrolle bringen kann. Wenn sie ein Portal für sie einrichten können, können sie auch eines für mich einrichten. Wenn sie einen Weg gefunden haben, Frauen von der Erde hierher zu bringen, können sie sie auch zurückschicken. Warum ist mir das nicht schon früher in den Sinn gekommen? Aber Emma hat Khan überredet, das für sie zu tun. Ich könnte Aurus niemals dazu bringen, das Gleiche für mich zu tun. „Das würde er nie tun."

„Hm?" Emma blinzelt mich an. „Wer würde was nie tun?"

Ich merke, dass ich laut gesprochen habe. „Wie hast du Khan dazu gebracht, das für dich zu tun? Aurus würde niemals ... Ich würde ihn niemals davon überzeugen können, mich zurückgehen zu lassen. Besonders jetzt, da er seinen Harem losgeworden ist."

„Sein Harem?"

Ich erzähle kurz, was in den letzten Tagen passiert ist und beobachte, wie Emmas Augen größer und größer werden. Als ich fertig bin, fängt sie an zu lachen.

„Oh Gott", kichert sie wieder, „ich hätte dafür bezahlt, Aurus' Gesicht zu sehen, als er hörte, dass du ihnen allen das Masturbieren beigebracht hast! Und wie hätten sie das nicht selbst herausfinden können? Trotzdem, geschieht ihm recht. Aufgeblasener ..."

„Arsch", beende ich ihren Satz für sie, aber schon während ich es sage, flackert etwas in meiner Brust. „Das ist er. So ein aufgeblasener Arsch. Wenn er nur nicht so toll im Bett wäre."

Emma hat aufgehört zu lachen und beobachtet mich nun neugierig, den Kopf zur Seite geneigt. „Ich muss zugeben, dass ich Aurus von Anfang an nicht mochte", gesteht sie. „Als Khan mich zum Rat der Könige mitnahm, war er einfach so arrogant, so fordernd ... und überall dieses protzige Gold. Abgesehen vom Steinkönig mochte ich ihn wohl am wenigsten."

„Steinkönig?"

Emma erschaudert. „Er ist verdammt gruselig. Es gibt einen Haufen Könige hier auf Ulfaria. Ich nehme an, du weißt das?"

Ich nicke. „Eine der Haremsdamen hat mich über eine Menge Dinge aufgeklärt. Aber die Besessenheit von den Omegas verstehe ich immer noch nicht so ganz."

„Ja, ich habe auch eine Weile gebraucht, um das zu begreifen." Emma steht auf und schenkt sich ein Glas aus dem Krug, der auf dem Tisch steht. „Möchtest du etwas trinken?"

„Sicher." Ich greife dankbar nach dem Becher und nehme einen langen Schluck des kühlen, duftenden Saftes. „Das ist gut!"

„Lehbeeren-Saft. Ich sehne mich danach. Ich meine, ich sehne mich mehr nach Cheeseburgern, aber hier gibt es einfach keine zu kaufen." Sie lässt sich zurück auf ihre blaue Couch fallen, während sie ihren Becher immer noch umklammert. „Also, was die Omegas angeht. Im Grunde funktioniert es folgendermaßen: Die Ulfarri-Gesellschaft setzt sich aus Alphas, Betas und Omegas zusammen. Das ist wie ein Kastensystem und man wird in dieses System hineingeboren. Die Betas bilden die Mehrheit. Sie sind die Arbeitsbienen, die Ingenieure, die Wissenschaftler - oder Magier, wie man sie hier gerne nennt", sagt sie mit einem reumütigen Lächeln, „und auch die Künstler ... im Grunde stellen sie den größten Teil der Bevölkerung. Die Alphas sind stark, viel größer und die Kriegerklasse, könnte man sagen. Sie sind die Beschützer. Die Omegas sind im Wesentlichen die Erzieher. Beta/Beta-Paare haben Beta-Kinder. In sehr seltenen

Fällen bekommen sie ein Alpha- oder Omega-Baby, aber das ist so selten, dass die meisten Leute das noch nie erlebt haben. Die Armee schrumpft und der Planet wird ständig von verschiedenen anderen Spezies bedroht, die alle hier töten und Ulfaria für sich selbst einnehmen wollen. Entweder wegen der Ressourcen oder einfach nur, um einen neuen Lebensraum zu finden. Ulfaria braucht Alphasoldaten, um das zu verhindern. Um die nächste Generation von Alphas zu erschaffen, brauchen sie ...“

„Omegas“, beende ich für sie den Satz. „Ich erinnere mich, dass Juno sagte, dass sich Alphas nicht mit Betas paaren können.“

„Genau.“ Emma stellt ihren Becher ab, rollt sich zusammen und zieht die Beine unter sich.

„Also, die Brunft, der Östrus, der ganze Sex ... im Prinzip versucht Aurus nur, mich zu schwängern?“

„Ich fürchte ja. Glaub mir, ich habe dagegen auch gekämpft. Das Letzte, was ich je wollte, war Kinder zu bekommen.“ Sie tätschelt ihren Bauch und lächelt wieder reumütig. „Aber nachdem Khan ...“ Sie bricht ab, vertieft sich in ihre eigenen Gedanken.

„Nachdem Khan ... was?“, frage ich.

„Das ist nicht wichtig. Ich werde es dir ein anderes Mal erzählen. Ich weiß nicht, wie viel Zeit wir haben.“

„Aurus weiß nicht, dass ich mit einer Spirale verhüte“, gestehe ich leise und Emmas blaue Augen weiten sich erschrocken.

„Wirklich? Mein Gott, Kim! Er wird total ausrasten!“

„Ich habe sie auf der Erde einsetzen lassen!“ Ich bin entrüstet und frage mich, warum ich mich so defensiv fühle. „Ich wusste ja nicht, dass ich hierher kommen würde!“

„Du hast natürlich recht.“ Sie hält sich den Mund zu,

aber ein Kichern entweicht ihr trotzdem. „Gott, ich würde zu gerne sein Gesicht sehen, wenn du es ihm sagst."

Ich kichere ebenfalls und wackle mit den Augenbrauen. „Ich warte auf den richtigen Moment."

„Aurus wird nicht wissen, wie ihm geschieht. Ich bin froh, dass du dich ihm gegenüber behaupten kannst. Ich habe den Eindruck, dass das nur wenige - wenn überhaupt - tun."

„Ja, das sagt er mir ständig: *Du bist nicht das, was ich erwartet habe.*"

„Vielleicht ist das auch gut so." Emmas Blick wird durchdringend. „Du hast dich also gut bei ihm eingelebt?"

„Für den Moment. Ich habe nicht vor, bei ihm zu bleiben. Ich werde fliehen", vertraue ich ihr an.

„Und wohin willst du gehen? Es ist nicht einfach, zur Erde zurückzukehren."

„Ich brauche nicht zur Erde zurückzukehren", erwidere ich, und das stimmt. Ich habe keine besonderen Erinnerungen an meine Heimat auf der Erde, warum sollte ich zurückkehren wollen? Außerdem ist Ulfaria so faszinierend. „Irgendwohin. Ich verlasse den Palast. Gehe auf Entdeckungsreise. Unterrichte Beta-Frauen in sexueller Befreiung, was weiß ich."

Emma kichert wieder. „Oh, das wird Aurus ganz bestimmt gefallen."

„Ja, er hat aber kein Mitspracherecht", verkünde ich mutiger, als ich mich fühle. „Ich hatte gehofft, du könntest mir helfen."

Emma denkt darüber nach und verschränkt ihre Finger in ihrem Schoß. „Ist Aurus unfreundlich zu dir?"

Die Frage kommt für mich völlig überraschend. „Na ja, er ist nicht grausam. Er kettet mich nicht nackt irgendwo an einer Wand an." Meine Muschi pulsiert, als ich es mir vorstelle - anscheinend findet sie es heiß, Aurus ausgeliefert zu sein. „Er ist sogar fast zärtlich, manchmal. Aber das ist nicht der Punkt. Ich bin immer noch eine Gefangene, auch wenn ich duftende Bäder und schöne Kleider habe ...“ *Genau so wie welterschütternde Orgasmen und beschützende Streicheleinheiten.* „Es ist der beste Sex, den ich je hatte und wahrscheinlich auch jemals haben werde. Aber es ist nicht genug.“

Emma schweigt eine Zeitlang und verknotet immer noch ihre Finger. „Ich wünschte, ich könnte dir helfen“, gesteht sie schließlich, „wirklich, aber ich weiß nicht wie. Es sei denn, wir bringen Aurus irgendwie dazu, dich wegzuschicken. Ich meine, ich könnte dir helfen, vor ihm zu fliehen, aber ich bezweifle, dass er dich einfach so gehen lassen würde.“

„Vielleicht könnte ich mich hier verstecken?“ Sobald ich es vorschlage, wird mir klar, wie dumm die Frage ist.

Emma presst ihre Lippen aufeinander.

Ich winke ab. „Sag es einfach.“

„Das könnte einen Krieg auslösen“, erklärt sie sanft. „Und ich bin jetzt die Königin meines Volkes. Ich bin für die Sicherheit meines Königreichs verantwortlich.“

Ich blinzle angesichts der plötzlichen Autorität in ihrem Ton. Dieser zierliche Mensch ist wirklich eine Königin.

„Wenn es nur um mich ginge, wäre es etwas anderes. Aber ...“ Sie tätschelt sich den Bauch.

„Nein, natürlich nicht. Ich Dummerchen.“

„Du könntest versuchen, auf die Erde zurückzukehren, aber das würde einige Mühe kosten. Die Magier wissen, wie man die Verbindung herstellt, aber es ist schwierig und kann schief gehen. Und sie sind den Königen gegenüber loyal, also wäre das schwer zu verkaufen.“

„Wie wäre es mit einem Raumschiff?“ Ich kann nicht

stillsitzen, also stehe ich auf und beginne auf und ab zu laufen. Emma sieht mich von ihrem Platz aus an.

„Das ist eine Möglichkeit. Aber selbst wenn du eines hättest, selbst wenn du es steuern könntest - oder jemand anderen dazu bringen könntest -, wie würdest du die Erde finden? Du wüsstest nicht, wo du anfangen solltest. Und jeder, der dir helfen würde ..."

Der Rest des Satzes hängt schwer wie Blei in der Luft. Jeder, der mir hilft, wird getötet. Aurus hat bereits so viel durchblicken lassen.

„Ich schätze, es wird schwierig sein, aus dem Palast herauszukommen. Aurus ist nicht der Typ, der mich einfach gehen lässt. Seine kostbare Omega ..." Ich mache mich lustig, aber mein Herz zieht sich schmerzvoll zusammen. Es wäre gar nicht so schlecht, bei Aurus zu bleiben - der Sex ist fantastisch. Der goldene Schwanz ist großartig - es ist nur scheiße, dass er mit dem Rest von ihm verbunden ist. Vielleicht sollte ich ihm einen Knebel ...

Emma sieht mich mit einem sanften Ausdruck im Gesicht an. Ich reibe mir die Stirn. Aus irgendeinem Grund hatte ich alle meine Hoffnungen auf sie gesetzt und jetzt trifft mich die völlige Ausweglosigkeit meiner Situation wie ein Baseballschläger ins Gesicht.

„Scheiße", sage ich leise.

„Es tut mir leid."

„Es ist nicht deine Schuld. Ich kann das Beste aus dieser Situation machen. So ein Mensch bin ich nun mal. Ich möchte nur ein paar mehr Möglichkeiten haben." Ich gehe zum Tisch und schnappe mir ein keksähnliches Ding. Anstatt einen Bissen zu nehmen, zerbrösle ich ihn zwischen meinen Fingern.

„Es wird schon gut gehen", versucht sie, mich aufzumuntern. „Wir werden uns etwas einfallen lassen. Ich kann dir vielleicht nicht zur Flucht verhelfen, aber ich bin mir sicher, dass es andere Dinge gibt, die ich für dich tun kann." Sie lehnt sich in ihrem Sessel zurück und sieht mich nachdenklich an, leichte Falten deuten sich zwischen ihren Augenbrauen an.

„Du warst mir schon eine große Hilfe", beruhige ich sie. Es ist wahr. Es muss schrecklich für sie gewesen sein, so lange ganz allein in ihrer Situation zu sein. „Aber ja. Vielleicht können wir einen Weg finden, um ... wenn wir es schon nicht verhindern können, dass noch mehr Frauen von der Erde entführt werden, so besteht doch zumindest die Möglichkeit, ihnen zu helfen, wenn sie hier ankommen."

„Was ich wissen möchte, ist, wie sie die Frauen auswählen", sagt Emma und schaut nachdenklich. „Ich meine, ich bin zufällig durch das Portal gefallen, soviel ich weiß. Aber Aurus wollte unbedingt eine Blondine und ..." Sie deutet auf meinen Kopf, und ich fahre mit der Hand über mein struppiges Haar.

„Ich habe es irgendwie abgeschnitten." Ich grinse. „Um ihn zu ärgern."

Ihr Lächeln lässt ihre Augen aufleuchten. „Das ist ja witzig! Hat es funktioniert?"

„Oh ja. Er war wütend." Trotzdem bringen mich ihre Worte zum Nachdenken. „Du musst Khan ausfragen", stelle ich langsam fest. „Ich habe den Eindruck, dass du eine viel engere Beziehung zu ihm hast als ich zu Aurus, der in mir nur eine Kurtisane sieht."

„So hat mich Khan anfangs auch behandelt", gibt Emma zu. „Die Bindung hat sich erst später entwickelt, obwohl er mir schon sehr früh den fordernden Biss verpasst hat."

„Fordernden Biss? Er hat dich *gebissen*, verdammt?"

„Irgendetwas in meinem Duft verriet ihm, dass ich

seine Seelenverwandte bin, und dann biss er mir während der Brunft in den Hals und band mich an sich. Seitdem können wir die Gefühle des anderen spüren. Das ist schwer zu beschreiben und sehr bizarr. Aber es hat uns auf jeden Fall näher zusammengebracht." Sie schiebt ihre lange, goldene Mähne zur Seite und zeigt eine kreisförmige Narbe an ihrem Hals, genau dort, wo dieser auf ihre Schulter trifft.

„Autsch. Sieht aus, als hätte es weh getan." Mein Hals schmerzt solidarisch vor Mitleid, und ich lege eine Hand darauf.

„Das hatte es ... Aber zum einen stehe ich auf Schmerzen. Und zum anderen hat er es beim Sex gemacht, also ..." Ihre Stimme wird immer leiser, und kleine rosa Flecken färben ihre Wangen.

„Glaubst du, Aurus würde mir das antun?" Ich halte mir immer noch den Hals. Aua. Ich lasse mich in meinen Sitz zurückfallen und verknote meine Hände in meinem Schoß.

Sie zuckt mit den Schultern. „Ich weiß es nicht. Khan sprach davon, dass das Seelenband etwas Besonderes ist, also hat es vielleicht nicht jeder. Es klang nicht so, als sei jede Alpha/Omega-Paarung gleich."

„Seelenband?"

„Mmmhmm." Sie bedeckt ihr Gesicht mit einer Hand. „Das ist eine Sache, die Alpha- und Omega-Paare manchmal teilen. Es ist, ähm, es ist mehr als eine Verbindung. Es passiert hier ..." Sie lässt die Hand sinken und klopft sich auf die Brust, direkt über ihrem Herzen. „Ich weiß gar nicht, wie ich es beschreiben soll. Stell dir all das Glück auf der Welt vor, aber wie eine Verbindung zwischen dir und deinem Gefährten. Du fühlst alles - das Gute, das Schlechte, das Hässliche - aber du fühlst es gemeinsam und da ist diese … ich weiß nicht, Zufriedenheit, die ständig zwischen euch herrscht. Es ist, als käme man nach Hause."

„Das klingt erstaunlich. Aber gleichzeitig klingt es nicht nach etwas, das Aurus wollen würde. Eine Verbindung mit einem anderen Wesen? Er ist nur mit sich selbst beschäftigt."

„Das stimmt", bekräftigt Emma mit ihrer sanften, freundlichen Stimme. „Aber wie ich schon sagte, nicht jedes Paar hat es."

„Interessant." Ich versuche, gleichgültig zu klingen. Es gibt keinen Grund für mich, traurig zu sein. Es ist ja auch nicht so, dass ich auf diese Weise mit Aurus verbunden sein möchte. Oder? „Ich schätze, wir werden sehen, wie die Dinge sich entwickeln. Abgesehen davon, dass wir im Bett waren, haben wir nichts anderes zusammen gemacht. Nichts, um irgendeine Art von Verbindung zu schaffen. Ich schlafe weit weg von ihm, im Harem-Hauptquartier. Vielleicht sieht er mich also nur als wandelnde Gebärmutter."

„Es ist so ärgerlich, nicht wahr? Darauf reduziert zu werden? Als ob wir keine eigenen Gedanken, Gefühle und Wünsche hätten." Sie sieht sich in ihrem wunderschönen Atelier um. „Ich habe Glück, dass ich das alles jetzt habe. Aber es war ein langer Weg bis hierher."

„Dieser Palast ist atemberaubend, soweit ich das sehen konnte", sage ich ihr und folge ihrem Blick zu den Wasserfällen und Bäumen, die sehr beeindruckend sind. „Hast du gelernt, diese umherschwirrenden Plattformen zu steuern?"

„Die Gleiter? Habe ich! Das macht so viel Spaß!"

„Die Türen kann ich allerdings noch nicht aufmachen. Wie lassen sie sich öffnen? Gibt es eine Art Passwort? Ein versteckter Knopf? Ich sehe nicht, dass die Diener irgendetwas berühren."

„Oh, es ist ganz einfach! Ich zeige es dir." Sie steht auf und geht hinüber zur Tür. „Komm mit!"

Ich folge ihr. Wenn ich weiß, wie man die Türen öffnet, wird es viel einfacher sein, Aurus und seinem blöden goldenen Palast zu entkommen - wenn auch nur für eine Weile.

„Hier gibt es vor jeder Tür eine versteckte Fliese", sagt Emma und deutet mit dem Fuß darauf. „Wenn du genau hinsiehst, kannst du erkennen, dass sie ein kleines bisschen höher ist als die anderen. Die Fliese liegt immer auf der linken Seite, und man muss nur darauf treten. Genau so." Sie macht einen Schritt nach vorne und die Tür gleitet auf.

„Wirklich? Das ist alles?"

„Um sie zu schließen, tippt man sie einfach erneut an. Oder man achtet darauf, dass man beim Durchgehen auf die andere Seite tritt", fügt sie hinzu.

„Nun, das ist viel einfacher, als ich dachte. Ich danke dir!"

Sie wendet ihren Blick zu mir, ihr Gesichtsausdruck ist plötzlich ernst. „Wir müssen etwas wegen der Frauen von der Erde unternehmen", betont sie. „Ich kann mit Khan reden, aber wir müssen zuerst eine Art Plan ausarbeiten. Für den Anfang vielleicht eine Liste mit Bitten oder sogar Fragen. Ich meine, was wäre, wenn sie eine Frau mitbringen, die zu Hause kleine Kinder hat? Oder jemanden, der regelmäßig medizinisch behandelt werden muss? Jemand, der sich um ältere Eltern kümmert, oder, verdammt, der einfach nur ein Haustier hat!"

Jetzt, da sie es erwähnt, sehe ich, wie recht sie hat. „Andererseits wette ich, dass es Frauen gibt, die sich freiwillig für so etwas melden würden, wenn sie die Chance dazu hätten", halte ich dagegen. „Ich meine, regelmäßiger toller Sex und die Chance, eine echte Königin zu sein ...

Jemand, der auf der Erde unglücklich ist, jemand, der versucht, seinen Umständen zu entkommen ..."

„Ich verstehe, was du meinst. Okay, setzen wir uns hin und versuchen wir, eine Lösung zu finden. Man verliert hier leicht die Zeit aus den Augen, aber ich kann mir nicht vorstellen, dass Khan und Aurus uns noch lange in Ruhe lassen."

Als ich ihr zurück zu den Sofas folge, spüre ich, wie etwas Neues und Aufregendes in meinem Herzen aufkeimt.

Hoffnung.

DREIZEHN
AURUS

Nachdem Kim gegangen ist, um Emma zu besuchen, führt mich Khan in sein Audienzzimmer. Ich folge ihm und passe mich seinem schnellen, selbstbewussten Schritt an. Ich schaue mich um, während wir durch die Räume und über die Flure gehen und bin neugierig auf sein Allerheiligstes.

Ich bin noch nie so weit in seinem Palast gewesen. Er kann mit meinem natürlich nicht mithalten. Nirgendwo Gold. Es ist hier sehr zurückhaltend, mit gedeckten Farben, eleganten Linien und einer klaren Architektur. Helle, atemberaubende Gemälde schmücken die Wände, die weißen Leinwände sind gefüllt mit lebendigen, bewegten Formen.

„Die meisten davon hat Emma gemacht", erklärt Khan über seine Schulter hinweg. „Sie hat eine Vorliebe für Kunst."

„Es scheint so", antworte ich, ohne zu wissen, was ich sonst sagen soll. „Hat sie das hier entdeckt, oder war das schon immer so?"

„Auf der Erde war sie auch eine Künstlerin. Hier sind wir nun." Khan lässt sich auf ein großes, silbernes Brokatsofa sinken und hebt eine Hand. Sogleich erscheint ein Diener. „Erfrischungen, bitte", sagt er und der Beta huscht davon. „Aber ich habe eine Künstlerin angeheuert, die ihr zeigt, wie man die Ulfarri-Farben und den magischen Staub benutzt."

„Sehr nachsichtig von dir", bestätige ich und setze mich ihm gegenüber in einen imposanten Sessel. „Ich nehme an, es ist gut, sie zu beschäftigen."

Khan sieht mich mit zusammengekniffenen Augen an. „Es ist ihre Leidenschaft", erklärt er. „Und es macht mir Freude, sie dabei zu unterstützen."

Es liegt ein kurzer Moment der Anspannung in der Luft. Khan und ich hatten schon immer ein gestörtes Verhältnis zueinander, aber unsere letzten Treffen waren noch weniger freundschaftlich, da er gerade seine Omega eingefordert hatte und sie wahnsinnig beschützen wollte. „Das ist schön", erwidere ich ausweichend. „Ich nehme an, sie wird zu beschäftigt dafür sein, wenn sie erst einmal entbunden hat."

„Sie wird noch so viel malen können, wie sie will", entgegnet Khan und sieht mich immer noch finster an. So wie er sich verhält, könnte man meinen, ich würde ihn irgendwie beleidigen.

„Da bin ich mir sicher."

Es herrscht eine peinliche Stille, und ich versuche, mich an all die Dinge zu erinnern, die ich ihn fragen wollte.

„Sind alle Mee-Nschen trotzig und widerspenstig?" Man könnte auch mit der brennendsten Frage von allen beginnen.

Khan betrachtet mich mit etwas, das man nur als Belustigung bezeichnen kann. „Emma hatte ihre Momente, als wir uns zum ersten Mal trafen, aber ich glaube, jeder würde unter solchen Umständen, wie sie sie erlebt hat, entsprechend schlecht reagieren."

Ich lasse das auf mich wirken. „Kim ist überhaupt nicht das, was ich erwartet habe. Sie droht ständig zu fliehen."

Dieses Mal antwortet Khan mit einem echten Grinsen. „Und wie antwortest du?"

„Ich nehme das nicht ernst", gebe ich zu. „Schließlich kann sie nirgendwo hin. Und selbst wenn es ihr gelingen sollte, aus dem Palast zu fliehen, gibt es keinen Ort auf Ulfaria, an dem ich sie nicht finden würde."

„Stimmt", sinniert Khan, „allerdings würde ich mir an deiner Stelle eher Sorgen machen, dass sie sich in ein anderes Königreich verirrt. Einige Könige werden nicht zögern, sie für sich zu beanspruchen, vor allem im Moment, bevor wir genug Omegas für alle haben."

Heiße, stechende Wut läuft mir das Rückgrat hinauf und lässt jeden einzelnen Nerv kribbeln. „Das würden sie nicht wagen", knurre ich. „Ich würde jeden Einzelnen von ihnen töten."

Khan hebt eine Handfläche. „Beruhige dich", sagt er, „die Brunft macht dich aggressiver als sonst."

„Das ist wahr." Der Beta kommt mit Getränken zurück, und ich nehme ein Becher Wein und nippe dankbar daran. „Das habe ich auf die harte Tour gelernt, als sie in der Trainingsarena auftauchte, während ich mit mehreren Dutzend Alpha-Soldaten dort war."

Khan beugt sich vor und lässt fast seinen Becher fallen. „Was ist passiert?"

Ich erzähle es ihm und bemerke, wie sich sein Gesicht verfinstert.

„Das war knapp", resümiert er, als ich geendet habe. „Das hätte viel schlimmer enden können."

„Ich habe versucht, sie zu bestrafen", gebe ich zu, „aber ich kann sie nicht die ganze Zeit beobachten. Ich habe ein Königreich zu leiten. Und jetzt habe ich meinen Harem weggeschickt ... Nicht, dass die Kurtisanen sie von irgendetwas hätten abhalten können. Wenn Kim beschließt, dass sie etwas will ..."

„Mee-Nschen-Weibchen reagieren anders auf Bestrafung", sagt Khan zu mir. „Laut Emma sind sie den Männern auf der Erde in jeder Hinsicht gleichgestellt. Außerdem", seine Lippen verziehen sich zu einem Grinsen, „ist Emma insofern ungewöhnlich, als dass sie es genießt, wenn ich sie bestrafe. Ich habe schon sehr früh entdeckt, dass Schmerz sie erregt."

Ich starre ihn an und traue meinen Ohren kaum. „Ich denke, dies ist ein guter Zeitpunkt, um dich daran zu erinnern, dass alles, was in diesem Gespräch gesagt wird, streng vertraulich zu behandeln ist", sage ich schließlich.

„Einverstanden."

„Und wie bestrafst du sie, wenn sie die üblichen Methoden genießt?", frage ich.

„Ich habe kein Bedürfnis mehr, sie zu bestrafen, abgesehen von gelegentlichen Rollenspielen zum Spaß", erwidert er. „Wir sind sehr glücklich damit."

Ich will das, das ist mir klar. Ich möchte, dass Kim mit mir glücklich ist, dass sie mir gehorcht, dass sie mir gehört, so wie Emma ganz offensichtlich - und freiwillig - Khan gehört. „Sie ist nicht mehr unglücklich? Wie hast du das erreicht?"

Khan nimmt einen langen Schluck Wein und streicht sich die Haarmähne über die Schulter, bevor er antwortet. „Wir haben immer noch Meinungsverschiedenheiten, aber als ich ihr anbot, sie nach Hause zu schicken, wurde ihr klar, dass sie bleiben will. Sie hat endlich die Seelenverwandtschaft gespürt."

„Ich kann immer noch nicht glauben, dass du ihr angeboten hast, sie nach Hause zu schicken." Ich schüttle den

Kopf. Bei dem Gedanken, Kim zu verlieren, bekomme ich eine Gänsehaut. „Ich verstehe nicht, warum du es getan hast."

„Ich würde alles für sie tun", gesteht Khan leise. „Als ich ihr den fordernden Biss gab, hat mich das so mit ihr verbunden, dass ich ihre Gefühle fast spüren konnte. Sie war die ganze Zeit über traurig. Das war nicht zu ertragen. Deshalb wies ich die Magier an, einen Weg zu finden, sie zur Erde zurückzuschicken. Ich wollte natürlich mit ihr gehen, denn ohne sie hat mein Leben keinen Sinn mehr."

Ich reibe mir die Brust. Ich verstehe das Gefühl, aber ich mag es nicht. Khan spricht, als sei er Teil eines Ganzen. Und er ist kein Geringerer geworden, weil er seine Omega auf die gleiche Stufe erhoben hat. Es macht ihn größer.

„Wie du weißt, gab es für mich keine hohe Wahrscheinlichkeit, die Reise durch das Portal zu überleben", fährt er fort, „doch ich war bereit, dieses Risiko einzugehen. Im letzten Moment beschloss sie, dass sie nicht gehen konnte. Sie wollte bleiben. Sie hat sich für mich entschieden."

Noch nie in meinem Leben habe ich jemanden so beneidet wie Khan in diesem Moment.

„Unglaublich", murmle ich. Ich muss einen Weg finden, damit Kim sich für mich entscheidet. „Und wann hast du beschlossen, Emma den fordernden Bissen zu geben?"

Khans durchdringender Blick scheint direkt durch mich hindurch zu gehen, was mir Unbehagen bereitet. „Es war keine bewusste Entscheidung", gesteht er. „Ich wusste durch ihren Geruch, dass sie meine Seelenverwandte ist und als wir brünstig waren, wurden meine Eckzähne länger und ich ... Ich habe es einfach getan."

Plötzlich will ich nur noch Kim holen, sie zurück nach Aurum bringen und dasselbe mit ihr tun. Ich will, dass sie in jeder Hinsicht mein ist.

„Wie kommen die Magier mit ihrem Vorhaben voran, mehr Mee-Nschen hierher zu bringen?", fährt Khan fort, setzt seinen leeren Becher ab und lehnt sich zurück. „Gab es außer Kim noch andere?"

Ich seufze. „Um die Wahrheit zu sagen, ich habe ihre Fortschritte nicht so genau verfolgt, wie ich sollte. Ich war … durch andere Dinge abgelenkt." Ehrlich gesagt, ist es mir ziemlich egal, ob sie andere Omegas finden. Ich habe jetzt meine. Ich möchte meine ganze Aufmerksamkeit auf sie richten.

„Schande über dich", sagt Khan leichthin. „Emma wird Fragen haben. Sie fleht mich immer noch an, es nicht zu erlauben."

„Was erlauben? Dass noch mehr Mee-Nschen-Frauen hierher gebracht werden?", spotte ich. „Das geht sie nichts an."

„Da würde sie dir widersprechen", entgegnet Khan. Der liebevolle Ton in seiner Stimme, wenn er von Emma spricht, ist unüberhörbar. „Du würdest doch sicher andere Ulfarri retten, wenn du sie in Gefahr siehst?"

„Wir behandeln die Mee-Nschen gut", bestreite ich. „Sie sind nicht in Gefahr."

Khan reibt sich das Kinn. „Von uns vielleicht nicht", sinniert er, „aber würdest du für alle anderen Könige bürgen? Auch für diejenigen, die nicht dem Rat der Neun angehören? Könntest du garantieren, dass keiner der Mee-Nschen in Gefahr ist, wenn sie sich in der ulfarischen Wildnis wiederfinden? Oder unter abtrünnigen Alphas?"

Da hat er recht. „Aber wir müssen mehr von ihnen hierherbringen", argumentiere ich. „Wir müssen eine ganze Armee wiederaufbauen und unterhalten. Vergiss nie, dass Ulfaria viele Feinde hat. Es ist Jahrzehnte her, dass wir schwer angegriffen wurden, aber die Warnsysteme haben ungewöhnliche Aktivitäten im Chitin-Gebiet angezeigt."

„Dann müssen wir sicherstellen, dass wir vorbereitet sind", sagt Khan. „Ruf den Rat an, um die Könige zu warnen. Wenn die Chitin es wagen, in unsere Atmosphäre einzudringen, werden sie den Zorn der Brutalen zu spüren bekommen. Falls sie überhaupt in die Nähe kommen. Unser Planet hat jetzt mehr Verteidigungsmöglichkeiten als je zuvor."

„Und wenn diese Verteidigungsmaßnahmen fehlschlagen?"

„Ich habe meine Himmelsjäger. Und du hast deine Armee. Keiner kann gegen die Aurum-Alphas bestehen."

Es ist ein unverhohlenes Kompliment, das mir offensichtlich schmeicheln soll, aber es funktioniert. „Sie sind gut ausgebildet", bestätige ich stolz. „Dennoch wissen wir beide, dass es nicht diese Generation ist, der es an Alpha-Soldaten mangelt. Es wird die nächste Generation sein - es sei denn, wir tun das Nötige, um das zu ändern."

„Und das werden wir", verspricht Khan, „aber ich möchte mehr in diesen Prozess einbezogen werden. Das gilt auch für Emma. Sie kennt die Erde, sie kennt die Mee-Nschen. Sie ist eine große Ressource."

„Sie wird jammern, flehen oder alles andere tun, was ihr einfällt, um uns aufzuhalten", entgegne ich. „Ich glaube nicht, dass es klug wäre, sie einzubeziehen."

„Überlass das mir", sagt Khan. „In der Zwischenzeit solltest du dich mehr auf Kim konzentrieren und alles tun, um sie glücklich zu machen. Ich bin zu der Überzeugung gelangt, dass Mee-Nschen-Frauen eher schwanger werden, wenn sie glücklich sind."

Ich ziehe ungläubig eine Augenbraue hoch. „Ich habe

den Verdacht, dass Emma dir das erzählt hat, um sicherzustellen, dass sie immer ihren Willen bekommt."

Seine plötzliche Empörung zeigt sich in Khans angespannten Schultern. „Sie bekommt nicht immer, was sie will", schnauzt er, „aber es macht mir Freude, sie zufrieden zu sehen. Wenn Kim widerspenstig ist und sich weigert, sich zu fügen, schlage ich vor, dass du zur Abwechslung mal versuchst, ihr etwas zu geben, was sie will."

„Wie?" Die Andeutung, dass ich meine Omega nicht zufriedenstelle, lässt mich die Nackenhaare sträuben, und ich habe Mühe, meine Wut zu unterdrücken.

Khan zuckt mit den Schultern. „Für Emma war es die Malerei. Bei Kim ... wer weiß? Frag sie einfach."

„Vielleicht werde ich das tun." Ich stehe vom Sessel auf und signalisiere damit, dass unsere Audienz beendet ist. Meine Gedanken sind voll mit Kim. Es wird immer schwieriger für mich, von ihr getrennt zu sein.

Bald muss ich ihr den fordernden Biss geben und das Seelenband vollenden. Ich möchte mich ihr nahe fühlen. Ich möchte immer in ihr sein.

Mein Schwanz pulsiert in meiner Hose. „Bitte schick jemanden, der Kim abholt. Es ist Zeit für uns, nach Hause zu gehen."

Ich bin gelangweilt. So, so gelangweilt. Aus irgendeinem Grund dachte ich, dass sich die Dinge ändern würden, nachdem wir Khan und Emma besucht haben.

Ich habe mich geirrt.

Sobald wir nach Aurum zurückkehrten, nahm Aurus mich in seine Gemächer mit und fickte mich, bis wir uns beide nicht mehr bewegen konnten. Dann, irgendwann, schlief ich ein und er verschwand.

Seitdem habe ich ihn nicht mehr gesehen. Ich weiß nicht, wie lange er schon weg ist, aber ich bin allein in seinen Gemächern. Diener bringen mir Essen und Trinken und zwischen den Mahlzeiten döse ich, bade in seiner riesigen Wanne und gehe auf und ab. Ich habe die Unterseiten all meiner schicken Kleider abgeschnitten, damit ich ungehindert laufen kann. Manchmal mache ich kleine Trainingsübungen und versuche, die Kampf- und Akrobatikkenntnisse, die ich zu haben scheine, wiederzuerlangen. Ich wünschte, Aurus würde mich auf das Trainingsgelände lassen, damit ich wirklich sehen kann, was ich kann. Ich habe es nur einmal angesprochen, und er hat meine Bitte sofort abgeschmettert.

Ich bin immer noch sein kleines Omega-Schoßtier. Nicht mehr und nicht weniger.

Das Gespräch mit Emma geht mir immer wieder durch den Kopf. Sie bringen tatsächlich noch mehr menschliche Frauen nach Ulfaria. Wir müssen sie aufhalten. Außerdem gibt es Portale. Ich könnte zurückgehen ... wenn ich denn wollte. Emma hat Khan überredet. Könnte ich dasselbe mit Aurus tun? Ist es das, was ich will?

Ich hatte gehofft, eine Chance zu bekommen, mit ihm zu sprechen, um zu erfahren, wie er über all das denkt. Um ihn vielleicht auf meine Seite zu ziehen. Ihn zumindest davon zu überzeugen, dass es besser wäre, Freiwillige zu finden, die sich melden, als wahllos Frauen von den Straßen der Erde zu entführen.

Aber ich habe keine Ahnung, wo er ist oder wann er zurückkommt. Die Dienerschaft spricht nicht mit mir. Sie bringen mir Erfrischungen und gleiten wieder davon, ohne ein Wort zu sagen. Und keiner von ihnen ist männlich. Aurus scheint mich immer noch sehr beschützen zu wollen.

Einige der Haremsmitglieder waren zwar wahnsinnig eingebildet, aber wir haben uns wenigstens unterhalten. Ich habe ihn ebenfalls gefragt, ob ich sie in der Stadt besuchen könne, bekam aber ein schroffes *Nein* zur Antwort.

Ich bin einsam.

Irgendwann habe ich die Nase voll. Ich muss hier raus. Etwas frische Luft wird mir guttun. Ich ziehe das wärmste Kleid an, das ich finden kann - Aurus hat eine Auswahl für mich getroffen - und ein Paar Schuhe. Sie sind aus weichem, geschmeidigem Leder, und es fühlt sich an, als hätte ich gar keine Schuhe an. Es scheint keine Telefone auf diesem Planeten zu geben, aber sie haben hier einige Annehmlichkeiten, die ich sehr schätze.

Ich hebe mein Kinn und nehme königliche Haltung ein, trete auf die Kacheln, um die Haupttür zu öffnen und schreite hindurch, als ob ich mir keine Sorgen machen müsste. Ich erwarte, dass der Eingang von Soldaten bewacht wird ... aber es sind keine da. Wie seltsam.

Und wie praktisch.

In der Haupthalle, in der ich ihm zum ersten Mal begegnet bin, blicke ich auf die Wand voller Waffen und kaue auf meiner Lippe. Soll ich versuchen, hinaufzuklettern und eine zu stehlen?

Nein. Ich gehe nirgendwo hin, um zu kämpfen. Ich gehe nur etwas Luft schnappen. Ich will Aurus keinen Grund geben, sauer auf mich zu sein, wenn er zurückkommt.

Ich laufe, bis ich weitere Türen finde und erinnere mich vage an den Weg nach draußen, als die Mädchen mich zur Trainingsarena brachten. Der Palast wirkt unheimlich still und gedämpft. Wo sind denn alle? Ich spüre eine seltsame Stimmung, die mich etwas beunruhigt, aber ich beschließe, sie zu ignorieren. Ich kann nicht in Gefahr sein. So beschützend Aurus auch ist, er würde mich auf keinen Fall allein lassen, wenn es irgendeine Bedrohung gäbe.

Schließlich finde ich die großen, verschnörkelten Türen, die nach draußen führen und tatsächlich gibt es eine versteckte Fliese, mit der man sie öffnen kann. Ich trete auf sie und gehe hinaus.

Diesmal sehe ich behelmte Soldaten auf der anderen Seite ... aber obwohl sie den Kopf drehen und mich offensichtlich sehen, rufen sie nicht und versuchen nicht, mich aufzuhalten. Ich bin überrascht, aber mehr als erleichtert. Die Wärme der Sonne auf meiner Haut fühlt sich wunderbar an, und ich biege um eine Ecke und versuche, zu entscheiden, wohin ich gehen soll.

Als ich die Reihe der schwebenden Plattformen sehe, schlägt mein Herz schneller und zum ersten Mal seit gefühlt mehreren Tagen bin ich wirklich aufgeregt. Ich könnte eine Fahrt damit machen. Auf einem dieser Dinger wäre ich vor seltsamen, außerirdischen Tieren sicher und könnte trotzdem etwas erkunden. Aurus hat mir gezeigt, wie man den Joystick bedient, und es sah gar nicht so schwer aus.

Ich steige drauf und beobachte, wie die Lichter auf dem Steuerkreuz blinken. Die Plattform wackelt ein bisschen, als wenn man auf ein Boot steigt, aber sie ist groß und stabil genug, und ich glaube nicht, dass sie abstürzt.

Als ich den größten Knopf drücke, leuchtet der Joystick auf und ich lege meine Hand vorsichtig darum, atme tief ein und bewege ihn ein kleines Stück nach vorne.

Und tatsächlich, die Plattform beginnt aus dem Dock zu gleiten.

Bald tüftle ich die verschiedenen Richtungen aus und entdecke, dass das Anheben des Sticks die Plattform höher in die Luft steigen lässt, während das Herunterdrücken die Plattform tiefer sinken lässt.

Das macht Spaß!

Nachdem ich ein Gefühl für die Steuerung bekommen habe, mache ich mich auf eine kleine Tour, um die Gegend außerhalb des Palastes zu erkunden. Ein Haufen kuhähnlicher Kreaturen starrt mich an, als ich vorbeigleite und ich staune über ihre Größe und frage mich, ob sie gefährlich sind. Alles auf diesem Planeten scheint größer zu sein als auf der Erde: seine Bewohner, seine Flora und Fauna ...

„Die Schwänze", murmle ich und denke an Aurus. „In Ulfaria ist alles größer ..."

Ich lache über meinen schlechten Scherz und fahre fast aus der Haut, als ich in der Nähe ein Brüllen höre.

„Kim!"

Als ich mich umdrehe, sehe ich Aurus, der sich auf seiner eigenen Plattform nähert.

„Kim! Was in Ulfs Namen machst du da? Komm wieder her!" Er ist offensichtlich wütend, seine dunklen Honigaugen blitzen.

„Mir war *langweilig*!", rufe ich zurück.

„Du versuchst zu fliehen! Es gibt kein Entkommen!"

Plötzlich bin ich voller Wut. Wie kann er es wagen? Das Arschloch lässt mich tagelang allein und dann, als ich mich endlich amüsieren will, taucht er aus dem Nichts auf, versucht, mich aufzuhalten und macht mir unfaire Vorwürfe. „Das tue ich nicht!", erwidere ich, drehe ihm den Rücken zu und drücke den Joystick nach vorne, um zu beschleunigen.

„Wir müssen zurück zum Palast, sofort!"

So ein Spielverderber. Als ich über meine Schulter schaue, sehe ich, dass er jetzt auch schneller fährt, und ich beschließe spontan, mir von ihm nicht den Spaß verderben zu lassen. „Fang mich, wenn du kannst!" Ich lache, dann rase ich von ihm weg, drehe einen bedenklichen Kreis und schieße davon.

„Oh, ich werde dich fangen! Und wenn ich das tue ..."

Der Rest seiner Worte geht im Pfeifen des Windes unter, während ich losfahre, mich ducke und um Bäume herumfahre, die Geschwindigkeit und den Nervenkitzel der Verfolgung genieße und stolz darauf bin, wie schnell ich dieses Ding in den Griff bekommen habe.

Er befindet sich natürlich hinter mir - obwohl ich mich nicht traue, mich umzudrehen, um ihn anzusehen, kann ich seine Nähe spüren und gelegentlich steigt mir ein Hauch seines berauschenden Duftes in die Nase.

„Wohin willst du?", ruft er.

„Überall hin, jedenfalls nicht hierbleiben! Ich hasse dich!", platze ich heraus und drücke den Joystick, bis ich so schnell fahre, wie ich mich traue.

„Hasst du mich immer noch?" Der Schmerz in seiner Stimme überrascht mich. Dann macht er mich wütend. Ich habe es ihm immer wieder gesagt und selbst wenn ich denke, dass ich ihn ein wenig mag, beweist er, wie wenig ich ihm bedeute. Wie sehr er von sich selbst eingenommen ist.

Dass ich nichts weiter als sein kleines Schoßtier bin.

„Scheiß drauf", flüstere ich und drücke den Joystick ganz nach vorne. Vollgas. Die Plattform macht einen Ruck und lässt mein Herz fast hinter sich. Verdammt, das ist schnell.

„Kim, pass auf!"

Bei dem Anflug von Panik in seinem Tonfall schaue ich wieder zu Aurus - es gibt ein Aufblitzen von Schmerz, dann wird alles dunkel ...

Als ich die Augen öffne, sehe ich Aurus' hübsches, goldenes Gesicht vor mir. Er befindet sich auf den Knien und wiegt mich in seinen Armen, seine Augen leuchten vor Sorge. „Kleine Omega", flüstert er.

„Au." Ich lege eine Hand auf meine Stirn, um den Beginn dessen zu spüren, was zweifellos zu einer spektakulären Beule anwachsen wird.

„Du hast den Baum nicht gesehen?"

„Ich habe den verdammten Baum nicht gesehen", gebe ich ironisch zu.

„Bist du verletzt?"

„Das glaube ich nicht." Ich taste meinen Körper kurz ab und wackle mit Fingern und Zehen. Abgesehen von der pochenden Beule an meinem Kopf, scheint es mir gut zu gehen.

„Was hast du dir dabei gedacht?" Die Sorge in seinem Ton hat sich in einen Vorwurf verwandelt und eine weitere Welle der Wut flammt in mir auf.

„Mir war *langweilig*!" Ich zappele in seinem Griff und versuche aufzustehen, aber seine rohe Kraft hält mich fest. „Du hast mich tagelang allein gelassen! Völlig allein! Kein Wort darüber, wo du warst, oder was du getan hast! Es gab niemanden, mit dem ich mich unterhalten konnte ... Es gab nichts zu tun, außer nachzudenken. Ich wollte raus und auf Entdeckungsreise gehen!"

Es gibt eine Pause. „Du hast nicht versucht zu fliehen?"

„Du hast es selbst gesagt", murmle ich, „es gibt kein Entkommen."

„Ulf", sagt er, „als ich gesehen habe, wie du gegen den Ast gestoßen bist ..." Er drückt mich an sich, und ich merke, dass er mir einen sanften Kuss auf den Scheitel gibt.

„Lass mich los!" Ich will nicht, dass er jetzt nett oder zärtlich ist. Ich bin zu wütend.

„Niemals", sagt er. „Du gehörst mir, Kim. Ich habe mir solche Sorgen gemacht. Ich werde dich nie wieder allein lassen."

„Wo bist du eigentlich hingegangen?" Ich lehne mich so weit zurück, dass ich sein Gesicht sehen kann. Es ist verschlossen. Ich spüre, dass er etwas vor mir verbirgt.

„Ich hatte mit dem Rat zu tun, aber das ist jetzt nicht wichtig. Wichtig ist nur, dass du nicht verletzt bist. Oh, meine kleine Omega, ich ..." Seine Lippen finden meine und er küsst mich heftig, seine Zunge erobert meinen Mund und erstickt meine Proteste.

Sein Duft erfüllt meine Nase, neues Leder und Sandelholz, und mir wird schwindelig vor Verlangen und meine

Arme strecken sich nach oben, als hätte ich keine Kontrolle über sie, ich klammere mich an ihn, als würde ich ertrinken und er wäre meine Rettungsleine.

Warum will ich ihn so sehr? Ich bin hin- und hergerissen zwischen Wut und Verlangen und als seine große Hand nach unten gleitet, um mein Geschlecht zu umfassen, seine Handfläche an meinem Kitzler reibt, stöhne ich in seinen Kuss hinein.

Er schnurrt jetzt, leckt mir den Hals und drückt mich nach unten, bis ich auf dem Rücken liege, dann spreizt er meine Beine mit seinem riesigen Schenkel auseinander.

Ein weit entfernter Teil meines Gehirns fragt sich, ob er Sex benutzt, um mich zu trösten, dann raubt mir das vertraute, sich ausdehnende, pochende Gefühl seines Schwanzes, der in mich hineingleitet, jeden zusammenhängenden Gedanken.

Aurus stößt tief und langsam zu, trifft mich an all den richtigen Stellen und mein Höhepunkt donnert mit der Subtilität eines Güterzugs auf mich zu. Ich spüre, dass etwas anders ist ... da ist eine unterschwellige Note von Zärtlichkeit in ihm ... und sein tiefes, grollendes Schnurren verursacht mir eine Gänsehaut.

Ich spreize meine Schenkel weiter und fahre mit meinen Fingern durch sein dichtes, goldenes Haar und streiche mit meinen Nägeln über seine Kopfhaut.

Als er sich aufrichtet, brüllt er und der Knoten bildet sich, versengt meine Muschi und stößt mich über die Klippe.

Ich kneife meine Augen zu und verliere mich in meinem Orgasmus, während eine Welle nach der anderen mein Innerstes um ihn herum zusammenzieht.

Ein scharfer, stechender Schmerz in meiner Nackenbeuge lässt mich zusammenzucken, und ich reiße meine Augen auf.

Er beißt mich, seine Eckzähne bohren sich tief in die weiche Stelle, an der mein Hals auf meine Schulter trifft.

Der fordernde Biss.

Es tut so gut weh. Das Kribbeln des Schmerzes verwandelt sich in meinem Inneren in Lust.

Sein riesiger Körper bedeckt mich. Ich drücke gegen seine Brust, bevor er mich zerquetscht.

Man könnte genauso gut versuchen, einen Berg zu versetzen.

Sein massiver Unterarm gleitet über meine Brust und drückt mich nach unten, während er an der Wunde saugt und leckt.

Bei jedem Lecken erschaudere ich wieder.

„Scheiße", murmle ich. Ich klinge betrunken. „Aurus …"

„Meins", schnurrt er. „Wir sind jetzt verbunden." Er bäumt sich auf und sieht mich mit diesen intensiven, hypnotisierenden, bernsteinfarbenen Augen an. „Jetzt gehörst du zu mir. Für immer."

Tief in meiner Brust spüre ich einen Stich der Traurigkeit, gefolgt von einem Anflug hilfloser Wut. Besser wütend sein als verletzt. „Wie auch immer", flüstere ich.

Das ist wahr. Ich werde immer zu ihm gehören. Aber der Gedanke bereitet mir nichts als Schmerz.

Egal, wie sehr ich ihn liebe, er wird nie mein sein.

FÜNFZEHN
AURUS

Worte können das Entsetzen nicht beschreiben, das ich empfand, als ich sah, wie der riesige orangefarbene Ast mit Kims Kopf zusammenkrachte. Mein Herz hörte auf zu schlagen, der Atem verließ meine Lungen, und ich konzentrierte mich nur noch auf eine Sache: sicherzustellen, dass sie unverletzt war.

In diesem Moment wusste ich mit absoluter Gewissheit, dass ich sie liebe.

Ich liebe sie.

Nachdem wir also festgestellt hatten, dass sie mit viel Glück unverletzt blieb, war mein einziger Instinkt, sie sofort zu beanspruchen. Sie in jeder Hinsicht zu der meinen zu machen.

Für immer.

Ihr Schmerzensschrei, als sich meine Zähne in ihr weiches, pfirsichfarbenes Fleisch bohrten, ließ mich erschauern, aber ich konnte nichts tun. Ich war zu sehr in den Trott verfallen und außerdem musste es getan werden.

Nach meinem Gespräch mit Khan hatte ich immer öfter darüber nachgedacht, ihr den fordernden Bissen zu geben, aber irgendetwas hatte mich immer noch zurückgehalten. Kim ist trotzig. Sie ist wütend. Sie will nicht mit mir zusammen sein.

Als sie mich anschrie, dass sie mich hasst und mit der Plattform von mir wegbrauste, fühlte es sich an wie ein Dolch mit einer Giftspitze, der mich in die Brust stach.

Und das hat mein Verlangen nach ihr nur noch verstärkt.

Jetzt, da ihr Geschmack auf meiner Zunge kribbelt und meine Lenden vor Lust explodieren, während ich immer wieder in sie spritze, weiß ich, dass ich das Richtige getan habe.

Kim war dazu bestimmt, meine Gefährtin zu sein.

Wir haben eine Seelenverwandtschaft und jetzt, da ich sie für mich beansprucht habe, wird sie das auch spüren. Sie wird nicht länger zu einer bloßen Haremskurtisane degradiert werden. Sie wird mir in jeder Hinsicht ebenbürtig sein, immer an meiner Seite, so wie es sein sollte.

Ich beuge mich über sie, atme ihren süßen Moschus ein und fühle mich lebendiger als nach dem härtesten Kampf. Mein Herz klopft so heftig, dass es einen Moment dauert, bis ich merke, dass meine kleine Omega unter mir zittert.

Ich reibe meine Wange an ihrer und sauge ihren Duft ein. Ihr strubbeliges Haar kitzelt mich. Ich liebe es, wie es ihr feenhaftes Gesicht umrahmt. Habe ich es jemals gehasst, dass sie es kurz abgeschnitten hat? Jetzt kann ich es mir nicht mehr anders vorstellen. Es passt zu ihr.

Sie ist keine typische Omega, aber das macht sie umso wertvoller.

Mit großer Anstrengung stemme ich mich so weit hoch, dass ich in ihr Gesicht schauen kann.

Sie sieht beinah ... traurig aus. Dann bemerkt sie, dass ich sie beobachte, und ihre Gesichtszüge verhärten sich.

„Arschloch!", spuckt sie aus, ihre schönen grünen Augen sind weit aufgerissen mit einem Ausdruck, den ich nicht deuten kann. „Du hast mich *gebissen!*"

„Es tut mir leid, dass es dir wehgetan hat, kleine Omega", murmle ich und drücke ihr einen Kuss auf die glatte Stirn, „aber es musste sein. Wir sind jetzt miteinander verbunden. Wir gehören zusammen."

„Von wegen!" Sie zappelt unter meinem Gewicht, ihre kleinen Fäuste schlagen auf meinen Rücken ein. Widerstand ist zwecklos, wann wird sie das lernen? „Runter von mir!"

„Nur wenn du versprichst, nicht wegzulaufen." Ihr Fahrzeug wurde bei dem Unfall zerstört, also wäre ihre einzige Möglichkeit, mir zu entkommen, meinen zu stehlen. Ich würde gerne glauben, dass sie das nicht wagt, aber sie würde es tun. Die Wachen, die ich vor dem Palast postiert hatte, haben die Befehle befolgt und mich informiert, sobald sie sie hinausgehen sahen. Sie sagten, dass sie es nicht eilig zu haben schien und vielleicht nur spazierenging, aber ich kannte die Wahrheit. Sie versuchte, ihre ständigen Drohungen wahr zu machen und zu fliehen.

„Zum letzten Mal, Arschloch, ich bin nicht weggelaufen! Ich war auf Erkundungstour!"

Ich bin an Respekt und Achtung gewöhnt, und Kims Beleidigungen erinnern mich nur daran, wie sehr sie sich von den Ulfarri-Frauen unterscheidet. Von einer richtigen Omega. „Pass auf, was du sagst", entgegne ich streng, ziehe meinen Schwanz langsam aus ihr heraus und stecke ihn zurück in meine Hose, bevor ich mich aufrichte und ihr meine Hand anbiete.

Sie ignoriert sie und kommt ohne meine Hilfe auf die Beine. „Ich werde sagen, wenn ich etwas will! Großer Gott!" Ihre Finger gleiten zu der Wunde an ihrem Hals.

„Blutet es?" Ihre Stimme ist weicher geworden und der plötzliche Wechsel von anbetungswürdiger Wut zu unterwürfiger Verletzlichkeit lässt mein Herz in der Brust zusammenkrampfen.

„Nein", sage ich ihr sanft. „Ich habe die Wunde sorgfältig gereinigt und werde sie verbinden, wenn wir wieder im Palast sind."

„Du hast sie abgeleckt", murmelt sie. „Das war kein Saubermachen."

„Der fordernde Biss ist ein biologischer Prozess", erkläre ich. „Mein Speichel hat heilende und antibakterielle Eigenschaften."

„Oh."

„Trotzdem solltest du sie nicht anfassen." Ich ziehe ihre Hand von ihrer Schulter und umfasse ihre Finger. Meine große Hand verschluckt die ihre, während ich sie zu der Schwebeplattform führe. „Wir sollten zurückkehren. Es ist schon spät." In der Tat, die Sonne sinkt tiefer, dem Horizont entgegen.

„Du hast mir immer noch nicht gesagt, wo du die ganze Zeit warst", sagt sie leise, „und ich bin immer noch sauer auf dich, weil du mich allein gelassen hast."

Soll ich ihr die Wahrheit sagen? Dass ich zu einer dringenden Ratssitzung mit den anderen Königen einberufen wurde, da wir vor Kurzem die Nachricht erhielten, dass feindliche Schiffe gesichtet wurden, die sich in Richtung Ulfaria bewegen? „Ich werde es erklären, wenn wir zu Hause sind", antworte ich und beschließe, dass dies weder der richtige Zeitpunkt noch der richtige Ort ist. Ich brauche sie zurück in meinem Bett, in Sicherheit.

Ich steige auf die Plattform, ziehe sie an meine Seite und lege einen Arm besitzergreifend um ihre Taille, während ich mit der anderen Hand die Steuerung übernehme.

„Es tut mir leid, dass ich meine kaputt gemacht habe", murmelt Kim. Sie zieht sich weder aktiv von mir zurück noch schmiegt sie sich an. Ich habe Mühe, ihre Gedanken zu deuten. Seltsam. Khan sagte, ich würde ihre Gefühle durch die Bindung spüren können, sobald ich sie beansprucht habe.

„Das macht nichts", betone ich. „Das Wichtigste ist, dass du nicht verletzt bist - abgesehen von der hässlichen Beule an deinem Kopf, die ich von den Magiern ansehen lassen werde."

„Und der böse Biss an meinem Hals", fügt sie hinzu. Ihr hübsches kleines Gesicht verzieht sich mit einem finsteren Blick.

„Nochmals, es tut mir leid, dass es wehgetan hat, aber es war notwendig." Ich ziehe den Joystick hoch und schiebe ihn nach vorne, bevor ich uns umdrehe, damit wir nach Hause fahren können.

„Warum? Ich bin dir doch völlig egal! Ich bin nur eine wandelnde Gebärmutter für dich."

„Das ist nicht wahr!" Vor Empörung wird meine Stimme laut und ich zwinge mich, sie zu zügeln und ruhig zu bleiben. „Warum glaubst du das?"

„Ich glaube es nicht, ich weiß es. Juno und die anderen haben es gesagt und auch Emma. Du brauchst eine Omega, um dich fortzupflanzen. Es spielt keine Rolle, wie sie als Person ist. Ihre Gedanken, Gefühle, ihr Glück sind irrelevant. Du hast nichts mit mir zu tun, ich bin nur dein Omega-Schoßtier. Du kümmerst dich nicht um mich, wenn du mit der Brunft fertig bist. Du sagst mir, ich sei eine Enttäuschung als Omega ..."

„Wann habe ich das gesagt?"

„Du bist nicht das, was ich erwartet habe, Kim", äfft sie in einem hohen Tonfall meine Stimme nach.

„Nun, du bist nicht ...", setze ich an und halte dann inne, als in ihren Augen ein heftiges Feuer zu lodern beginnt. „Aber du bist keine Enttäuschung."

„Das meinst du nicht ernst", entgegnet sie. „Du brauchst es gar nicht zu sagen - du hast es mir gezeigt. Ich bedeute dir gar nichts. Du fickst mich wund und lässt mich dann wie einen Hund im Käfig zurück. Sobald ich mich nicht mehr wie eine perfekte kleine Omega verhalte, schickst du mich zurück in den Harem."

Jedes Wort ihrer Tirade ist wie ein Nadelstich in mein Herz. Das ist wahr. Ihr Trotz und ihr Mangel an Respekt machten es mir leicht, mich auf nichts als ihren Status als Omega zu konzentrieren. Aber irgendetwas hat sich seither verändert. Wie soll ich das erklären? „Am Anfang habe ich dich vielleicht so behandelt", gebe ich zu und steuere uns durch eine Baumgruppe, erleichtert, als der glitzernde Palast in der Ferne auftaucht, „doch du hast es mir schwer gemacht, dich als Person kennenzulernen. Alles, was du getan hast, war, mir nicht zu gehorchen und von Flucht zu reden."

„Du behandelst mich immer noch so." Ihr Tonfall ist jetzt resigniert, und das ist irgendwie schlimmer, als wenn sie mich anbrüllt. „Du hast mich allein gelassen. Schon wieder. Keine Erklärung, keine Vorwarnung. Ich bin keine Sklavin, die man zum Vergnügen benutzt und dann beiseitelegt und ignoriert, wenn man eine Pause braucht. Ich habe Gefühle."

Ich drücke sie fester an mich, atme den süßen Duft ihres Haares ein. Zum ersten Mal kann ich unser Band spüren. Es ist von Trauer durchdrungen. Es bricht mir fast das Herz. „Bitte verzeih mir", sage ich ihr. „Lass uns alles besprechen, wenn wir zurück sind. Und ich werde dir erklären, wohin ich gegangen bin, als ich dich allein gelassen habe."

Sie stößt einen kleinen Seufzer aus, und es herrscht eine Weile Schweigen. Ich habe es eilig, nach Hause zu kommen, aber ich will nicht riskieren, die Plattform zu beschädigen, also zwinge ich mich, eine sichere Geschwindigkeit einzuhalten.

Endlich liegt die goldene Straße vor uns, die im Schein der untergehenden Sonne glänzt. Mein Palast wird vor uns immer größer.

„Es gibt auch etwas, das ich dir sagen muss", eröffnet Kim nach einer Weile. „Es wird dir nicht gefallen."

„Sag es mir."

„Nicht jetzt, während du fährst. Später, wenn wir reden."

Irgendetwas in ihrem Tonfall lässt mir die Nackenhaare zu Berge stehen. Ein Kribbeln der Panik. Ein Gefühl des drohenden Unheils. Ich kann ihre Angst durch das Band hindurch spüren. Plötzlich will ich es unbedingt wissen, bringe die Plattform nur wenige Zentimeter über der goldenen Straße zum Stehen und drehe sie zu mir, meine Hände auf ihren Schultern. „Sag es mir jetzt", fordere ich auf, wobei ein Befehlston in meiner Stimme liegt.

Sie schaut weg. „Ich ... ich werde dir keine Erben schenken", beginnt sie langsam. „Ich kann nicht."

Habe ich das richtig verstanden? „Was?", krächze ich.

„Ich kann nicht schwanger werden", sagt sie und begegnet endlich meinem Blick. Ihr Gesichtsausdruck ist trotzig, abwehrend. „Ich habe eine Spirale."

„Was?" Sie redet wirres Zeug. Ich widerstehe nur knapp dem Drang, sie zu schütteln.

„Auf der Erde", jetzt spricht sie langsam und bedächtig,

als wäre ich eine Art Dummkopf, „habe ich mir eine Vorrichtung einsetzen lassen, das verhindert, dass ich schwanger werde. Das ist eine Spirale."

Allein die Vorstellung davon ist lächerlich. Warum sollte jemand so etwas tun? Was würde das bringen? Ich ignoriere das Rauschen des Blutes in meinen Ohren, schlucke einmal und versuche, ruhig zu bleiben. „Warum?"

Sie zuckt mit den Schultern. „Viele Frauen benutzen Verhütungsmittel, wenn sie nicht schwanger werden wollen."

„Warum sollten sie nicht schwanger werden wollen?"

Ein weiteres Achselzucken. „Es gibt viele verschiedene Gründe. Ich habe noch nicht den richtigen Mann getroffen. Ich bin zu jung. Ich wollte mich auf meine Karriere konzentrieren ..."

„Diese Vorrichtung, diese ... Spirale?"

„Spirale", bestätigt sie.

„Kann sie entfernt werden? Kann man es umkehren?"

„Ja. Von einem Arzt. Auf der Erde. Es ist in meiner Gebärmutter. Ich kann es nicht selbst herausnehmen."

Plötzlich wird mir klar, was sie tut. Sie lügt mich an. Das ist ein raffinierter Trick, um mich dazu zu bringen, ihr zu erlauben, zur Erde zurückzukehren, angeblich, um dieses Ding entfernen zu lassen. Zum Glück durchschaue ich das sofort. „Netter Versuch", sage ich.

„Hm?" Auf ihrem Gesicht ist echte Verwirrung zu sehen.

„Wenn du so etwas in dir hast, werden die Magier einen Weg finden, es sicher zu entfernen. Du musst nicht zur Erde zurückkehren. Du gehörst hierher. Zu mir."

„Was ist, wenn ich es nicht entfernen lassen will?" Sie reißt sich aus meinem Griff los, tritt einen Schritt zurück und verschränkt die Arme vor der Brust.

Ich schnaube. „Du hast keine Wahl.“

„Hab ich nicht?“

Ich spüre, wie ihr Zorn in unserer Verbindung brodelt. „Nein“, knurre ich, meine eigene Wut steigt. „Du gehörst zu mir.“ Muss sie sich bei jeder Gelegenheit gegen mich wehren? Ich fasse sie an den Schultern und sehe, wie sich ihre Augen weiten, als sie auf etwas hinter mir starrt. In unserem Band hat sich ihre Wut in eiskalte Angst verwandelt, die mir den Rücken hinunterläuft, und ich weiß, was passiert, noch bevor der Schatten über ihr Gesicht gleitet und uns beide einhüllt.

Ich muss Kim in Sicherheit bringen.

Wir werden angegriffen.

SECHZEHN
KIM

„Was ist das?", frage ich. „Was ist los?"

Aurus' Gesicht hat sich zu einer grimmigen Maske verzogen. Ein Schatten ist über uns gefallen. Der Himmel hat sich mit riesigen schwarzen Raumschiffen verfinstert, die die Sonnen verdunkeln. Es sind so viele.

„Die Chitin sind hier." Seine Stimme ist erbittert.

Der Wind hat aufgefrischt, kalte Luft schneidet durch die Hitze. Die Luft wird bitter und riecht nach Schwefel. Meine Haut kribbelt.

„Wir müssen verschwinden", sagt Aurus, zieht mich an sich und legt schützend einen Arm um mich. Ich halte mich an ihm fest, während er Gas gibt und den Gleiter bis an seine Grenzen treibt. Wir rasen die goldene Straße zum Palast hinunter. Statt auf die riesigen Eingangstüren zuzusteuern, sausen wir auf einen hohen Turm zu und landen auf der flachen Oberfläche. Der Wind bläst über uns hinweg und reißt an meinem Kleid.

„Wir haben keine Zeit", murmelt Aurus. Sein Gesicht hat einen harten Ausdruck angenommen. Er hebt mich hoch und springt von der Plattform, seine Bewegungen sind fließend, aber auf das Nötigste beschränkt. „Kim." Er setzt mich ab und stützt mich mit seinen Händen auf meinen Schultern. „Du musst hinunter ..." Er nickt zu einer kleinen Öffnung, die, wie ich annehme, zu einer Treppe führt. „Du musst dich verstecken."

„Okay." Ich schlucke. „Aber was wirst du tun?"

„Ich muss in die Schlacht ziehen. Der Feind ist hier."

Über uns bedecken Reihen von Schiffen jeden verfügbaren Zentimeter des Himmels. Sie schweben einfach nur auf der Stelle ... was machen sie da? „Aber ..."

„Geh!" Er gibt mir einen Schubs, und ich husche zur Treppe. Nach ein paar Stufen bleibe ich stehen und schaue hinaus, um zu sehen, was Aurus gerade macht.

Auf dem Turm befindet sich ein Wachhaus. Aurus rennt zur Wand und schlägt gegen die Seite. Durch eine Art unsichtbaren Knopf öffnet sich die Wand und gibt eine riesige, goldene Rüstung frei. Sie sieht aus wie seine normale Rüstung, ist aber größer.

Er drückt auf den Brustpanzer, und die Rüstungsteile öffnen sich weit genug, damit er hineinschlüpfen kann. In Sekundenschnelle verwandelt sich seine zwei Meter große Gestalt in eine drei Meter große, gepanzerte Superhelden-version eines Alphas. Aus seinem Anzug ertönt ein mechanisches Summen, als er zum Rand des Turms schreitet. Er hält inne und dreht sich wieder zu mir um.

„Geh runter, Kim", befiehlt er. „Folge der Treppe zu den untersten Ebenen. Die Betas werden dich zum Bunker führen." Und er springt von der Kante in die Luft.

Ich erschrecke. Ich will gerade hinüberlaufen, um zu sehen, ob er gefallen ist, wohin er gefallen ist, als er wieder in Sicht kommt. Die Luft unter seinen gestiefelten Füßen kräuselt sich durch eine Art Hovercraft-Technik.

„Kim!", bellt er. „Du musst mir gehorchen. Ich will, dass du in Sicherheit bist."

„Was ist mit dir?", rufe ich gegen den Wind an, der mir über den Kopf peitscht.

„Ich werde kämpfen. Ich bin ein Alpha. Das ist es, was ich tue." Er gewinnt jetzt an Höhe und schwebt über uns. Er dreht sich um und saust davon.

Geradewegs auf die Reihen der außerirdischen Schiffe zu.

„Oh mein Gott." Ich renne zum Rand hinüber. Aurus' goldene Gestalt schimmert im Schatten des Feindes. Wird er ganz allein gegen diese großen Schiffe kämpfen?

Ich weiß, dass er ein riesiges Ego hat, aber hey, komm schon. Er will es mit fünfzig Schiffen aufnehmen, die eine Million Mal größer sind als er?

Aurus streckt seine Arme aus, immer noch in der Luft schwebend. Er ist das perfekte Ziel. Ich halte den Atem an und warte darauf, dass die Schiffe auf ihn schießen und ihn zu Staub verbrennen.

Mein Herz krampft sich zusammen. Ich will nicht, dass das passiert.

Bong! Ein vertrautes Geräusch lässt mich zusammenzucken.

Unten in der Arena schlägt jemand den Gong. Verdammt, das Ding trägt den Klang wirklich weit. Schreie hallen die Treppe hinauf. Hoffentlich werden sich alle verstecken. Es sind eine Menge Leute in diesem Palast. Alpha-Soldaten, Beta-Magier, alle Bediensteten. Ich hoffe, sie bleiben in Sicherheit.

Vielleicht sollte ich los, ihnen helfen. Mit ihnen gehen. Aber ich kann nicht. Ich kann nicht tun, worum Aurus mich gebeten hat, was er mir befohlen hat, nicht solange er dort oben ist und dem Feind ganz allein gegenübersteht.

Er schwebt immer noch in der Luft, ein heller Punkt für die feindlichen Schiffe.

Mein Kiefer schmerzt vom Zähneknirschen.

Das ist purer Wahnsinn.

Bong! Etwas knarrt, dann stöhnt es. Der ganze Palast erzittert. Ich halte mich an der Wand fest, um mich zu stützen. Ein donnerndes Marschgeräusch lässt mich nach unten blicken. Drüben auf der rechten Seite erstreckt sich die goldene Straße von der Säulenfront. Die fünf Stockwerke hohen Tore des Palastes haben sich geöffnet und eine Reihe von Soldaten marschiert in perfekter Formation heraus: riesige Alphas in goldenen Anzügen wie der ihres Königs.

Sie marschieren die Straße hinunter, bis sie breiter wird, und bleiben dann stehen. Nacheinander starten sie ihre Hovercraft-Geräte und steigen in den Himmel, um sich ihrem König anzuschließen.

Jawohl!

Ich schlage auf die Wand des Turms. Ich will mit ihnen da oben sein. Ich will bereit sein zu kämpfen.

Aurus schwebt aufrecht und stolz, die Füße in die Luft gestreckt. Das ist es, wozu er geboren wurde. Der größte Alpha, der Großkönig von Ulfaria. Geboren, um zu herrschen. Geboren, um zu führen.

Die Bäuche der schwarzen Schiffe öffnen sich mit einem entsetzlichen Knarren. Aus ihnen strömt ein schwefelhaltiger Geruch, der mich würgen lässt. Und etwas schießt aus einem der Schiffe. Dann noch mehr Dinge - schwarz, schwirrend, glänzend, in eigenen gepanzerten Anzügen.

Die Chitin-Schiffe haben ihre eigenen Krieger hierhergebracht. Und der Feind kann auch fliegen.

Einer schwirrt über mir, und ich ducke mich, obwohl er

Hunderte von Metern über mir ist. Er hat glänzende schwarze Augen und eine schreckliche Art von Unterkiefer - er sieht aus wie eine Gottesanbeterin, nur in Überlebensgröße. Menschengroß. Alphagröße.

Die Chitin sind eine Art Käfer. Riesige, schreckliche Alien-Käfer in Alpha-Größe.

Mir läuft es kalt den Rücken herunter, wenn ich sie nur ansehe. Sie strömen in schwarzen Schwärmen aus ihren Schiffen - erst zu Hunderten, dann zu Tausenden.

Und Aurus schwebt einfach in der Luft und tut so, als wäre das alles ganz normal. Als die Chitin-Plage ausschwärmt, hebt er seine Hände in die Höhe und Flammen schießen aus seinen Handschuhen.

Die Chitin macht eine Art klickendes Geräusch - es ist ekelhaft und wird von all den Brüdern millionenfach nachgeahmt. Himmelskakerlaken.

Die Alpha-Soldaten stürmen in ihren Fluganzügen vor und greifen die Käfer mit ihren eingebauten Flammenwerfern an. Eine goldene Reihe nach der anderen rast in einer Dreiecksformation durch den Chitin-Schwarm.

Feuer knistert. Rauchende Käfer fallen vom Himmel. Aber es gibt so viele Chitin-Feinde und so wenige Ulfarri-Krieger. Sie sind nur kleine goldene Flecken in einem brodelnden schwarzen Himmel.

Ich muss ihnen helfen. Ich kann nicht nur hier stehen und zusehen. Das ist vielleicht nicht mein Planet, aber ... Scheiß drauf. Es *ist* mein Planet. Ich mag hier nicht glücklich sein, aber ich will nicht, dass er von gruseligen Alien-Käfern überrannt wird.

Ich brauche eine Waffe.

Ich renne zur Wand des Wachhauses. Wo ist der blöde Knopf? Vielleicht gibt es noch eine andere Rüstung, die ich benutzen oder der ich zumindest die Waffe entreißen kann.

Ich schlage gegen die glatte Oberfläche der Wand. Wie hat Emma diesen Scheiß herausgefunden?

Plötzlich drücke ich auf die richtige Stelle, und ein weiterer Teil der Wand öffnet sich. Diesmal kommt ein riesiges Gewehr aus seinem versteckten Fach hervor.

Scheiße, ja!

„Omega", ruft jemand. Es ist eine gewandete Gestalt auf der Treppe. Ein Beta, einer der Diener, dessen blasse türkisfarbene Haut vor Verzweiflung bleich wird. „Du solltest nicht hier sein! Du musst dich in Sicherheit bringen!"

„Wir müssen ihnen helfen", schreie ich zurück.

„Du kannst nicht kämpfen", schimpft der Beta. „Du bist eine Omega."

„Ich bin nicht nur eine Omega!", entgegne ich. „Ich bin eine knallharte Kämpferin." Mit einem Grunzen ziehe ich die Waffe an mich und rufe über die Schulter: „Hilf mir, oder geh mir aus dem Weg, verdammt!"

Der Beta versucht zu argumentieren, aber als er sieht, dass ich die Waffe zum Rand des Wachturms schleppen werde, gibt er auf. Er marschiert zum Wachhaus und drückt einen weiteren versteckten Knopf. Eine ganze Reihe von Geschützen erhebt sich aus dem Boden, perfekt ausgerichtet, um über die Mauer zu schießen.

„Fuck yeah!" Ich lache begeistert.

Ich laufe auf ein Geschütz zu und suche nach einer Möglichkeit zu zielen.

Es gibt einen Knall und alle Geschütze feuern gleichzeitig. Ich hebe die Hände, um mir die Ohren zuzuhalten, bevor ich merke, dass die Explosion schon vorbei ist.

Der Beta sieht selbstgefällig aus. „Feuerbomben. Sie werden von Robotern gesteuert. Sie werden die Chitin anvisieren und sie ausschalten."

„Aber man kann nicht einfach wahllos schießen. Es gibt Alphas da draußen. Und den König."

„Dies sind nur die ersten Schüsse", räumt er ein.

Die Bomben treffen auf die ersten Reihen der Käfer und explodieren. Feuerschwaden durchziehen ihren Schwarm. Ein paar schwarze Körper regnen herab, ihre Flügel sind in Stücke gerissen. Ulfarri-Soldaten sausen zwischen ihnen hindurch und verbrennen den Rest der Teile zu schwarzem Staub.

Die Luft füllt sich mit diesem höllischen, schwefelhaltigen Geruch. Der Wind trägt den Gestank weiter. Ich huste, als er meine Atemwege trifft. Jeder Atemzug brennt, als würde ich Säure einatmen. Winzige Messer schneiden in die Innenseite meiner Nasenlöcher. Ich reibe mir die Nase.

„Und jetzt?", frage ich. „Es gibt noch mehr von ihnen."

„Jetzt liegt es an der Aurum-Armee."

„Stell das Ding auf manuelle Steuerung", befehle ich und zeige auf die Waffe. „Jetzt."

„Ich muss es so programmieren, dass es übersteuert ..."

„Tu es!", schreie ich. „Jetzt!"

Ich schwenke die Waffe und richte sie auf eine Gruppe von Chitin, die einen einzelnen Alphasoldaten umschwärmen. Ich ziele auf die Ränder der Masse und schieße eine Feuerbombe in sie hinein. Sie explodiert. Die Explosion wirft den Krieger zurück, aber die Chitin um ihn herum fangen alle Feuer und fallen zu Boden. Der Alpha rast davon.

„Haha, ja!" Ich springe begeistert in die Luft.

„Gut gemacht", murmelt der Beta.

Ich grinse ihn an. „Ich habe dir gesagt, dass ich knallhart bin."

Sein Gesicht verzieht sich, er starrt etwas über meine Schulter hinweg an.

„Was?" Ich wirble herum. Mist, die Chitin müssen bemerkt haben, dass etwas auf sie schießt. Eine schwarze Wolke von ihnen kommt auf uns zu.

„Lauf!" Der Beta packt mich, und wir stürzen uns ins Treppenhaus. Ich lande hart auf dem Steinboden und schütze meinen Kopf mit meinen Händen.

Etwas saust über uns hinweg.

„Sieh nur!", keucht der Beta.

Ich habe Angst davor, aber ich spähe aus der Öffnung zur Treppe, so gut ich kann, und halte mich dabei in Deckung.

Ein Schiff schwebt über uns. Es ist kaum größer als ein Gleiter, hat eine dreieckige Form und zwei lange Zinken, die vorn herausragen. Rotes Licht knistert zwischen den Zinken. Der Rumpf des Schiffes schimmert purpurrot.

Er schießt nach vorne, in den Chitin-Schwarm. Es gibt ein knisterndes Geräusch und Käferteile regnen herab. Der Schwefelgestank verdichtet sich, mit einer zusätzlichen bitteren, verbrannten Note.

Igitt, gebratener Käfer.

Der Beta und ich halten uns die Hände vor den Mund und gehen wieder in Deckung.

„Wer sind sie?", schreie ich durch meine Finger.

„Himmelsjäger. Die Krieger von Altrim sind gekommen."

Altrim-Emmas Königreich. „Ja", knurre ich. „Zeig's ihnen, Khan. Mach sie fertig."

Lila Schiffe ziehen im Zickzack über den Himmel. Sie sind kleiner und schneller als die Chitin-Raumschiffe, aber größer als die Käfer. Die roten Laser machen kurzen Prozess mit der schwarzen Wolke und dann scharen sich die Himmelsjäger um die Chitin-Schiffe. Rote Blitze pulsieren aus ihren violetten Rümpfen und schneiden in die schwarzen Raumschiffe. Weitere obsidianfarbene Käfer strömen aus ihren Schiffen und regnen auf die Himmelsjäger herab.

Doch Aurus' Krieger sind bereit und fliegen wie goldene Racheengel in den Schwarm. Zwischen den Himmelskämpfern und der Aurum-Armee lichten sich die Reihen der Chitin.

Sowohl der Beta als auch ich sehen von unserem Versteck aus zu.

„Danke für deine Hilfe", sage ich ihm. „Ich weiß das zu schätzen. Übrigens, ich bin Kim."

„Ich weiß." Er blickt mit seiner schmalen Nase auf mich herab. „Die Omega."

„Kim", wiederhole ich. „Ich habe einen Namen."

„Kim. Ich bin Terral." Er schürzt seine Lippen. „Besteht die Möglichkeit, dass ich dich überreden kann, in den Bunker hinabzusteigen?", fragt er und seufzt, als ich den Kopf schüttle. Sobald ich kann, werde ich zur Waffe zurückkehren, aber im Moment haben die Himmelsjäger alles im Griff.

„Die Chitin", sage ich. „Was sind sie?"

„Eine außerirdische Rasse aus einer anderen Galaxie. Die Chitin sind seit langem Feinde von Ulfaria. Sie kommen auf einen Planeten, löschen dort alles Leben aus und nutzen den fruchtbaren Boden zur Fortpflanzung."

Ekelhaft. Ich rümpfe die Nase. „Kommen sie oft?"

„Der letzte Angriff ist Jahre her, aber wir haben ihn nicht vergessen. Wir haben Waffen und Warnsysteme für die äußere Schicht unserer Atmosphäre entwickelt, aber es scheint, dass diese Satelliten versagt haben. Unsere einzige Hoffnung ist nun, dass die Alphas sich ihnen entgegenstellen können. Sie sind unsere letzte Verteidigungslinie."

Ich denke, es ist gut, dass die Alphas so groß werden.

„Die Kriegerklasse wurde über Jahrhunderte gezüchtet", fährt der Beta leise fort. „Sie sichern das Überleben Ulfarias. Ohne Omegas können wir sie nicht ersetzen."

Ich werfe ihm einen scharfen Blick zu, aber er beobachtet den Kampf.

Ich seufze. Das ist wohl der Grund, warum dieser Planet von meiner Fortpflanzung besessen ist. Aurus' Gestalt hebt sich von den anderen Kämpfern ab. Er führt die Gruppe an, ein goldener Komet, der über den Himmel fliegt.

„Pass auf dich auf", flüstere ich. Er mag ein Arschloch sein, aber er ist *mein* Arschloch. Ich will nicht, dass er stirbt.

Aurus

GEFECHTE in der Luft sind unendlich komplex. Auf dem Boden kann der Feind von vorne, von hinten oder von den Seiten angreifen. In der Luft kann er auch von oben herabsteigen oder von unten aufsteigen. Dreihundertfünfundsechzig Grad Angriffspunkte zum Quadrat ...

Zum Glück werden die Krieger von Aurum von klein auf im Luftkampf ausgebildet. Und ich war der jüngste Krieger von allen.

Feuerwaffen spucken Flammen auf allen Seiten. Die Hitze ist erdrückend. Die Luft ist eine Wand aus verkohltem Staub und Rauch. Ich schwebe nicht, sondern schwimme durch die grauen Wolken.

Rechts von mir klappert etwas. Es sind die flatternden Mandibeln und Flügel eines Chitin. Mein Arm schießt hervor, und Flammen strömen aus der Mitte meiner Handfläche.

Unsere Anzüge sind kühlend und feuerbeständig. Die Chitin sind zäh, aber nicht so zäh wie unsere Rüstung. Was ihr Vorteil ist, ist ihre schiere Anzahl.

Als wir über die mögliche Ankunft der Chitin in unserem Raum informiert wurden, trat der Rat der Könige zusammen. Wir waren erstaunt, aber nicht beunruhigt. Unser Planet hat viele Verteidigungsschichten. In der Vergangenheit waren die Alpha-Jäger Ulfarias die einzige Verteidigungslinie gegen die Chitin. Jetzt kann die magische Technologie, die wir im letzten Jahrhundert entwickelt haben, die Chitin daran hindern, in unsere Atmosphäre einzudringen.

Es scheint jedoch, dass diese fortschrittlichen Verteidigungsmaßnahmen irgendwie versagt haben. Die Chitin hätten nie die Chance haben sollen, so nahe heranzukommen.

Entweder hat jedes einzelne Element unserer Verteidigungslevel versagt, oder die Chitin haben sich seit ihrem letzten Besuch in unserer Galaxie weiterentwickelt. All das ist möglich. Aber nicht wahrscheinlich.

Es gibt noch eine andere Möglichkeit: Jemand hat die Alarme und unsere Weltraumverteidigung ausgeschaltet. Das heißt, der Angriff wurde von innen inszeniert. Von einem Verräter.

Mein Gebrüll hallt in meinem Helm wider. Ich stürze mich in ein schwarzes Feld aus Chitin und vernichte sie mit meiner Flamme. Leichen fallen links und rechts.

Eine Reihe von Himmelsjägern schreit über uns. Khans Streitkräfte konzentrieren sich darauf, die Chitin-Raumschiffe anzugreifen - sie von allen Seiten zu beschießen und zu zerlegen. Sie zielen auf die Teile und feuern, bis sie zu Staub zerfallen, der harmlos auf Aurum niedergeht. Meine Leute haben geübt, sich in Bunker zu verschanzen, bis die Angriffe vorüber sind und ich die Städte für sicher erkläre. Wenn alles nach Plan läuft, werden die Bürger von Aurum dies überleben.

Jetzt liegt es an den Alphas.

Ein Hauch von Kims Duft flirrt durch meine Nasenlöcher. Ich kann ihre Sorge, ihre Wachsamkeit spüren. Sie ist in Sicherheit, aber sie denkt an mich.

Die Bindung entsteht. Eine zarte Welle der Wärme erstreckt sich in meiner Brust. Ich habe keine Zeit, darüber nachzudenken, aber ich trage sie trotzdem mit mir.

Wolken aus Chitin fallen aus dem Schiff vor mir. Ich rase vorwärts, die Feuerwaffe erhoben. Ich kämpfe für mein Königreich, für mein Volk, aber vor allem für meine Omega. Für Kim.

Sie ist der Grund, warum ich nicht nur kämpfen, sondern auch überleben muss. Sie ist der Grund, warum ich gewinnen muss.

Kim

DER HIMMEL über uns kocht vor Rauch. Stücke von Chitin regnen in einem prasselnden Niederschlag auf den Palast herab.

Es ist ohrenbetäubend: das unheimliche Klicken, das Zischen der Flammen, das Knirschen von Flügeln und Panzern, die auf die Rüstung treffen - und das Donnern in der Ferne, wenn die Chitin-Raumschiffe auf den Boden stürzen.

Das Blatt wendet sich in der Schlacht. Ein paar Chitin-Schiffe steigen in die Höhe und versuchen, in den Weltraum zurückzukehren. Himmelsjäger jagen sie, rote Blitze schlagen immer wieder in ihre Rümpfe ein. Doch auch Himmelsjäger und Aurum-Krieger sind bereits gefallen - grell leuchtende Kometen, die durch die feindlichen Schwärme rasen.

„Komm schon", rufe ich Terral zu und renne zurück zum Gewehr. Ich richte es auf einzelne Chitinhaufen und feuere auf die Schwärme. Aber eigentlich beobachte ich den Himmel. Wo ist Aurus?

Endlich entdecke ich ihn. Er schwebt über dem Rumpf eines Raumschiffs und verbrennt Chitin an der Quelle. Ein Trio von Himmelsjägern stürzt sich auf das riesige Schiff, ihre Laser schlitzen die Hülle auf. Es beginnt zu beben. Aurus lehnt sich zurück und schwebt aus dem Weg, als es fällt. Aber eine riesige Wolke von Insekten schwirrt in der Luft, von ihrem Mutterschiff zum Sterben zurückgelassen.

Die Himmelsjäger sind weg, sie folgen dem Raumschiff nach unten und zerlegen es in kleinere Teile. Es bleibt nur Aurus übrig. Riesig, golden, gepanzert, bewaffnet - und allein. Das perfekte Ziel.

Ich beiße mir fest auf die Lippe. Aurus erhebt seine Arme und schießt Flammen in den Feind über ihm. Chitinstücke regnen zu beiden Seiten von ihm herab. Kleine goldene Blitze blenden mich durch den brodelnden Schatten der Insektenkörper an.

„Nein!" Ich versuche zu zielen, aber ich will ihn nicht in die Luft jagen. Ich muss etwas tun.

Ich verlasse meinen Posten und laufe zum Gleiter.

„Kim!", schreit Terral. „Was machst du da?"

„Ich muss zu ihm." Ich greife nach dem Joystick und streiche mit dem Finger über die Beule auf meiner Stirn. Das letzte Mal, als ich das gemacht habe, ist es nicht so gut ausgegangen. Aller guten Dinge sind zwei?

„Das kannst du nicht!" Terral packt mich am Knöchel und zerrt. Ich halte mich am Joystick fest. Ich könnte ihm ins Gesicht treten, aber ich will ihn nicht verletzen.

„Ich muss gehen", rufe ich. „Er kann sie nicht alle bekämpfen! Es sind zu viele!"

„Er ist der König! Es ist sein Recht, zu kämpfen und für uns zu sterben!"

„Nicht mit mir!" Ich befreie mich aus Terrals Griff. Er gerät aus dem Gleichgewicht und stolpert rückwärts, Überraschung erfasst seine Züge.

Ich lehne mich an den Joystick und hebe ab. Die Plattform schießt vom Palast weg. Ich steuere ihn auf den schwarzen Haufen zu, der Aurus umgibt ...

... gerade noch rechtzeitig, um zu sehen, wie sein gepanzerter Körper aus der Chitinwolke fällt und fällt.

Aurus

DIE SYSTEME meiner Rüstung sind überlastet. Die Kombination aus Staub und Rauch ist zu viel. Die Chitin werden von einer Schwarmintelligenz gesteuert, was heißt, dass sie individuell dumm sind. Aber sie sind schwer zu besiegen, wenn sie als Einheit handeln und jeder Einzelne sich für den Gesamtsieg opfert.

Ihre Hauptangriffsmethode besteht darin, einen Aurum-Soldaten zu überwältigen, die Booster seines Anzugs zu blockieren und die Schwerkraft den Rest erledigen zu lassen. Jetzt schweben mehrere von ihnen in der Luft, bereit, sich an meinem Fleisch zu laben, wenn mein Körper zu Boden stürzt.

Das. Darf. Nicht. Geschehen. Als meine Booster versagen, wende ich mich nach hinten und sprühe Feuer auf den Schwarm. Wenn ich sterbe, werde ich so viele wie möglich mit mir nehmen.

Ich habe einen guten Kampf gekämpft. Ich habe mein Bestes gegeben. Für mein Königreich. Für mein Volk.

Das Einzige, was ich bedauere, ist, dass ich meine einzige Liebe zurücklassen muss. Meine Kim …

„LEEEROOOYYYYYY JENKINS!" Ein wütender, unverständlicher Schrei durchdringt die Luft. Ich drehe mich um und mein Mund klappt auf. Da ist Kim, im peitschenden Wind klebt ihr das kurze Haar am Kopf, ihre grünen Augen sind weit aufgerissen und ihre Lippen sind vor wahnsinniger Angriffsfreude verzogen.

„Nein!", brülle ich und versuche, sie eine Sekunde lang zum Rückzug zu nötigen, bevor ich auf den Gleiter knalle. Die Plattform schwankt unter meinem Gewicht, und Kims schlanker Körper zappelt wild hin und her.

„Whoa!" Nur ihr Griff um den Joystick bewahrt sie davor, herunterzufallen. „Halt dich fest, mein Großer!" Sie fliegt hoch, runter, um einen Schwarm herum, dann weiter in den klaren Himmel und lacht die ganze Zeit.

„Was machst du da?", brülle ich und halte mich an der Seite des Gleiters fest. Dieses Ding ist zur Vergnügung und nicht für die Kriegsführung konzipiert. Das beweist sich, als die Plattform bei einem Ausweichmanöver kippt und ich prompt davon herunterfalle.

„Mist!", schreit Kim und schleudert die Plattform herum, um mich aufzufangen. Ich schlage durch ein paar

Chitin, zertrümmere ihre Flügel und verbrenne, was ich kann, bevor ich mit einem dumpfen Schlag wieder auf dem Gleiter lande.

„Kim!" Ich bin wütend, mein Blut kocht.

„Entschuldigung! Dieses Ding ist verrückt. Wie eine Tour auf dem fliegenden Teppich ... soll ich das Lied singen? In deiner Weeeeelt - AAAAAH!"

Die Chitin rasen hinter uns her, ein brodelndes, klickendes Monster, das aus vielen fliegenden Körpern besteht. Gerade als sie uns einholen, dreht Kim den Joystick versehentlich in die falsche Richtung. Wir schießen rückwärts. Die Chitin zerstreuen sich.

„Ups!" Kim quietscht und verschiebt den Joystick. Der Gleiter rumpelt nach links, rechts, oben und unten. „Das Ding ist empfindlich, nicht wahr? Als würde man sich einen runterholen ... gut, dass ich damit gut umgehen kann, oder?"

Wir stürzen dreißig Meter in die Tiefe und lassen mein Herz und meinen Magen in den Wolken über uns schweben.

„Bringt uns zurück zum Palast", brülle ich.

„Gut", murrt sie. „Willst du hier oben nicht mehr kämpfen?"

„JETZT!"

Der Gleiter fällt weiter und kommt ein paar Mal ruckartig zum Stehen, während Kim herausfindet, wie man richtig absteigt. Durch das ruckartige Absacken werde ich immer wieder gegen die Plattform geschleudert. Ich beiße mir auf die Lippe, damit ich sie nicht anschreien muss. Sie tut das Beste, was sie kann.

Sie sollte im Bunker sein, in Sicherheit. Ich könnte sie dafür töten ... aber ...

Sie ist meinetwegen gekommen. Und sie hat mein Leben gerettet.

Solange sie uns nicht beide umbringt, indem sie die Plattform abstürzen lässt. Wir sind noch nicht sicher.

Sie überfliegt den Turm. Eine kleine, gewandte Gestalt steht auf der Spitze und winkt wild. Als wir vorbeifliegen, erkenne ich sie - es ist Terral. Der Beta sieht zu, wie wir an ihm vorbeiziehen, dann eilt er zu den Geschützen und schießt jeden nieder, der uns folgt.

Der Gleiter schrammt über eine Wand und stürzt die Statue eines längst verstorbenen Alphakriegers um. Die Plattform kippt, und ich halte mich an der Seite fest, als ich von ihr abzurutschen beginne. Die Arena liegt unter uns. Der rosafarbene Sandboden nähert sich rasch, zusammen mit dem Podium und der Holzkonstruktion, die den Gong der Ehre hält.

„Aurus!", schreit Kim. Der Gleiter schlägt auf dem Sand auf und beginnt, darüber zu rutschen. Der Gong und die Plattform kommen immer näher. Wir werden abstürzen.

Bong!

Kim

ICH HABE ein ohrenbetäubendes Klingeln in den Ohren, aber sonst geht es mir gut. Ich habe den Gleiter zerschmettert - schon wieder -, aber zum Glück hatte er vorher genug abgebremst, sodass wir nicht ernsthaft verletzt wurden. Gut, dass ich die Statue auf dem Weg hierher getroffen habe.

Zu meiner Rechten liegt Aurus in einem Haufen verbeulter Rüstung. Einen Moment lang spüre ich einen Anflug von Sorge, dann stöhnt er und setzt sich langsam auf. Es braucht schon mehr als einen wilden Ritt auf einer Plattform, um ihn zu töten.

Und was für eine wilde Fahrt das war.

„Das war der Hammer!" Ich bin außer Atem und lache. Ich habe es verdammt noch mal geschafft. Ich habe Aurus gerettet, und wir sind in der Arena gelandet. Okay, es hätte etwas eleganter sein können, aber das kommt mit der Zeit. Der Gleiter liegt in Trümmern im Sand. Wir haben etwas getroffen ... oh. Der Gong. Das war also dieses klingelnde Geräusch. Der Gong ist ein paar Meter entfernt in die Wand gedrückt und zittert immer noch. Der Holzrahmen, der ihn hochhielt, ist zersplittert und das Podest, auf dem er stand, hat nicht überlebt.

Aber wir haben es geschafft.

Adrenalin schießt durch meine Adern. Ich möchte durch die Arena rennen und brüllen. Kein Wunder, dass die Alphas es lieben, zu kämpfen! Es ist verdammt fantastisch.

„Kim!" Ein Brüllen erklingt und Aurus stürzt sich auf mich. Sein riesiger Körper bedeckt mich und drückt mich in den Sand. Ich bekomme ein Gesicht eines wütenden Alphas zu sehen.

Seine Zähne sind gefletscht, seine dunklen bernsteinfarbenen Augen wild.

„Was hast du getan? Warum hast du dein Leben riskiert?" Er setzt sich auf und zieht mich auf seinen Schoß, dann schüttelt er mich. „Hast du überhaupt mal nachgedacht?"

Was soll der Scheiß? Ich habe diesem Arschloch gerade das Leben gerettet! „Ich musste etwas tun!" Ich umklammere seine Arme, um mich zu beruhigen und schreie ihm direkt ins Gesicht. „Alle haben geholfen - ich wollte auch helfen!"

„Du solltest doch in Sicherheit bleiben!" Sein Gebrüll wirbelt mein Haar zurück.

„Während Außerirdische versuchten, uns zu zerstören? Das glaube ich nicht."

„Bei Ulf, Kim." Er ist so wütend, dass seine Arme zittern. Er lässt mich los und fährt sich mit der Hand durch die Haare, hält sich den Kopf, während er murmelt: „Das kannst du mir nicht antun."

„Was antun?", knurre ich.

„Du spielst mit deinem Leben."

Ich will gerade erwidern, dass das alles kein Spiel war, als er innehält und zu keuchen beginnt, als hätte er einen Herzinfarkt.

„Ich kann nicht ... nicht ..." Er fletscht die Zähne und sieht gequält aus, als würde ihm das ganze Gespräch Kopfschmerzen bereiten. Tiefe Furchen säumen seine goldene Stirn.

„Was kannst du nicht?"

Sein Kopf sinkt nach unten, und seine Augen schließen sich für einen Moment. Seine Lippen bewegen sich, und ich lehne mich näher heran, um zu verstehen, was er sagt. Die Schlacht am Himmel ist immer noch im Gange, in der Ferne, aber der Rauch und die Geräusche sind plötzlich weit weg.

Es gibt nur mich und Aurus in einem Kokon, den wir selbst geschaffen haben und unsere gemeinsamen Atemzüge.

„Ich kann dich nicht ... verlieren."

„Warum?" Ich kann den bitteren Unterton in meiner

Stimme nicht verbergen. „Weil ich deine perfekte kleine Omega bin?"

„Nein", knurrt er und schüttelt mich noch einmal kräftig durch. Es folgt eine Pause. „Weil du mein Ein und Alles bist."

Seine Fingerspitzen graben sich so fest in meine Arme, dass sie blaue Flecken hinterlassen könnten, aber ich spüre den Schmerz kaum. Mein Herz hämmert in meiner Brust. „Was?"

„Kim ..." Er streicht mit einer zitternden Hand über meine Wange, die Panik in seinem Gesichtsausdruck beginnt zu verblassen. „Du musst das verstehen. Ist dir klar, was passieren würde, wenn ich dich verliere?"

„Müsstest du dir eine andere Omega besorgen?"

Er schüttelt den Kopf. Er streichelt mein Gesicht, sein zärtlicher Ausdruck lässt mir den Atem stocken. „Nein. Nein." Sein Blick fixiert mich. Jedes Wort kommt heraus, als würde es wie ein Mühlstein wiegen. „Ich würde deinen Verlust nicht überleben."

Ich bin mir nicht sicher, ob ich richtig gehört habe. Es fühlt sich an, als würde mein Herz versuchen, aus meiner Brust zu springen.

„Kim. Du musst das verstehen." Seine Daumen streichen über meine Wangen, seine Finger wühlen sich tiefer in mein Haar. „Du bist meine andere Hälfte. Du bist meine Seele. Du. Bist. Mein. Alles."

Ich vergesse zu atmen, während ich in sein hübsches Gesicht starre, seine Aussage aufnehme, und versuche zu erkennen, ob er die Wahrheit sagt.

Sein Blick ist unergründlich, seine Seele liegt offen vor mir.

Er meint es ernst - jedes Wort.

Die Freude, die in meiner Brust aufsteigt, ist mit nichts zu vergleichen, was ich je empfunden habe. Mit einem Schrei stürze ich mich auf ihn. Er hebt mich hoch und trifft meinen Mund mit dem seinen. Unsere Lippen berühren sich in einem Kuss, der gleichzeitig heftig und zärtlich ist. Meine Hände sind wild und ziehen ihn an mich. Sein Grinsen wird von unserem Kuss gedämpft, und ich knabbere an seinen Lippen, weil ich ihn dafür bestrafen will, dass er das lustig findet.

Sein Schnurren hallt in uns beiden wider. Ich schlinge meine Beine um seine Taille, schließe meine Knöchel hinter ihm ein, meine Pussy schmerzt vor plötzlichem, unerträglichem Verlangen. Ich brauche ihn in mir. Und zwar sofort.

Er reißt an meinem bereits zerrissenen Kleid. Fetzen des Stoffes flattern zu Boden.

Langsam legt er sich zurück und zieht mich mit sich. Ich lande auf ihm und reibe mein tropfnasses Geschlecht über die unnachgiebige Härte seines Schwanzes.

Er fletscht die Zähne. „Du wirst mir nie wieder in die Schlacht folgen."

„Du hast gekämpft - du wärst fast gestorben", entgegne ich und reibe mich immer noch an ihm. „Glaubst du, ich könnte einfach zusehen, wie das passiert?"

„Du musst. Du bist zu wertvoll für mich. Du kannst nicht kämpfen - ich verbiete es!"

Er versucht, mich an den Haaren zu packen, aber die Strähnen sind so kurz, dass ich meinen Kopf leicht wegducken kann. „Du kannst mich nicht daran hindern, so zu sein, wie ich bin", murmle ich.

„Ulf, verdammt!", brüllt er, rollt sich ab und drückt mich unter sich, wobei sich seine riesige Hand um meine beiden Handgelenke legt. „Ich werde dich in meinem Quartier einsperren. Ich werde dich an mein Bett ketten."

„Und ich werde das Schloss knacken“, entgegne ich selbstgefällig, wenn auch etwas atemlos. „Und dann werde ich *dich* anketten. Mal sehen, wie dir das gefällt, Arschloch.“

„Du kannst es versuchen.“

„Du wirst scheitern.“

Er stöhnt, lässt seinen Kopf sinken und presst seine Lippen auf die zarte Stelle, an der mein Hals auf meine Schulter trifft. Die Wunde pocht mit einem köstlichen Schmerz. „Ich liebe dich so sehr.“

Wärme breitet sich in meinem Inneren aus. Mein Herz fühlt sich an, als könnte es zerspringen. „Ich hasse dich ... nur ein bisschen.“ Ich kämpfe gegen das Lachen an. „Jeden Tag weniger.“

„Ich werde mir deine Liebe verdienen“, schwört er. Seine riesige Hand streicht über die Unterseite meines Beins, hakt mein Knie ein und drückt es nach oben. Meine durchnässte Muschi öffnet sich ihm, und sein harter Schwanz ist genau da und stößt an den Eingang.

Ich zittere und zappele, als er in mich eindringt und mich dehnt. Er hält inne, und ich drehe meinen Kopf und zwicke ihn in den Arm, um ihn dafür zu bestrafen, dass er zu langsam ist. Ich kann nicht länger warten.

Er stöhnt und versenkt sich ganz zwischen meine Beine, wobei der vertraute brennende Schmerz mein Geschlecht durchzuckt. „Meine Omega.“

„Mein Alpha“, erwidere ich knurrend. „Meiner.“

„Hasst du mich jetzt?“ Er trifft mich mit einem harten Stoß.

„Ja ....“ Ich keuche, eine Welle der Lust rollt meine Leisten hoch. „Vielleicht ...“

„Wie ist es jetzt?“ Er kreist mit den Hüften und erwischt meine Klitoris. Ich schließe die Augen, meine

Muschi krampft sich zusammen, als das Gefühl durch mich hindurch pulsiert.

Es dauert eine Weile, bis ich antworten kann. „Ein bisschen weniger. Mach weiter. Es hilft." Ich klinge, als wäre ich betrunken.

Ich befreie meine Hände und grabe meine Nägel in seinen Rücken. Sein Knoten schwillt bereits an und verbindet uns miteinander. Es gibt nichts Besseres als Sex mit Aurus.

Nichts.

Eine Zeit lang gibt es nur das Stoßen und Beben unserer Körper, das Stöhnen und Schaudern, als wir uns ineinander verlieren.

Als wir gesättigt sind, liege ich schlaff unter ihm im Sand und starre mit einem breiten Grinsen in den rauchgeschwängerten Himmel. Da ist eine Wärme in meinem Herzen - eine subtile, flackernde Flamme. Sie entspricht der Hitze in meinen Lenden, aber irgendwie weiß ich, dass dieses Herzfeuer länger anhalten wird.

Die verzweifelte Hitze meiner Brunst lässt bereits nach. Das ist das Gute an der Spirale. Sie scheint das Omega-Serum gerade genug zu unterdrücken.

Eines Tages werde ich die *Magier* heimlich dazu bringen, sie zu entfernen. Ich werde die Hitze kommen lassen und mich auf Aurus stürzen. Das wird eine Riesenüberraschung für ihn sein.

Bis dahin mag ich meinen Östrus so, wie er ist. Kurz und schmerzlos. Schließlich habe ich noch etwas zu tun. Kurtisanen zu erläutern. Gleiter zu steuern. Schlachten zu gewinnen.

Aurus reibt seinen Kopf an meinem, sein Duft überzieht meine Haut und erfüllt meine Brust. „Ich liebe dein Haar", murmelt er.

„Wirklich?"

„Mmm."

Ich drücke gegen seine Brust und versuche, mich aufzurichten. Sein Knoten wird bereits weicher, sein Schwanz gleitet aus mir heraus. „Ich dachte, du hasst es."

Er schnaubt. „Das habe ich - zuerst. Aber jetzt kann ich es mir nicht mehr anders vorstellen. Du bist so anders ... meine kleine Kriegerin."

Mein Grinsen wird breiter. Aurus klingt so betrunken, wie ich mich fühle. „Wen nennst du hier klein?" Ich tue so, als wäre ich entrüstet.

„Du. Du bist so klein." Er ergreift mein Handgelenk und küsst meine Handfläche. Seine Zunge streift die Mitte, bevor ich meine Hand wegziehe. Wenn er anfängt, mich zu lecken, werde ich ihn ebenfalls lecken wollen ... und andere Dinge tun. Und wir müssen noch woanders hin.

„Nur im Vergleich zu dir." Ich mache eine Faust und schlage auf seinen enormen Bizeps. Er tut so, als würde er vor Schmerz brüllen, und ich lache, weil es so offensichtlich vorgetäuscht ist.

Er lässt seine Hüften wieder sinken und drückt meine Hände in den Sand, als ich so tue, als würde ich mich wehren. Ich seufze, als sich sein Gewicht auf mir niederlässt. Das ist Perfektion.

„Nein", sagt Aurus schließlich. „Du bist nicht die Omega, die ich erwartet habe."

Ich beiße mir auf die Lippe. Ich bin es langsam leid, das zu hören.

Er reibt seine Wange an meiner und lehnt sich zurück, um mich mit seinem bernsteinfarbenen Blick zu durchbohren. „Aber Kim, du bist genau das, was ich gebraucht habe."

Ich schlucke gegen die plötzlich Enge in meiner Kehle. „Wirklich?"

„Du bist alles, von dem ich nicht wusste, dass ich es wollte. Besser als ich es mir hätte vorstellen können ... oder erträumt habe."

Ein Zittern durchfährt mich und meine Augen werden plötzlich feucht. Verdammt, ich werde ganz sentimental. Wer hätte gedacht, dass ich mich danach sehne, dass mein großer Goldschwanz mir das sagt? „Ich werde nie eine süße, unterwürfige Kurtisane sein", warne ich und blinzle wütend. „Ich bin nicht der Typ dafür."

„Du bist so süß", schnurrt er und krault meinen Hals. Er leckt über den Biss und ein brennender Lustschmerz durchfährt mich. Meine Glieder fühlen sich schwach an. In einer weiteren Sekunde werde ich mich nicht mehr wehren können, also gebe ich ihm einen Klaps. „Hör auf."

Er ergreift meine Hand und küsst sie. „Du bist unterwürfig, wenn du meinen Schwanz nimmst."

„Hör auf", schimpfe ich. Ich werde schon wieder supernass. „Du weißt, was ich meine. Ich bin nicht so kultiviert und gebildet." Ich tue so, als würde ich mit ausgestrecktem kleinem Finger Tee trinken, was blöd ist, weil Aurus wahrscheinlich keine Ahnung hat, was eine Teetasse ist.

„Du bist perfekt."

Ich öffne meinen Mund, um zu widersprechen, schließe ihn aber wieder. Denn warum sollte ich so etwas widersprechen? „Na los ..."

„Du bist schön und weise. Eine starke und fähige - wenn auch winzige - Kämpferin."

„Und ich stehe hinter dir", füge ich mit einem Augenzwinkern hinzu. „Gott weiß, du hast es nötig."

„Damit bin ich nicht einverstanden."

Ich kichere.

„Du bist perfekt für mich. Meine starke kleine Omega. Meine Königin."

Ein violetter Himmelsjäger rast über die Arena, der Wind pfeift über uns hinweg. Sand wirbelt um uns herum. Wir schmiegen uns aneinander und schützen unsere Gesichter mit dem Körper des anderen.

Als der Wind abgeflaut ist und sich der Sand gelegt hat, hebt Aurus den Kopf und schaut in den Himmel.

„Die Schlacht ist vorbei", sagt er. „Ich muss gehen."

Ich stöhne ein wenig, als sein köstliches Gewicht mich verlässt. Ich rolle mich in eine sitzende Position, schüttle den Sand aus meinem Haar und kämme es mit meinen Fingern. „Wohin gehst du?"

„Ich bin der König. Ich muss dafür sorgen, dass es meinem Volk gut geht und das Königreich wieder in Ordnung bringen." Er wendet sich dem zerbrochenen Gleiter mit einem reumütigen Kopfschütteln zu. Er wirft seinen verbeulten Helm zur Seite und schreitet zum Ausgang.

Ich brauche eine Sekunde, um aufzuspringen, aber nur, weil ich zu sehr damit beschäftigt bin, seinen schlanken, muskulösen Hintern zu bewundern, der sich in seiner Hose abzeichnet.

„Warte!" Ich renne ihm hinterher. Er wird langsamer, und ich rutsche auf dem Sand und bleibe vor ihm stehen. „Ich komme mit dir."

Er öffnet den Mund, um zu widersprechen, doch ich halte ihm den Finger ins Gesicht. „Du hast mir gerade gesagt, dass ich deine Königin bin. Sitzt eine Königin in ihrem Palast, während ihr Volk leidet? Oder geht sie hin und hilft?"

Er starrt mich an.

Ich blicke zurück. „Denk gut nach, bevor du antwortest." Mein Knurren ist so einschüchternd wie das eines Alphas.

„Ich wünschte, du würdest hierbleiben", murrt er. „Es könnte gefährlich sein."

„Du wirst mich beschützen. Und ich werde dich beschützen. Wir halten uns gegenseitig den Rücken frei. Das bedeutet es, in einer Beziehung gleichberechtigt zu sein."

„Sehr gut, meine Kim." Er streichelt meine Wange. „Aber zuerst gehen wir in unser Quartier und holen uns frische Kleidung."

„Abgemacht." Gut, dass ich bereits alle meine langen Kleider in etwas Praktischeres umgewandelt habe.

Da ist eine blühende Wärme in meiner Brust, die ihre Blütenblätter entfaltet, größer und größer wird ... bis mein ganzes Wesen sich in der vollkommenen Zufriedenheit meines Herzens sonnt. Sie ist tiefer und süßer als bloßes Glück. Schwer und leicht zugleich.

Ich drücke meine Hand zwischen meine Brüste. „Ich fühle ... Ist das das Seelenband?"

„Ja." Aurus beugt sich herunter, sodass wir uns gegenüberstehen. „Ja, das ist es, meine Liebe."

Liebe. Das ist es, worum es hier geht. Emma hatte recht. Es fühlt sich wirklich an, als käme man nach Hause. „Ich fühle es", flüstere ich.

„Ich spüre es auch." Seine große Hand umschließt meine. Seine Finger streicheln meine mit unendlicher Sanftheit. „Ich dachte, du wolltest die Bindung nicht?"

„So schlimm ist es nicht", gebe ich zu.

„Nein?"

„Damit kann ich leben", sage ich leichthin und beschließe, dass ich genug von diesen Gefühlsduseleien habe. „Und jetzt lass uns gehen." Ich stoße gegen seine schwere Schulter. „Deine Leute warten." Ich will sicherstellen, dass es den Beta-Damen - Juno, Lenah und den anderen - in der Stadt gut geht.

„Ja, kleine Königin." Er richtet sich auf. „Aber danach ..." Sein Schwanz stößt in meine Seite, hart und schwer. Mit dem Ding könnte er die Chitin verprügeln.

„Auf jeden Fall." Ich grinse. „Wir gehen uns umziehen, und wer zuerst am Gleiter ist, darf ihn fliegen!" Ich stürme in Richtung Palasteingang, Aurus' Gebrüll folgt mir.

„Nein! Kim! Stopp!" Er versucht zu rennen, aber seine riesige Erektion bremst ihn wohl. „Du kleine ..."

Der letzte Teil seines Schreis wird von meinem Gekicher übertönt. Ich betrete den Palast und renne um die Ecke, aber ich kann ihn immer noch durch das Seelenband spüren: seine Frustration, seine Erregung - und, noch tiefer als sein starkes Verlangen, seine Liebe.

Er wird bei mir sein, immer. Und ich werde bei ihm sein.

Für immer.

EPILOG

Kim

„MEINE KÖNIGIN." Eine tiefe Stimme schallt über den Sand.

Ich wende mich von der Übungspuppe ab, auf die ich eingedroschen habe.

Aurus schreitet durch die Arena auf mich zu. „Ich dachte mir schon, dass ich dich hier finden würde."

„Hallo", rufe ich und lege mein Schwert ab. Ich brauche sowieso eine Pause. Meine Arme zittern von der Anstrengung, die ich beim Üben meiner Hiebe spürte.

Ich nehme meinen Helm ab und neige meinen Kopf. Meine kurzen Haare stehen wahrscheinlich in alle Himmelsrichtungen ab, aber das ist okay. Jetzt, da Aurus sich an meinen zotteligen Kurzhaarschnitt gewöhnt hat, scheint er ihn zu lieben. „Bist du gekommen, um mich zu überbieten?"

„Vielleicht später ..." Sein Blick wandert über meine Gestalt und in seinen Augen flackern hungrige Flammen.

In den Stunden nach dem Chitin-Angriff waren Aurus und ich wirklich ein Team. Wir flogen über ganz Aurum, leisteten Hilfe und leiteten die Alphas an. Ich konnte die ehemaligen Kurtisanen besuchen, die jetzt glücklich in ihren neuen Häusern in der Stadt leben. Aurus stellte mich den Magistraten des Königreichs und seinem Volk als seine neue Königin vor.

Die Wochen vergingen und langsam kehrte das Leben im Königreich und im Palast zur Normalität zurück. Ich fürchtete, Aurus würde genauso wieder zu seinen alten Gewohnheiten zurückfinden. Eines Morgens wachte ich allein auf und dachte, meine Befürchtungen hätten sich bestätigt.

Dann öffneten sich die Türen und Aurus stand da und überreichte mir den Beweis seiner Hingabe: ein ganzes Arsenal an Waffen und Kampfausrüstung, darunter sogar eine Rüstung in Kim-Größe, die speziell für mich modifiziert wurde. Wenn ich sie trage, sehe ich aus wie ein Mini-Alpha. Als ich sie das erste Mal anlegte, fand Aurus mich so süß, dass er in Gelächter ausbrach. Ich nutzte die Ablenkung zu meinem Vorteil und schlug mit einem hölzernen Trainingsschwert auf ihn ein.

Ich habe den Kampf fast gewonnen. Ich werde immer besser im Sparring, jetzt, da Aurus mich trainiert. Ich verbringe die meiste Zeit meiner Freizeit mit Training.

Meine Lieblingsbeschäftigung ist natürlich das Sparring mit Aurus vor dem Schlafengehen. Wir machen das nackt. Ich habe keine Ahnung, wer diese Kämpfe gewinnt - vor allem, weil es mich nach meinem vierten oder fünften Orgasmus nicht mehr interessiert.

„Bist du sicher?", dränge ich. „Wenn du gewinnst … Mache ich einen sexy Striptease. Wenn ich gewinne, bekomme ich meinen eigenen Gleiter."

„Auf keinen Fall."

„Dann musst du mich eben schlagen ..." Ich beginne, meine Rüstung abzulegen. Vielleicht kann ich ihn mit meinem Körper ablenken und auf diese Weise gewinnen.

Einen Moment lang funktioniert es ... dann blinzelt er, schüttelt den Kopf und hat sich sichtlich wieder unter Kontrolle. „Ich habe Neuigkeiten."

Ich lege meinen Brustpanzer ab. „Gute Nachrichten?"

„In gewisser Weise. Komm." Er nimmt auf dem neu errichteten Podium Platz und hält mir die Hand hin. Ich rolle mit den Augen, hüpfe aber praktisch zu ihm hinüber. Er ist so herrisch wie eh und je. Aber das ist okay. Irgendwie mag ich das.

„Ich komme gerade von einem Treffen mit Khan", verkündet er. „Wir haben eine Entscheidung über das Omega-Programm getroffen."

Oh. Ich beiße mir auf die Lippe. „Okay." Ich halte mich fest.

„Wir pausieren das Programm, bis wir eine Möglichkeit gefunden haben, die Mee-Nschen, die wir aufnehmen, zu überprüfen."

„Was? Wirklich?" Ich hatte kaum zu hoffen gewagt, dass Khan und Aurus uns zuhören würden, als Emma und ich unsere Bedenken vorbrachten.

„Ja." Er streicht mir mit der Hand über den Kopf, fast als würde er mich streicheln. Aber ich hasse es nicht. Ich drücke meinen Kopf an seine Schulter und schmiege mich an ihn, lasse mich von ihm streicheln. „Den anderen Königen wird es nicht gefallen, aber es ist der beste Weg."

Ich klettere auf seinen Schoß und streichle sein Gesicht. „Ich danke dir. Und danke auch an Khan." Ich kann es kaum erwarten, dies mit Emma zu besprechen. „Das bedeutet uns sehr viel." Und für die menschlichen

Frauen, die nicht entführt werden. Emma und ich sind glücklich hier, aber wir wollen, dass die Frauen eine Wahl haben.

Ich drücke meine Lippen auf seine, bereit zu zeigen, wie glücklich ich bin. Er küsst mich, lehnt sich aber zurück, sein Gesicht ist düster.

„Ich habe aber noch mehr Neuigkeiten. Über den Chitin-Angriff. Die Ingenieure haben die Trümmer katalogisiert und dabei einige Pläne mit Informationen gefunden, die nicht in ihrem Besitz hätten sein dürfen. Es scheint, dass der Feind über Koordinaten verfügte, die ihm halfen, unseren Palast und die Hauptstadt von Aurum zu lokalisieren. Außerdem gab es Hinweise auf eine Kommunikationsübertragung von unserem Planeten zu ihren Schiffen."

Ich blinzle und versuche, zu verstehen, was Aurus sagt. „Was soll das bedeuten?"

„Jemand stand in Verbindung mit der Chitin. Jemand hier, auf Ulfaria. Derselbe Jemand - Khan und ich glauben das -, der unsere Verteidigung manipuliert hat, damit die Chitin in unsere Atmosphäre eindringen konnten."

„Heilige Scheiße", hauche ich. „Der Anschlag war ein Insiderjob? Aber warum?" Wer auf Ulfaria würde wollen, dass die Chitin ihren eigenen Planeten angreifen?

„Wir vermuten, dass der Angriff der Chitin kein Angriff auf Aurum war. Es war ein Ablenkungsmanöver."

Das ist eine Verschwörungsscheiße der nächsten Stufe. „Um von was abzulenken?"

„Während des Angriffs gab es eine Störung in den Türmen der Magier. Einer der Magier scheint geheime Informationen gestohlen zu haben. Er tötete mehrere seiner Brüder und floh. Jetzt ist er unauffindbar."

„Was hat er gestohlen?"

„Unter anderem das Omega-Serum." Aurus streicht

wieder mit seiner Hand über meinen Kopf. „Kim, es wird noch schlimmer. Wir glauben, dass er bereits ein Portal geöffnet und weitere Mee-Nschen hierhergebracht und ihnen das Serum injiziert hat. Sie könnten in diesem Moment hier auf Ulfaria sein."

Mein Blut gefriert und brennt gleichzeitig. „Oh, Scheiße." Entsetzt schlage ich mir eine Hand vor den Mund. „Wir müssen sie finden ..."

„Ja, natürlich." Aurus schaut grimmig. „Wir werden Ausschau halten. Aber wir müssen vorsichtig suchen, ohne alle Könige zu alarmieren."

„Moment, warum?"

„Weil sie vor nichts Halt machen werden, um die Omegas zuerst zu finden. Und wenn sie sie finden ..."

Scheiße. Die Antwort ist so offensichtlich wie erschreckend. „Sie werden sie einfordern."

Er nickt mit ernster Miene. „Und wir können nichts tun."

Haley

ICH HABE DEN SELTSAMSTEN TRAUM. Ich liege auf einer Art taufeuchtem Rasen und die Feuchtigkeit dringt von unten in meine Haut ein. Etwas, das aussieht wie ein Farnblatt, streicht über mein Gesicht. Es ist Nacht, aber der Himmel ist hell vom Licht des Mondes. Nein, fünf Monde. Fünf? Was soll der Scheiß?

Ich fahre mir mit der Hand über den Kopf und bleibe mit den Fingern hängen. Mein Haar ist vom Schlaf verheddert.

Irgendetwas beißt mich in den nackten Oberschenkel, und ich schlage zu, verfehle es aber. Eine Art Blitzkäfer schwirrt davon - aber er ist größer und sieht bösartiger aus als jedes andere Insekt, das ich je gesehen habe. Und es war leuchtend rot. Auf jeden Fall anders als jeder Blitzkäfer, den ich je gesehen habe.

Ich reibe mein Bein. Was auch immer es war, das Ding hat mich gebissen, und es hat wirklich weh getan. Das ist ätzend, aber noch ätzender ist, was das scharfe Zwicken nicht angerichtet hat.

Es hat mich nicht aufgeweckt.

Das heißt, ich bin schon wach.

Das ist kein Traum. Dies geschieht wirklich mit mir.

Wo bin ich?

Ich setze mich auf, meine feuchten Glieder schmerzen und versuche, mich zu orientieren. In meinem Schädel hämmert es unaufhörlich und ich habe einen bitteren Geschmack im Mund. Ich wünschte, ich hätte etwas Kaltes zu trinken.

Ein Ast knackt, und ich wirbele herum, mein Herz hämmert plötzlich in meiner Brust. Eine geisterhafte Gestalt bahnt sich ihren Weg durch das Gebüsch und bleibt neben mir stehen. Sie sieht erschöpft aus.

„Ulf", ruft sie mit hoher Stimme. Der Neuankömmling trägt ein blasses, fadenscheiniges Gewand, das ihr bis zu den Oberschenkeln reicht. Und sonst nichts. Das Gewand ist ziemlich durchsichtig.

Die Frau wirft ihr langes Haar zurück und starrt mich an. Ihre Augen sind ein bisschen zu groß für ihr Gesicht. Und ihre Ohren ... haben ausgeprägte Spitzen. Wie die einer Elfe.

Vielleicht bin ich auf einer Art Kostümparty ... Und habe zu viel getrunken? Das würde meinen benebelten

Kopf erklären. Aber das würde nicht erklären, warum sie sich nicht anhört, als würde sie Englisch sprechen.

„Ähm", schaffe ich es, von mir zu geben. Meine Lippen fühlen sich zu groß für mein Gesicht an.

Bevor ich fragen kann, wo ich bin und was ich hier mache, beugt sich die Frau mit den großen Augen vor.

„Was machst du da?", zischt sie. „Du kannst hier nicht bleiben! Die Alphas kommen! Wir müssen fliehen!" Sie greift nach meiner Hand, schlingt lange, schlanke Finger um mein Handgelenk und zieht mich in die Nacht hinaus.

‚BRUTALE JAGD' jetzt mit einem Klick bestellen ...

EXKLUSIVES EXTRA-KAPITEL!

Wollen Sie mehr von Kim und Aurus? Melden Sie sich HIER für den *Planet der Könige*-Newsletter an (https://geni.us/omegaversefreebieGER) und erhalten Sie eine spezielle Bonus-Novelle, die nirgendwo anders erhältlich ist!

Was schenkt man einem König, der alles hat? Kim hat da eine Idee …

Er wird mich zu seinem perfekten kleinen Lustobjekt machen …

Draekons mit Lili Zander (Eine Sci-Fi Dreierbeziehung Romanze)
Draekon Gefährtin
Abgestürztes Raumschiff. Ein Gefangenen-Planet. Zwei große, hünenhafte, bronzefarbene Aliens, die sich in Drachen verwandeln. Und das Beste daran? Die Drachen bestehen darauf, dass ich ihr Kumpel bin.

Zeitgenössische Liebesromane

Königlich Verdorben
Milliardär. Playboy. Prinz. Und mein neuer Boss.

Die Schöne und die Holzfäller
Nach dieser Holzfällersaison gebe ich den Sex auf. Aus... Gründen.

Der Soldat, der mich verführt
Mein heißer Marine-Held will, dass ich ihn Daddy nenne …

Ihre Daddys – zwei Rivalen
Zwei Väter sind besser als einer.

Cowboy's Babygirl (Eine dunkle Western-Romanze) mit Tristan Rivers
Sie braucht Schutz. Disziplin. Eine feste Hand. Sie hat die richtige Ranch ausgewählt.

Unschuld (Eine dunkle Liebesgeschichte) mit
Stasia Black
*Ich bin der König der kriminellen Unterwelt. Ich bekomme
immer, was ich will.
Und sie ist meine Besessenheit.*

Die Gefangene des Biestes (Die Liebe des Biestes)
mit Stasia Black
*Vor Jahren hat mich Daphnes Vater bestohlen.
Jetzt ist es Zeit für sie, die Schuld ihrer Familie zu begleichen
... mit ihrem Körper*

ÜBER LEE SAVINO

Lee Savino ist eine USA Today-Bestsellerautorin von Smexy-Romanzen. Smexy, wie in "smart und sexy". Finden Sie sie in der Goddess Group auf Facebook und laden Sie ein kostenloses Buch unter www.leesavino.com herunter!

Sie finden sie unter:
www.leesavino.com

Sie lieben knurrige Alphas? Dann schau dir die Berserker-Saga an. Beginne mit **_Verkauft an die Berserker._**

TABITHA BLACK

Die USA-Today-Bestsellerautorin Tabitha Black liebt es, heftige Bücher über knurrige, dominante Alphas und die Frauen, die sie lieben, zu schreiben. Ihre neuesten Ausflüge führen sie in die Welt der dunklen paranormalen Romance, einschließlich der köstlich heißen Welt der M/f Omega-Storys.

Sie hat eine Schwäche für guten Kaffee, starke, dominante Männer und Tattoos.

Verpassen Sie nicht diese anderen spannenden Bücher von Tabitha Black!

Planet der Könige - Mit Lee Savino
Brutale Verbindung
Brutaler Anspruch
Brutale Jagd
Brutale Bestie